U0137744

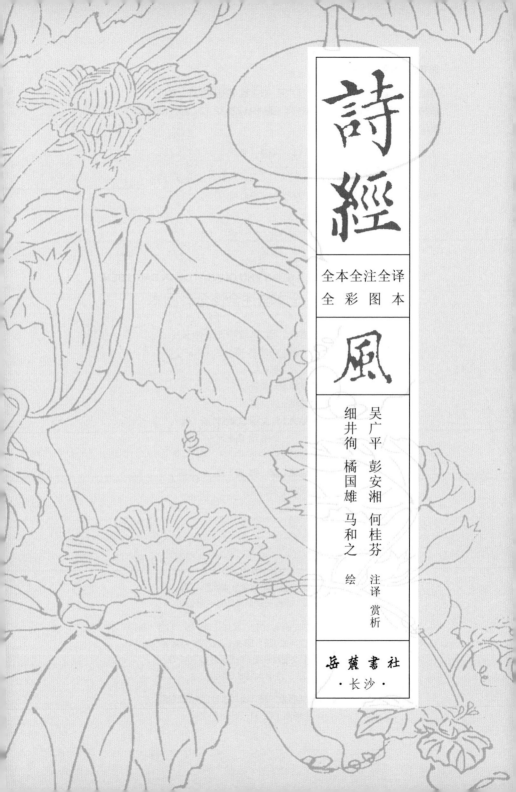

詩經

全本全注全译
全彩图本

風

吴广平　彭安湘　何桂芬

细井徇　橘国雄　马和之　绘

注译　赏析

岳麓书社
·长沙·

图书在版编目（CIP）数据

诗经：全本全注全译全彩图本 / 吴广平，彭安湘，何桂芬注译、赏析；
细井徇，橘国雄，马和之绘. -- 长沙：岳麓书社，2022.12（2023.11重印）
ISBN 978-7-5538-1704-0

Ⅰ. ①诗… Ⅱ. ①吴… ②彭… ③何… ④细… Ⅲ.
①《诗经》－诗歌研究 Ⅳ. ①I207.222

中国版本图书馆CIP数据核字(2022)第142947号

SHIJING:QUAN BEN QUAN ZHU QUAN YI QUAN CAITU BEN

诗经：全本全注全译全彩图本

注译赏析｜吴广平 彭安湘 何桂芬
绘　　画｜细井徇 橘国雄 马和之
出 版 人｜崔　灿
出版统筹｜马美著
策划编辑｜陈文韬
责任编辑｜陈文韬 陶嶒玲 曾　倩
　　　　　刘书乔 周家琛
责任校对｜舒　舍
营销编辑｜谢一帆 唐　睿
书籍设计｜罗志义

岳麓书社出版发行
地址｜长沙市岳麓区爱民路47号
承印｜湖南天闻新华印务有限公司

开本｜890mm×1240mm 1/32　印张｜36.75　字数｜880千字
版次｜2022年12月第1版　印次｜2023年11月第5次印刷
书号｜ISBN 978-7-5538-1704-0
定价｜198.00元

如有印装质量问题，请与本社印务部联系
电话｜0731-88884129

前　言

中国是诗的国度。而"诗"这种文体与"诗人""诗歌""歌诗"这些诗学范畴都是由中国古老的诗歌总集《诗经》奠定原型和基础的。从汉代开始，《诗经》就被列入儒家的经典，无论是儒家的"五经"，还是儒家的"六经"（又称"六艺"），抑或是儒家的"十三经"，都收录了《诗经》。《诗经》是儒家经典著作中唯一一部诗歌总集，由此可见《诗经》在中国传统文化中的神圣地位。

众所周知，远古时期的原始歌谣，大都是二言诗。从西周初年到春秋中叶，大约500年间，则是四言诗发展的黄金时代。这些四言诗在春秋时期被编辑成书，就是我国第一部诗歌总集《诗经》。《诗经》在先秦通称为《诗》，或称"《诗》三百"，到西汉才出现《诗经》之名。它收集了上自西周初年（公元前11世纪）、下迄春秋中叶（公元前6世纪）约500年间的诗歌305首。另《小雅》中有《南陔》《白华》《华黍》《由庚》《崇丘》《由仪》6首笙诗，有目无辞，不算在内。《诗经》最后编订成书，大约是在公元前6世纪。《诗经》产生的地域十分辽阔，遍布黄河中下游及江汉地区，包括今陕西、山西、河南、河北、山东及湖北北部一带。《诗经》各篇的作者包括从贵族到平民的社会各个阶层，绝大部分诗篇的作者已不可考。可见，《诗经》是众多作者在广大地域上进行创作并经漫长时间形成的文化积淀。《诗经》的形成时间是如此之漫长，产生地域是如此之辽阔，创作的作者是如此之众多，肯定是经过有目的的搜集整理才编订成书的。

汉代的班固在《汉书》的《食货志》和《艺文志》中说，周代设有专门采诗的官，叫作"行人"，他们在每年春季第一个月，摇着木铃，到各地收集民歌。"行人"采集的民歌经过朝廷的乐官（太师）进行音乐整理加工后，就献给天子听，以便天子了解民情风俗、考察政治得失。又《春秋公羊传注疏》卷十六"宣公十五年"东汉的何休注说，周代规定，男子六十岁、女子五十岁，没有子女的，朝廷给他们吃的、穿的，让他们到各地收集民歌。收集的民歌，先由乡村交到城市，再由城市交到国都，然后给天子听。这些说法的具体情形曾有人怀疑过，但我们认为这并非完全出于后人的主观推测。《诗经》305首的韵部系统和用韵规律基本上是一致的，形式上基本上是整齐的四言诗；而它产生的地域又很广。在古代交通不便、语言互异的情况下，不经过有意识、有目的的采集和整理，像《诗经》这样体系完整、内容丰富的诗歌总集的出现，恐怕是不可能的。《诗经》中的民歌（包括《国风》中的全部诗歌和《小雅》中的部分诗歌）就是采诗之官从民间采集来的。

据《国语》中的《周语》和《晋语》记载，周朝有献诗的制度，规定"公卿列士"（大臣和有地位的士人）在特定的场合给天子献诗，以便天子了解下情和考察政治得失。《大雅》中的全部诗歌和《小雅》中的部分诗歌以及《颂》中的大部分诗歌，可能就是公卿列士所献的诗。换言之，《诗经》中的贵族诗歌是公卿列士所献的诗。

《诗经》与音乐、舞蹈关系密切，是礼乐文明的光辉结晶。《墨子·公孟》载："诵《诗》三百，弦《诗》三百，歌《诗》三百，舞《诗》三百。"可见，《诗经》305首本来是既有歌词，又有旋律，还有动作的。它既是305首诗，可以吟诵，也是305首歌，可以演唱和演奏，还是305个舞蹈，可以手舞足蹈来表演。遗憾的是，由于年代久远，《诗经》只流传下了歌词，音乐旋律和舞蹈动作都失传了。

　　《诗经》分为《风》《雅》《颂》三类，这本是按音乐标准分类的。《诗经》各篇最初都是可以合乐歌唱的，所以《墨子·公孟》说"弦《诗》三百，歌《诗》三百"，司马迁也说孔子曾弦歌三百五篇。《诗经》原来都是乐歌，《诗经》的诗原来都是配乐的歌词，所以《风》《雅》《颂》三类应是以音乐为标准区分的，它们原来都是音乐曲调的名称。宋代郑樵说："风土之音曰风，朝廷之音曰雅，宗庙之音曰颂。"（《通志·总序》）"风"就是音乐曲调，国风就是各地区的音乐曲调。"雅"即正，指朝廷正乐，是西周王畿即靠近国都所在地的音乐曲调。雅分大、小雅，也可能是音乐上的区别。颂是宗庙祭祀配合舞蹈的音乐曲调，音乐可能比较舒缓。《诗经》的音乐后来都失传了，只剩下歌词，风、雅、颂就由音乐的分类变成了诗歌的分类。

　　《风》又叫《国风》，亦称《邦风》，包括《周南》《召南》《邶风》《鄘风》《卫风》《王风》《郑风》《齐风》《魏风》《唐风》《秦风》《陈风》《桧风》《曹风》《豳风》，合称"十五国风"（其中的《周南》《召南》，又合称"二南"），共160首。其中《周南》11首、《召南》14首、《邶风》19首、《鄘风》10首、《卫风》10首、《王风》10首、《郑风》

21首、《齐风》11首、《魏风》7首、《唐风》12首、《秦风》10首、《陈风》10首、《桧风》4首、《曹风》4首、《豳风》7首。

"十五国风"的"国"是地区、方域的意思。"十五国风"中的"周南""召南""豳"都是地名，"王"是指东周王畿洛阳，其余是诸侯国名。"十五国风"中，《豳风》全部是西周作品，其他除少数产生于西周外，大部分是东周作品。

《雅》分作《大雅》《小雅》，合称"二雅"。《大雅》《小雅》亦称《大夏》《小夏》。《雅》105首，其中《大雅》31首，《小雅》74首。《大雅》是西周的作品，大部分作于西周初期，小部分作于西周末期。《小雅》中，除少数篇目可能是东周作品外，其余都是西周晚期的作品。《大雅》的作者主要是上层贵族；《小雅》的作者既有上层贵族，也有下层贵族和地位低微者。

《颂》分作《周颂》《鲁颂》《商颂》，合称"三颂"。《颂》40首，其中《周颂》31首，《鲁颂》4首，《商颂》5首。《周颂》是西周初期的作品。《鲁颂》产生于春秋中叶鲁僖公时，都是颂美鲁僖公的作品。《商颂》大约是殷商中后期的作品。《周颂》不同于其他诗的体例，不是由数章构成，而是每首只有一章。《鲁颂》中的《泮水》《闷宫》体裁近乎《雅》诗，而《有驱》《駉》则近于《国风》。由此可见《颂》诗演变的轨迹。《商颂》的前三首不分章，后两首分章，风格近于《雅》，可能比前三首晚出。《商颂》从内容上可分为两类：《那》《烈祖》《玄鸟》主要是写歌舞娱神和对祖先的赞颂，明显是祭歌；《长发》《殷武》主要写商族的历史传说和神话，祭祀意味不浓，可能是一种祝颂诗。

《诗经》的流传时间很早，春秋时代部分诗篇已广为流传，特别是外交场合，往往赋诗言志，《诗经》作为一种特殊语言工具成为贵族士大夫所必须掌握的"沙龙"语言。《论语·子路》记孔子的话说："诵《诗》三百，授之以政，不达；使于四方，不能专对。虽多亦奚以为？"认为《诗经》不但要读得熟，而且在外交场合要善于灵活运用。《文心雕龙·明诗》说："春秋观志，讽诵旧章，酬酢以为宾荣，吐纳而成身文。"表明春秋时代许多士大夫为了互相观摩，常常在外交场合朗诵《诗经》的某些章节。这样通过互相酬答，来表示对于客人的荣宠；通过诗句的吞吐，来显示自己的辞采。春秋时代，谁赋《诗》言志娴熟，能够自然贴切地用《诗》，就被认为是温恭知礼的君子。相反，谁不善于用《诗》，或者赋引不当，那不仅丧尽斯文，有辱国体，甚至会招灾引祸，以致危及自身、邦家、社稷。《荀子·大略》中说："善为《诗》者不说。"这就是说善于用《诗》的人，可以省却语言的表达。《诗》几乎代替了语言，这在春秋时代似乎是一个事实。孔子说："不学《诗》，无以言。"（《论语·季氏》）又说："人而不为《周南》《召南》，其犹正墙面而立也与！"（《论语·阳货》）

春秋末期，《诗经》成了当时贵族子弟必须学习的教科书。孔子很重视《诗经》，他谆谆告诫自己的弟子："小子！何莫学夫《诗》？《诗》，可以兴，可以观，可以群，可以怨。迩之事父，远之事君。多识于鸟兽草木之名。"（《论语·阳货》）孔子号召自己的弟子认真学习、研究《诗经》，认为学习、研究《诗经》可以培养联想力，可以提高观察力，可以锻炼合群性，可以学得讽刺方法。近呢可以运用其中的道理来侍奉父母，远呢可以用来服侍君上，而且还可以多认识鸟兽草木的名称。如此看来，在孔子眼里，《诗经》简直是一部无所不包的百科全书。

到了战国时代，《诗经》已经成为儒家学派尊崇的典籍，如孟子、荀子都惯于引《诗》作为立论的依据。在他们那里《诗》已成为金科玉律，仿佛句句都是真理，是阐述先王思想的最可靠的依据和最有力的思想武器。私家著述引《诗》以论述哲学、政治、道德命题，成为当时普遍现象。《诗》成了诸子包医百病的灵丹妙药，尤以儒家为甚。

在秦代，《诗经》虽然遭到焚毁，但由于学者口头传授，仍然得以流传保存。

到了汉代，传授《诗经》的有四家：齐国的辕固、鲁国的申培、燕国的韩婴、赵国的毛苌。或取国名，或取姓氏，而简称齐鲁韩毛四家。齐鲁韩三家（合称"三家诗"）汉武帝时已立为博士，成为官学，《毛诗》晚出，未得立。毛氏说《诗》，事实多联系《左传》，训诂多同于《尔雅》，属于古文经学。其余三家则属于今文经学。自东汉末年儒学大师郑玄为《毛诗》作笺后，学习《毛诗》的人逐渐增多。其后三家诗亡，仅存《韩诗外传》六卷，独《毛诗》得以流行于世。

秦汉时鲁人毛亨（俗称"大毛公"）所传授、汉初赵人毛苌（俗称"小毛公"）所著的《毛诗诂训传》（亦作《毛诗故训传》，简称《毛传》）三十卷，魏晋后与郑玄笺注（通称《郑笺》）二十卷并行，历来为研究《诗经》的人所重视，唐代孔颖达《毛诗正义》（通称《孔疏》）四十卷即依据《毛传》《郑笺》为《诗经》作疏解。《毛传》《郑笺》《孔疏》是古代训释《诗经》经典的三部著作。此外，宋代朱熹《诗集传》二十卷，清代姚际恒《诗经通论》十八卷、马瑞辰《毛诗传笺通释》三十一卷、陈奂《诗毛氏传疏》三十卷、方玉润《诗经原始》十八卷等，都是较有价值的著作。同时，由于清代辑佚之风兴起，对"三家诗"的辑佚整理也取得了较好的成绩，王先谦的《诗三家义集疏》是较完备的一种。晚近学者总结前人的研究成果，排除汉、宋门户之见，进一步从文学、史学、社会学、考古学、文化人类学等角度阐释《诗经》，将《诗经》研究推进到一个新的阶段。

《诗经》的思想内容非常丰富，有《关雎》《蒹葭》《静女》《氓》这样的反映爱情婚姻的爱情诗、婚姻家庭诗、弃妇诗，有《生民》《公刘》《绵》《皇矣》《大明》这样的歌颂祖先功德、叙述部族历史的祭歌和史诗，有《凯风》《蓼莪》这样的歌颂母爱、悼念父母的孝道诗，有《七月》《大田》《噫嘻》《臣工》这样的反映农业生产生活的农事诗，有《兔罝》《驺虞》《车攻》《吉日》这样的反映狩猎生活的狩猎诗，有《鹿鸣》《常棣》《伐木》《宾之初筵》这样的反映君臣、亲朋欢聚宴飨的宴飨诗，有《伐檀》《硕鼠》《新台》《墙有茨》《相鼠》《南山》《株林》这样的反映丧乱、针砭时政的怨刺诗，有《君子于役》《无衣》《采薇》这样的反映战争和徭役的战争诗、徭役诗。《诗经》是我国最早的富于现实精神的诗歌集，真实而形象地反映了商周时代的社会面貌，为后世留下了立体的、具象的历史画卷，是一部丰富生动的上古时代百科全书。

《诗经》不但思想内容丰富，而且艺术上也取得了很高的成就。《诗经》创立了赋、比、兴的表现手法。赋就是铺陈，是直接叙事和直接抒情的表达方式，近乎不假修饰的白描手法和直白表达。赋在《诗经》中是一种常见的、基本的艺术表现手法，在《雅》《颂》里用得最多，《国风》中也不少。《诗经》中不仅大量运用"赋"的艺术表现手法，而且在其运用上呈现出一种变化多端、千姿百态的气象，为人们展现了许许多多艺术上的绝妙境界！《诗经》中"赋"法在描绘景物、展现场面、刻画人物形象等方面取得了显著的艺术效果。如《君子于役》对乡村景物的描绘、《芣苢》对劳动场景的再现、《氓》对人物形象的刻画，都运用了"赋"的艺术表现手法，都取得了极佳的艺术效果。比就是比喻，即以彼物比此物，就是以更具体形象而又比较熟悉、易于理解的事物来打比方。"或喻于声，或方于貌，或拟于心，或譬于事"（《文心雕龙·比兴》），从而使形象更加鲜明。如《硕鼠》用大老鼠来比喻剥削者的可憎可鄙，《氓》用桑树从繁茂到凋谢来比喻夫妻感情的变化，《新台》用癞蛤蟆比喻卫宣公。《硕人》用柔嫩的白茅芽、冻结的油脂、白色长身的天牛幼虫、白而整齐的瓠瓜子、宽额的螓虫、蚕蛾的触须来分别比喻卫庄公夫人（庄姜）的手指、皮肤、脖子、牙齿、额头、眉毛，形象细致地塑造了庄姜这位美女的形象。兴就是起兴，就是借助其他事物作为诗歌的发端，以引起所歌咏的内容。《诗经》中起兴情况比较复杂。有的起兴兼有比喻的含义，如《关雎》的"关关雎鸠，在河之洲"；有的起兴具有象征暗示的作用，如《桃夭》的"桃之夭夭，灼灼其华"；有的起兴似乎与下文意思无关，如《晨风》的"彼晨风，郁彼北林"，与下文"未见君子，忧心钦钦"云云，很难发现彼此间的意义联系。赋、比、兴三种艺术表现手法，在《诗经》中往往交相使用，共同创造诗歌的艺术形象，抒发诗人的情感。《诗经》大体是四言诗，亦有少量杂言诗。也就是说基本上是四言一句，其间杂有二言、三言、五言、七言以至八言的句子，长短参差、错落有致。二节拍的四言句节奏鲜明而略显短促，带有很强的节奏感，是构成《诗经》整齐韵律的基本单位。《诗经》中有大量的四言诗，以四言为主，四句独立成章。《诗经》是四言诗的一个高峰。重章叠句是《诗经》

中常用的章法。重章是一首诗中同一诗章重叠，有时只变换少数几个词。叠句是在同一诗章或不同诗章中叠用相同诗句。《诗经》各篇大都分章，除《周颂》31首、《商颂》3首不分章之外，其他诗篇少则二章，多则十六章。分章的诗篇，特别是民歌，各章句数、字数基本相等，因而形成了整齐、匀称的形式美。同时，由于入乐的需要，各章只更换少数几个词，同样的字句反复出现，回环复沓，不仅便于围绕同一旋律反复咏唱，而且能充分发挥抒情表意的作用，收到回旋跌宕的艺术效果。《诗经》的语言形象生动、朴素自然而富有音乐美。《诗经》中的民歌是古代劳动人民触物兴感、随口唱出的歌，日常的生活内容，里巷歌谣的自然韵律，因物赋形，因情成咏，不假雕琢，因而其语言具有形象生动、朴素自然而富有音乐美的特点。《雅》《颂》中的许多优秀文人诗受民歌的影响，也具有这一特点。总之，《诗经》现实主义的创作方法，赋、比、兴的表现手法，整齐而又灵活多变的句法形式，重章叠句的章法特点，朴素自然的艺术风格，都显示了它在艺术上所取得的巨大成就。

《诗经》在中国文学史上具有崇高的地位和深远的影响。《诗经》奠定了中国的抒情诗传统。《诗经》中，抒情诗占了绝大部分，叙事诗只是小部分，而且，叙事诗中除了个别的优秀篇章之外，大都比较拙直、稚嫩，而抒情诗则显得比较成熟、老练，并已有许多杰作。中国文学重抒情不重叙事、重表现不重再现、重写意不重写实的传统，是由《诗经》奠定和开创的。从此以后，抒情诗就成为中国诗歌的主要形式。《诗经》也奠定了中国诗歌关注现实、反映现实的优良传统。在中国文学史上，每当文学创作出现脱离现实的倾向时，进步文人便号召大家继承《诗经》关注现实、反映现实的优良传统，这就使我国古代文学总是沿着反映现实的道路前进，从而成为社会的一面镜子。《诗经》还创立了我国古代诗歌最具特色的比兴表现手法。《诗经》开创的比兴成了中国古代诗歌的传统手法。比兴有助于增强诗歌的形象性和含蓄性，能使诗歌含蓄蕴藉、韵味无穷，因而成为中国古代诗歌最具有民族特色的表现手法。在中国古代，比兴成了诗歌的形象思维的代名词。《诗经》为后代提供了众多的诗歌样式。如爱情诗、婚姻家庭诗、弃妇诗、祭祀诗、史诗、孝道诗、农事诗、狩猎诗、宴飨诗、怨刺诗、战争诗、徭役诗，等等。《诗经》开创了中国诗歌偶句用韵的基本押韵方式。中国诗歌的偶句用韵，既参差又整齐，韵律优美。《诗经》的四言句式，成为汉语最常用的短语形式，汉语成语基本上就是四言短语，辞赋、骈文里四言句式也很多（骈文又叫四六文，就是由四言句和六言句组成）。《诗经》中的许多词语至今还是常用词语，如"优哉游哉""秋水伊人""夙兴夜寐""白头偕老"等，已成为常用的成语。这不仅说明《诗经》语言的丰富凝练，也说明它对我国民族语言的发展做出了极大贡献。

  《诗经》是中国文学的光辉起点与中华民族的永恒经典。为了让大家继承《诗经》的优良文学传统，走进这部古老的诗歌经典，我们以阮元嘉庆刻本《毛诗正义》为底本，对每首诗进行了精要的解题、详细的注释、通俗的翻译，希望有助于各位读者更为轻松、愉快地学习、研究《诗经》。

目 录

周 南

关 雎	002	兔 罝	022
葛 覃	007	芣 苢	024
卷 耳	011	汉 广	026
樛 木	015	汝 坟	031
螽 斯	017	麟之趾	034
桃 夭	019		

召 南

鹊 巢	038	殷其雷	059
采 蘩	041	摽有梅	062
草 虫	043	小 星	064
采 蘋	049	江有汜	066
甘 棠	051	野有死麕	069
行 露	054	何彼襛矣	073
羔 羊	057	驺 虞	076

邶 风

柏 舟	080	式 微	121
绿 衣	085	旄 丘	123
燕 燕	088	简 兮	126
日 月	092	泉 水	131
终 风	095	北 门	134
击 鼓	098	北 风	137
凯 风	101	静 女	141
雄 雉	106	新 台	143
匏有苦叶	109	二子乘舟	145
谷 风	113		

鄘 风

柏 舟	148	定之方中	164
墙有茨	151	蝃 蝀	171
君子偕老	155	相 鼠	173
桑 中	159	干 旄	175
鹑之奔奔	162	载 驰	178

卫 风

淇 奥	184	芄 兰	209
考 槃	189	河 广	211
硕 人	191	伯 兮	213
氓	198	有 狐	216
竹 竿	206	木 瓜	218

王 风

黍 离	222	兔 爰	236
君子于役	225	葛 藟	239
君子阳阳	228	采 葛	242
扬之水	230	大 车	244
中谷有蓷	233	丘中有麻	246

郑 风

缁 衣	250	羔 裘	264
将仲子	252	遵大路	266
叔于田	255	女曰鸡鸣	268
大叔于田	258	有女同车	272
清 人	262	山有扶苏	274

萚 兮	277	子 衿	290
狡 童	279	扬之水	292
褰 裳	281	出其东门	294
丰	283	野有蔓草	296
东门之墠	286	溱 洧	298
风 雨	288		

齐 风

鸡 鸣	302	甫 田	315
还	304	卢 令	317
著	306	敝 笱	319
东方之日	308	载 驱	321
东方未明	310	猗 嗟	324
南 山	312		

魏 风

葛 屦	328	十亩之间	339
汾沮洳	330	伐 檀	341
园有桃	333	硕 鼠	346
陟 岵	336		

唐 风

蟋 蟀	350	羔 裘	369
山有枢	353	鸨 羽	371
扬之水	358	无 衣	376
椒 聊	361	有杕之杜	378
绸 缪	363	葛 生	380
杕 杜	366	采 苓	383

秦 风

车 邻	388	黄 鸟	404
驷 驖	391	晨 风	408
小 戎	394	无 衣	414
蒹 葭	398	渭 阳	417
终 南	401	权 舆	419

陈 风

宛 丘	422	东门之池	429
东门之枌	424	东门之杨	431
衡 门	427	墓 门	433

防有鹊巢　　435　　　株　林　　440

月　出　　437　　　泽　陂　　442

桧 风

羔　裘　　446　　　隰有苌楚　　450

素　冠　　448　　　匪　风　　452

曹 风

蜉　蝣　　456　　　鸤　鸠　　461

候　人　　458　　　下　泉　　464

豳 风

七　月　　468　　　伐　柯　　503

鸱　鸮　　487　　　九　罭　　505

东　山　　490　　　狼　跋　　508

破　斧　　500

周
南

关雎 ^{jū}

关关雎鸠，^{jiū} ¹	雎鸠关关和鸣唱，
在河之洲。²	相伴水中小洲上。
窈窕淑女，^{yǎo tiǎo} ³	美丽端庄好姑娘，
君子好逑。^{qiú} ⁴	正是君子好对象。
参差荇菜，^{cēn cī xìng} ⁵	参差不齐水中荇，
左右流之。⁶	或左或右采摘忙。
窈窕淑女，	美丽端庄好姑娘，
寤寐求之。^{wù mèi} ⁷	日思夜想盼成双。
求之不得，	设法追求得不到，
寤寐思服。⁸	日夜想念思断肠。

1 关关：鸟叫声。雎鸠：鸟名，相传此鸟朝夕为伴，情意专一。
2 洲：水中的小块陆地。
3 窈窕：娴静美好的样子。淑女：贤良美好的女子。
4 逑：配偶。
5 参差：长短不一。荇菜：多年生草本植物，叶略呈圆形，浮在水面，根生水底，全草可入药。
6 流：采取。
7 寤寐：日夜。寤，醒来。寐，睡着。
8 思服：思念。

雎
鸠
一
種

悠哉悠哉！⁹　　　　　轻吁短叹情思长，

辗转反侧。¹⁰　　　　　辗转难眠梦里想。

参差荇菜，　　　　　　参差不齐水中荇，

左右采之。　　　　　　或左或右采摘忙。

窈窕淑女，　　　　　　美丽端庄好姑娘，

琴瑟友之。¹¹　　　　　弹琴鼓瑟动情肠。

参差荇菜，　　　　　　参差不齐水中荇，

左右芼之。¹²　　　　　或左或右采摘忙。
　　mào

窈窕淑女，　　　　　　美丽端庄好姑娘，

钟鼓乐之。　　　　　　敲钟击鼓喜成双。

9 悠哉：形容思念绵长的样子。悠，长。

10 辗转反侧：形容心中有事，在床上翻来覆去睡不着。

11 琴：古代乐器，最初是五根弦，后加至七根弦，七根弦的琴亦称"七弦琴"，通称"古琴"。瑟：古代乐器，和琴相似，长近三米，古有五十根弦，后为二十五根或十六根弦。

12 芼：挑拣。

荇菜

这是一首青年男子热烈追求心爱女子的诗。相传关雎朝夕为伴，情意专一，鸟类尚且多情，何况那风华正茂的青年男女呢？诗以"雎鸠"起兴，引出男女之间相互爱慕乃人之常情，娴静美好的"淑女"正是"君子"最好的配偶。接下来诗又以采摘荇菜起兴，引出男子对女子展开的热烈追求。男子追求女子的过程就如那弯弯曲曲的河道，充满艰难险阻，望而不及便成牵挂，求而不得便生思念，此种恼人又撩人的情思让男子辗转难眠，备受煎熬。然而，正是女子的高贵矜持与求而不得以及男子的痛苦思念与执着追求才营造出了这沉醉千年的美好情境。"君子"在当时是对贵族男子的通称，而"淑女"就相当于大家闺秀，诗中"君子"对"淑女"的感情虽然浓烈，但却表现得有礼有节，在追求女子的过程中，或以美妙的琴声打动她，或以快乐的钟鼓取悦她，即使对女子思念成疾也只是在梦中把她追求，可见本诗虽写男女之情，呈现的却是一种谨慎克制、因循守礼的爱情，"君子"与"淑女"的结合宣扬了一种为当时社会所普遍看好的理想婚姻，从这个层面来看，《毛诗序》将此诗的主旨阐发为"《关雎》，后妃之德也，《风》之始也，所以风天下而正夫妇也"，亦不无道理。本诗语言优美，情感浓烈，意境如梦似幻，格调悠远绵长，给人无尽遐想。

葛覃
tán

葛之覃兮，¹　　　　葛藤条儿真绵长，

施于中谷，²　　　　蔓延幽深谷中央，
yì

维叶萋萋。³　　　　枝繁叶茂生机旺。

黄鸟于飞，⁴　　　　黄雀成群展翅翔，

集于灌木，　　　　　灌木丛中齐落降，

其鸣喈喈。⁵　　　　歌声婉转鸣欢唱。
jiē jiē

葛之覃兮，　　　　　葛藤条儿真绵长，

施于中谷，　　　　　蔓延幽深谷中央，

维叶莫莫。⁶　　　　枝繁叶茂生机旺。

1 葛：多年生草本植物，茎可编篮做绳，纤维可织布，块根肥大，称作"葛根"，可制
淀粉，亦可入药。覃：延长。
2 施：蔓延。中谷：即谷中。
3 维：句首语气助词。萋萋：草木茂盛的样子。
4 黄鸟：即黄雀，也叫黄鹂、黄莺、鸧鹒，身体黄色，和麻雀一般大小，声音婉转动听。
5 喈喈：拟声词，禽鸟的鸣声。
6 莫莫：茂密的样子。

是刈是濩，⁷

割取回家烧水烫，

为絺为绤，⁸

粗布细布编织忙，

服之无斁。⁹

穿上身来喜欢畅。

言告师氏，¹⁰

女师耳旁诉衷肠，

言告言归。¹¹

想回娘家去探望。

薄污我私，¹²

贴身内衣洗清爽，

薄浣我衣。¹³

罩衫外套怎能忘。

害浣害否？¹⁴

哪件该洗心思量，

归宁父母。¹⁵

急着回家看爹娘。

7 刈：割。濩：煮。"是刈是濩"的意思是将葛割来后放到热水里面煮泡，取其纤维，用以织布。

8 絺：细葛布。绤：粗葛布。

9 服：穿。斁：厌倦。

10 言：句首语气助词。师氏：指女师，在古代女师主要是抚育贵族女子并教授其女德。

11 归：古代称女子出嫁为"归"，这里指回娘家。

12 薄：句首语气助词。污：洗掉污垢。私：内衣。

13 浣：洗。

14 害：通"曷"，何。

15 归宁：在古代，已嫁女子回家看望父母叫作"归宁"。

葛覃

这是一首写女子准备归宁的诗。本诗三章描写了三幅动人的图景。诗的第一章写幽深的山谷中，一片片青翠的葛藤悄悄蔓延，在这碧绿如染的景色中忽然飞起一只黄色的小鸟，它鸣唱着动人的歌曲轻轻降落在茂密的灌木丛中，此番情景定格成了一幅颜色亮丽、生机盎然、意境幽美的山谷春景图，奠定了本诗和乐的气氛。诗的第二章写女子将成熟的葛藤割回家，一边泡一边煮，待葛藤脱出纤维的时候，将其一一捞起，织成一匹匹或粗或细的葛布，这就是女子沤麻织布图，在这幅图中我们可以看到年轻女子进进出出的身影以及熟练麻利的动作，也可以感受到女子穿上自己所制新衣的喜悦与自豪之情。第三章写这位年轻的女子将自己的归思告知女师，得到批准后，她欢天喜地地忙里忙外，洗完内衣洗外衣，动作变得越来越轻快，一想到马上就要回家见到父母，她激动万分，这不就是一幅栩栩如生的女子归宁图吗？在此我们不禁被女子喜悦而急切的情感感染，忍不住心生期待。本诗虽篇幅短小，语言简练，但诗意轻快，趣意盎然，塑造了一位可爱羞涩、勤劳能干的年轻女子形象，描绘了一幅幅充满生活气息的古风图景，给人愉快的审美体验。

卷 耳

采采卷耳，¹　　　　采呀采呀采卷耳，

不盈顷筐。²　　　　许久未满一小筐。

嗟我怀人，　　　　　所念之人在远方，

置彼周行。³　　　　竹筐搁在大路旁。

陟彼崔嵬，⁴　　　　登上高高石土山，

我马虺隤。⁵　　　　马儿疲惫腿发软。

我姑酌彼金罍，⁶　且把金罍来斟满，

维以不永怀。　　　　聊以自慰莫想念。

1 采采：采了又采的意思。卷耳：又称苍耳，一年生草本植物，野外荒地均可见，果实倒卵形，有刺，可入药。

2 盈：满。顷筐：前低后高的斜口竹筐。

3 置：放下。周行：大路。

4 陟：登。崔嵬：高大的石土山。

5 虺隤：累得像患了病的样子。

6 姑：姑且。酌：饮酒。金罍：古代一种盛酒的容器，深腹小口，广肩圈足，上面有盖。"金罍"表明这种盛酒容器乃青铜所制。

陟彼高冈，　　　　　　登上山冈放眼望，

我马玄黄。[7]　　　　　马儿疲惫毛焦黄。

我姑酌彼兕觥，[8]　　　兕觥浅斟饮酒浆，
（sì gōng）

维以不永伤。　　　　　聊以自慰莫忧伤。

陟彼砠矣，[9]　　　　　登上崎岖石土山，
（jū）

我马瘏矣，[10]　　　　马儿疲惫不能前，
（tú）

我仆痡矣，[11]　　　　仆人累极双腿软，
（pū）

云何吁矣！[12]　　　　内心忧伤解脱难。
（xū）

7 玄黄：马生病的样子。

8 兕觥：古代酒器，腹部为椭圆形或方形，盖一般成带角兽头形。

9 砠：上面多石的土山。

10 瘏：疲劳致病。

11 痡：疲劳至极。

12 云：句首语气助词。何：多么。吁：叹息。

这是一首家中妻子思念远征丈夫的诗。女主人公来到野外采摘卷耳，采了半天都不满小小一筐，原来这位女子是因为想起了离家远征的丈夫，故而心不在焉，无心劳动，想着想着她不知不觉地走到了大路旁，而这条大路就是当年丈夫离开的地方。女子思夫心切，渴望能够和丈夫相聚，然而，她左盼右盼都是徒劳，忧伤之余，无奈之下，她只得在脑海里面一遍又一遍想象丈夫在远方的情景。想着想着，她的眼前仿佛出现了丈夫骑着马儿登上高高的石山也在眺望故乡的情景。画面中，这位远行的征人满腔愁怨，心情抑郁之下只得自斟自酌，聊以自慰。征人越过一座又一座高山，试图找一个离家更近的地方遥望到故乡的影子，然而，马儿已经疲劳成疾，仆人也精疲力尽，征人只得就此作罢。此时心头埋藏已久的忧思瞬间决堤，征夫的身体也跟疲惫的马儿一样随即倒了下来，喉咙里还发出沙哑而绝望的哀号，嘶喊声在高山之巅久久回荡，不忍听闻。本诗感情极为浓郁，抒情手法也颇为高超，使人读罢心情悲戚，不禁对诗中思念成狂的女子深表同情。

樛木
_{jiū}

南有樛木，¹　　　南方樛木枝丫弯，

_{léi léi}
葛藟累之。²　　　葛藟藤蔓缠绕它。

乐只君子，³　　　幸福快乐君子啊，

福履绥之。⁴　　　天赐福禄安定他。

南有樛木，　　　　南方樛木枝丫弯，

葛藟荒之。⁵　　　葛藟藤蔓覆盖它。

乐只君子，　　　　幸福快乐君子啊，

福履将之。⁶　　　天赐福禄佑助他。

南有樛木，　　　　南方樛木枝丫弯，

葛藟萦之。⁷　　　葛藟藤叶旋绕它。

乐只君子，　　　　幸福快乐君子啊，

福履成之。⁸　　　天赐福禄成就他。

1 樛木：树枝向下弯曲的高树。
2 葛藟：植物名，又叫千岁藟，落叶木质藤本，叶广卵形，夏季开花，果实黑色，可入药。累：缠绕。
3 只：语气助词。君子：在这里指结婚的新郎。
4 福履：福禄。绥：安定。
5 荒：覆盖。
6 将：扶助。
7 萦：缠绕。
8 成：成就。

这是一首祝福新郎的诗。《诗经》中常以树木比喻男子，以藤蔓比喻女子，本诗就是以葛藟缠绕樛木而生喻女子嫁给男子，二人结为夫妇。诗虽三章，每章四句，但其中所写高高樛木让人仿佛看到了"君子"挺拔的身躯与端庄的仪态，而缠满大树的葛藤则让人忽觉眼前出现了一位身影婀娜多姿、面容年轻、朝气蓬勃的女子，极富画面感。葛藟又称千岁藟，故而又有长寿祝福之意，诗人希望新郎能够像被郁郁苍苍的青藤覆盖的高高的樛木一样，福禄随身，在今后的婚姻中快乐幸福，在未来的生活中成就辉煌。本诗语言朴素，感情真挚，气氛热烈，让人仿佛置身于一场喜气洋洋的古时结婚宴席之上。

^{zhōng}

螽 斯

螽斯羽，¹　　　　　蝗虫展翅翔，

^{shēnshēn}
诜诜兮。²　　　　　齐聚在一方。

宜尔子孙，³　　　　子孙多无量，

^{zhēnzhēn}
振振兮。⁴　　　　　繁盛聚一堂。

螽斯羽，　　　　　　蝗虫展翅翔，

^{hōnghōng}
薨薨兮。⁵　　　　　齐飞嗡嗡响。

宜尔子孙，　　　　　子孙多无量，

绳绳兮。⁶　　　　　兴旺聚一堂。

螽斯羽，　　　　　　蝗虫展翅翔，

^{jí jí}
揖揖兮。⁷　　　　　群聚飞舞忙。

宜尔子孙，　　　　　子孙多无量，

^{zhí zhí}
蛰蛰兮。⁸　　　　　和睦聚一堂。

1 螽斯：蝗虫的一种，中国北方称其为蝈蝈，身体多为草绿色，善跳跃，吃农作物，翅
膀摩擦能发出响亮的鸣声，是一种繁殖能力很强的昆虫。
2 诜诜：盛多的样子。
3 宜：多。
4 振振：众多的样子。
5 薨薨：拟声词，众多昆虫齐飞的声音。
6 绳绳：绵延不绝的样子。
7 揖揖：群聚的样子。
8 蛰蛰：群聚和谐的样子。

这是一首颂祝多子多孙的诗。螽斯多子，繁殖能力极强，诗以螽斯起兴，表达对多子多孙者的祝贺。"多子多福"是中国人自古承袭的生命理念。子孙，不仅是生命的延续，人类的希望，还承载着繁衍的职责，是家族兴旺最显著的标志。早在远古时期，人们就开始崇拜螽斯，本诗吟诵螽斯极强的生命力，赞美螽斯强大的繁殖力，实质上就是希望自己的家族能像螽斯一样兴旺昌盛、世代绵长，螽斯寄托了先民们繁衍不息的美好愿望，体现了先民们对生殖能力的狂热崇拜。中国古代社会对自然界生命力的崇拜以及对生殖方面创造力的强调是由当时人们的生存环境所决定的，一方面中国古代社会是典型的农耕社会，人力是最重要的资源，另一方面先民们对自然灾害的抵抗能力很弱，随随便便一场灾难就可能会造成人口减少、家族衰落，所以唯有多子多孙才能绵延不息、兴旺发达。艺术上，本诗最大的特色在于叠词的运用，六组叠词，整齐精练，读之铿锵有力而音韵绵长。

冬螽斯

桃夭

桃之夭夭，[1]
<small>zhuózhuó</small>
灼灼其华。[2]

之子于归，[3]

宜其室家。[4]

桃树婀娜姿态妙，

桃花朵朵开正好。

这位姑娘要出嫁，

愿她婚后生活好。

桃之夭夭，
<small>fén</small>
有蕡其实。[5]

之子于归，

宜其家室。

桃树婀娜姿态妙，

果实硕大满树梢。

这位姑娘要出嫁，

愿她婚后家庭好。

桃之夭夭，
<small>zhēnzhēn</small>
其叶蓁蓁。[6]

之子于归，

宜其家人。

桃树婀娜姿态妙，

色彩浓郁叶正茂。

这位姑娘要出嫁，

婚后幸福又美好。

1 夭夭：绚丽茂盛的样子。
2 灼灼：鲜明耀眼的样子。华：同"花"。
3 之子：这位姑娘。于：语气助词。归：出嫁。
4 宜：善。室家：家庭。
5 蕡：果实多而大。
6 蓁蓁：枝叶茂盛的样子。

桃

这是一首祝贺新嫁娘的诗。本诗久负盛名，其中"桃之夭夭，灼灼其华"二句，千百年来，吟诵不绝。清代学者姚际恒说，此诗"开千古词赋咏美人之祖"，细细品读，当知其绝妙之处。本诗三章，反复吟咏，但又不尽相同，各有侧重，第一章就重在一个"华"字。诗人以桃树的婀娜多姿象征少女的美好体态，以鲜艳灿烂的桃花象征少女的姣美容颜；其中"灼灼"二字，给人以明亮逼人之感，进一步表示这位娇艳多姿的少女今天出嫁了，盛装打扮的她明艳动人，让人睁不开眼睛，此时你的眼前是否浮现出了一个充满青春气息像花一样鲜艳的少女呢？枝头上一簇簇盛开的桃花仿佛一团团粉红的云彩，连着姑娘身上的嫁衣与醉人的笑脸让人不禁沉溺在一派和美与喜庆之中。"之子于归，宜其室家"，诗人希望这位像花一样的新娘也将快乐和美丽带给夫家，婚后家庭美满和睦，幸福像花儿一样。第二章重在一个"实"字。开花结果，乃自然规律，诗人正是用这个自然规律表达对新娘的美好祝愿，希望她婚后生儿育女，家庭美满。然而，有花有果在古人看来还不算圆满，所以第三章写"叶"之茂盛旨在进一步传达多子多福、兴旺昌盛的美好希冀。全诗三章，诗意层层递进，在一种喜气洋洋的气氛中展现了先民们对生命的激情，传达了他们对美好生活的热爱，对家庭和睦的追求。本诗且不论艺术上的技巧与特色，单那种喜庆的气氛，生命的热度以及美好的祝愿就能让人沉醉在最朴素、最纯洁的情韵中，久久不愿醒来。

兔罝
_{jū}

肃肃兔罝，¹　　　　　眼儿细密结虎网，

^{zhuó　zhēngzhēng}
椓之丁丁。²　　　　　打桩布网地上放。

^{jiū jiū}
赳赳武夫，³　　　　　武士英勇气势壮，

公侯干城。⁴　　　　　公侯护卫好屏障。

肃肃兔罝，　　　　　　眼儿细密结虎网，

施于中逵。⁵　　　　　往那交叉路口放。

赳赳武夫，　　　　　　武士英勇气势壮，

^{qiú}
公侯好仇。⁶　　　　　公侯助手卫国邦。

肃肃兔罝，　　　　　　眼儿细密结虎网，

施于中林。⁷　　　　　往那密林深处放，

赳赳武夫，　　　　　　武士英勇气势壮，

公侯腹心。⁸　　　　　公侯心腹好搭档。

1 肃肃：网眼细密的样子。兔：在这里指老虎。罝：指捕捉鸟兽的网。
2 椓：敲打。丁丁：伐木的声音。
3 赳赳：威武雄壮的样子。武夫：武士。
4 干城：盾牌和城墙，比喻捍卫者。
5 中逵：道路交错之处。
6 仇：配偶，这里指帮手。
7 中林：即林中。
8 腹心：即心腹。

这是一首赞美武士威武雄壮的诗。在古代狩猎是士兵们必备的技能之一，本诗正是描写了一位武士布网狩猎的情景。他选取了一张眼儿细密的大网，打好桩子牢牢固定之后，将其施布在猎物最有可能出现的地方，一切都是那么井然有序，经验丰富的武士胸有成竹。诗并没有继续写狩猎的情况，而是赞美武士威武雄壮，似乎有脱节之嫌，但是一想到这位武士所猎之物是凶猛大虎，而他却表现得不慌不忙，一切就不言而喻了。猛虎都不足畏惧，何况是战场杀敌，这样的勇士自然是公侯的好保镖、好助手、好搭档，真不愧是"赳赳武夫"。诗每章的最后一句皆从不同的方面赞美武士的神勇、能干以及忠诚，因为先秦时代战乱频繁，烽火连天，能保家卫国、英勇杀敌同时又忠诚守信的武士当然是人们极力赞美的对象。

芣 苢
（fú yǐ）

采采芣苢，[1]	采呀采呀车前草，
薄言采之。[2]	大家快来摘起它。
采采芣苢，	采呀采呀车前草，
薄言有之。	大家快来采取它。
采采芣苢，	采呀采呀车前草，
薄言掇之。[3]（duō）	大家快来拾起它。
采采芣苢，	采呀采呀车前草，
薄言捋之。[4]（luō）	大家快来捋取它。
采采芣苢，	采呀采呀车前草，
薄言袺之。[5]（jié）	大家快来装起它。
采采芣苢，	采呀采呀车前草，
薄言襭之。[6]（xié）	大家快来兜起它。

1 芣苢：车前草。
2 薄言：句首语气助词。
3 掇：拾。
4 捋：用手握物向一端抹。
5 袺：用衣襟兜着。
6 襭：用衣襟兜起来。

这是一首采摘车前草时所唱的歌谣。此诗未写一人，读之却能强烈感觉到处处皆人、处处有声。风和日丽，三五妇女，或郊野之外，或山坡之上，相互对歌，笑声阵阵，这是一幅多么惬意的妇女采摘图呀。简明的语句营造欢快的气氛，轻快的节奏谱写民歌的余音，本诗在回环往复中再现了一群古代妇女兴高采烈采摘车前草直至满载而归的情景。本诗为何会写采摘芣苢呢，据说原因有二：其一是因为芣苢多子，古人歌之以示对多子多孙的企盼，其中之意与《螽斯》差不多；其二是因为车前草也是一种药材，古人认为它可以治疗不孕不育或者麻风。不过抛开这两种原因不说，诗人写采摘车前草是再平常不过的事了，因为在当时，生活水平低下，物质生活匮乏，获取自然界的资源成为当时的人们解决生存问题的重要手段，在野外采摘野菜更是他们普通的劳动之一，车前草平常易得，自然成为先民们采摘的对象。

汉 广

南有乔木，¹	南方有树高又高，
不可休思。²	荫少行人懒停靠。
汉有游女，³	汉水那边好姑娘，
不可求思。	想要娶她做新娘。
汉之广矣，	汉水宽广浪滔滔，
不可泳思。	想要游过是妄想。
江之永矣，⁴	长江水面长又长，
不可方思。⁵	乘筏渡过亦无望。

qiáo qiáo
翘翘错薪，⁶ 错杂丛生柴草高，
言刈其楚。⁷ 砍伐荆条选最茂。
之子于归， 姑娘哪天要出嫁，

1 乔木：高大的树木。
2 思：语气助词。
3 汉：汉水。游女：出游的女子。
4 江：长江。永：长。
5 方：竹木制的筏子，这里用作动词，撑筏渡江。
6 翘翘：高高翘起的样子。错薪：错杂的柴草。
7 楚：植物名，落叶灌木或小乔木，茎干坚劲，广布于我国长江以南各省，亦称牡荆。

言秣其马。⁸　　　　我将马儿先喂饱。

汉之广矣，　　　　汉水宽广浪滔滔，

不可泳思。　　　　想要游过是妄想。

江之永矣，　　　　长江水面长又长，

不可方思。　　　　乘筏渡过亦无望。

翘翘错薪，　　　　错杂丛生柴草高，

言刈其蒌。⁹　　　　砍伐白蒿选最茂。

之子于归，　　　　姑娘哪天要出嫁，

言秣其驹。　　　　我将马儿先喂饱。

汉之广矣，　　　　汉水宽广浪滔滔，

不可泳思。　　　　想要游过是妄想。

江之永矣，　　　　长江水面长又长，

不可方思。　　　　乘筏渡过亦无望。

8 秣：喂马。
9 蒌：多年生草本植物，多生于水滨，又叫白蒿。

楚、

花史左編 云蒿菜花

蔞

虆 白蒿也

这是一首男子追求所恋女子而不得的民歌，抒发了男子的惆怅之情。本诗的主旨十分明晰，就是求女不得，也就是诗中所说"汉有游女，不可求思"，至于为何求而不得，作者马上给出了答案，因为"汉之广矣，不可泳思。江之永矣，不可方思"：汉水宽广，想要游过简直妄想，波浪滔滔，想要筏渡亦是无望。当然，也就是这种求而不得才更加让人难以忘怀，这也是彰显诗意的关键所在。因为求而不得，所以痛苦，男子只能望着滔滔江水倾注自己满腔的愁绪；因为求而不得，所以思念缠身，男子唯有绞尽脑汁找寻见到心爱女子的办法；因为求而不得，所以梦魂牵绕，现实的阻隔让男子无法如愿，他便在脑海里幻想女子如果哪天出嫁了，自己一定要准备好充足的薪柴，将马儿也喂得饱饱，因为自己就是那个幸福的新郎。男女之间的感情是任何东西都不能阻挡的，即使现实的鸿沟隔开了他们的身体，但永远也无法斩断纷繁缠绕的情思，千古以来，皆是如此。本诗三章，每章最后四句重复吟唱，唱出了男子无边的惆怅，也唱出了本诗沉醉千年的爱恋。

汝坟

遵彼汝坟，[1]
伐其条枚。[2]
未见君子，
^{nì}
惄如调饥。[3]

沿着汝水岸边走，
砍伐堤上垂杨柳。
不见丈夫泛思愁，
如同早饥心难受。

遵彼汝坟，
伐其条肄。[4]
既见君子，
不我遐弃。[5]

沿着汝水岸边走，
砍伐堤上嫩黄柳。
夫若归家把他留，
恐再远行心忧愁。

^{fáng　chēng}
鲂鱼赪尾，[6]
^{huǐ}
王室如毁。[7]
虽则如毁，
父母孔迩。[8]

鳊鱼尾巴红又红，
官家事务如火同。
虽然公事急如火，
父母穷困谁来供。

1 遵：沿着。汝：汝水，在今河南省东南部。坟：岸堤。
2 条枚：树的枝条。
3 惄：忧愁。调：通"朝"，早晨。
4 条肄：砍而又生的嫩枝。
5 遐：远。
6 鲂鱼：即鳊鱼。赪：红色。
7 毁：火。
8 孔：很。迩：近。

鲂

这是一首思妇诗。诗一开篇便描绘了一幅凄凉的妇女砍柴图，这位妇人行走在汝水岸边，瘦弱无力的她只能砍下树上低垂的枝条或者新生的嫩柳，一阵忙活之后，她放下柴刀，眺望远方，脸上尽是愁容。看到这里不禁让人纳闷，伐樵砍柴不是男子应该承担的劳动吗，为何让一个瘦弱的女子来担负？原来，这位妇女的丈夫长年在外行役，她不得不挑起生活的重担，即使辛苦劳作但还是忍饥挨饿，大清早便空着肚子出来砍柴，她不知道有没有下顿，只知道家里的公婆还得靠自己供养。思妇悲痛之余不禁生出些许怨念，那个在她心中盘旋很久的问题终于破土而出：官家事务急如火，但家中事儿谁来管？她私心想着，如果丈夫哪天回来，无论如何也不能再让他离开，因为她衰弱的身体已承担不起思念的折磨与生活的重压。先秦时期，役务繁重，诗中的思妇就是当时千万妇女的缩影，男耕女织对她们来说都是一个奢侈的梦，她们不得不以一人之躯扛下生活的重担，而且时时刻刻活在恐慌与绝望之中，因为很可能和丈夫一朝相别就是天人永隔。本诗深刻反映了当时人们生存处境之艰难，读罢让人怆然落泪。

麟之趾

麟之趾，¹　　　　　麒麟蹄儿真粗壮，

_{zhēnzhēn}
振振公子。²　　　　　公子仁厚吉瑞祥。

于嗟麟兮！³　　　　　哎哟麒麟多美好！

麟之定，⁴　　　　　麒麟额头真宽广，

振振公姓。⁵　　　　　公孙仁厚福瑞祥。

于嗟麟兮！　　　　　　哎哟麒麟多美好！

麟之角，　　　　　　麒麟角儿弯又长，

振振公族。⁶　　　　　公族仁厚福禄旺。

于嗟麟兮！　　　　　　哎哟麒麟多美好！

1 麟：麒麟，古代传说中的一种动物，形状像鹿，头上有角，全身有鳞甲，尾像牛尾。
古人认为麒麟是仁兽、瑞兽，把它当作祥瑞的象征。
2 振振：仁厚的样子。
3 于嗟：叹词，这里表示赞美。于，通"吁"。
4 定：额。
5 公姓：诸侯国君的孙子，即公孙。
6 公族：诸侯的同族。

这是一首赞美贵族公子的诗。麒麟是传说中的神兽，自古以来都是祥瑞的象征，民间有谚语说："摸摸麒麟头，万事不发愁；摸摸麒麟嘴，夫妻不吵嘴；摸摸麒麟背，荣华又富贵；摸摸麒麟尾，长命又百岁。"同时，麒麟也常用来指代才能杰出的人，代表至高无上的荣誉，比如汉代的麒麟阁（汉宣帝时曾将霍光等十一位功臣的画像置于阁上，以表扬其功绩），至此封建时代多将功臣画像挂于麒麟阁之上表示卓越功勋和最高荣誉。麒麟在古人心中有着崇高的地位，不能随便使用，在当时只有王孙公子才能与麒麟并称，所以诗中称"公子""公姓""公族"。诗中的公子不仅宽广仁厚而且才能杰出，诗人赞美他们振奋有为，堪比麒麟，并希望公族兴旺昌盛，永享祥瑞。在这简单的旋律与朴素的语言中，我们依稀能捕捉到原始先民们真诚的祝福与淳朴的情感。

召南

鹊 巢

维鹊有巢，[1]　　　　　　喜鹊树上筑鸟巢，
维鸠居之。[2]　　　　　　鸤鸠前来居住它。
之子于归，　　　　　　　姑娘今天要出嫁，
百两御之。[3]　　　　　　百辆车子迎接她。

维鹊有巢，　　　　　　　喜鹊树上筑鸟巢，
维鸠方之。[4]　　　　　　鸤鸠前来占据它。
之子于归，　　　　　　　姑娘今天要出嫁，
百两将之。[5]　　　　　　百辆车子欢送她。

维鹊有巢，　　　　　　　喜鹊树上筑鸟巢，
维鸠盈之。[6]　　　　　　鸤鸠前来住满它。
之子于归，　　　　　　　姑娘今天要出嫁，
百两成之。[7]　　　　　　百辆车子成全她。

1 维：句首语气助词。鹊：喜鹊。
2 鸠：鸤鸠，即八哥。
3 两：同"辆"。御：迎接。
4 方：占有。
5 将：送。
6 盈：满，言陪嫁人员之多。
7 成：成就，完成，指礼成。

这是一首祝颂新娘的诗。喜鹊在树上建巢，鸤鸠前来安家，诗人独具匠心，由此引出姑娘今天出嫁，即将住进夫家。在这里，喜鹊比喻男子也就是诗中的新郎，而鸠指代女子也就是诗中出嫁的姑娘，喜鹊建巢，鸤鸠安家，此乃天性，在古人看来男娶女嫁犹如鸠居鹊巢，亦是天性。姑娘出嫁，住进夫家，是中华民族根深蒂固的传统，先民们称其为天性也不无道理。从"百两御之""百两将之""百两成之"来看，迎亲车队庞大，婚礼场面甚为壮观，这绝非普通的民间婚礼，而是一场诸侯贵族的婚礼。一个"御"字、一个"将"字、一个"成"字，简洁地概括了迎亲、送亲、礼成的婚礼过程。诗虽未对婚礼场面进行过多描述，但依然能够强烈感受到隆重而喜庆的气氛，陪嫁人员之多、围观群众之多、场面之热闹、乐声之高扬，仿佛就在眼前。全诗三章，回环复沓，传达着人们对新娘的美好祝愿。

采蘩 [fán]

于以采蘩？[1]　　　　将往哪儿去采蒿？

于沼于沚。[2]　　　　山郊野外池塘旁。

于以用之？　　　　采来白蒿有何用？

公侯之事。[3]　　　　公侯家中祭祀忙。

于以采蘩？　　　　将往哪儿去采蒿？

于涧之中。[4]　　　　山郊野外涧溪旁。

于以用之？　　　　采来白蒿有何用？

公侯之宫。[5]　　　　公侯祭祀陈庙堂。

被之僮僮，[6] [bì]　　　发饰美丽多光亮，

夙夜在公。[7]　　　　日夜奔波在公堂。

被之祁祁，[8] [qí qí]　　发饰已呈松散貌，

薄言还归。[9]　　　　这才得空往家跑。

1 于以：即到哪儿。蘩：即白蒿，又名艾蒿，俗呼蓬蒿，古人常用来祭祀。
2 沼：水池。沚：水中的小块陆地。
3 事：指祭祀之事。
4 涧：山间的小溪。
5 宫：宫室，这里指庙堂。
6 被：当时妇女所用的一种发饰，相当于今天的假发。僮僮：盛美的样子。
7 夙夜：早晚。公：公务。
8 祁祁：舒缓的样子。
9 薄言：句首语气助词。

这首诗描写宫女为公侯祭祀之事日夜奔波劳累不得休息。一大清早宫女们便匆匆来到沙洲池沼、山谷小溪采集白蒿，她们没有嬉戏打闹也没有稍做停歇，只是不断重复手中的动作，采集这么多白蒿做什么呢？原来公侯祭祀要用它。采完白蒿之后的宫女们又马不停蹄地来到了庙堂，准备供祭。"被之僮僮"再一次揭示了这群宫女的身份，同时与下面的"被之祁祁"形成鲜明对比，表明宫女们从早到晚，没有片刻歇息，连发饰松散了都没工夫整理。拖着疲倦的身体，顶着散乱的头发，在一天的辛勤劳动后，宫女们终于可以回家了。此时她们的表情可能是欣喜的，因为马上就可以好好休息了；也可能是心酸的，因为繁重而长时间的劳作让她们几近崩溃，更重要的是她们不是为自己劳动而是为公家进行无偿贡献；当然，她们的表情也可能是麻木的，因为日复一日年复一年的生活已经让她们习以为常，根本不会再有任何念想。由此来看，本诗仿佛在侧面讽刺公侯祭祀神灵、祈求福祉，只是从自身利益出发，丝毫没有为苍生祈福之心。

蘩　白蒿也

草 虫

yāo yāo
喓喓草虫，¹　　　　　　山野之中虫鸣唱，

tì tì fù zhōng
趯趯阜螽。²　　　　　　眼前蚱蜢蹦又跳。

未见君子，　　　　　　　　许久未见心上郎，

chōngchōng
忧心忡忡。　　　　　　　　焦躁不安心忧伤。

亦既见止，³　　　　　　如果见到心上郎，

gòu
亦既觏止，⁴　　　　　　日夜陪伴他身旁，

我心则降！　　　　　　　　我的心儿才能放！

陟彼南山，　　　　　　　　登到高高南山上，

言采其蕨。⁵　　　　　　山中蕨菜采摘忙。

未见君子，　　　　　　　　许久未见心上郎，

chuòchuò
忧心惙惙。⁶　　　　　　郁郁寡欢心忧伤。

1 喓喓：虫叫声。草虫：泛指草木间的昆虫。
2 趯趯：跳动的样子。阜螽：蝗类昆虫，即蚱蜢。
3 亦：如果。止：他。
4 觏：遇见。
5 蕨：多年生草本植物，根茎可制淀粉。嫩叶可食，俗称"蕨菜"。其纤维可制绳缆，全
株可入药，多生于森林和山野的阴湿地带。
6 惙惙：忧郁的样子。

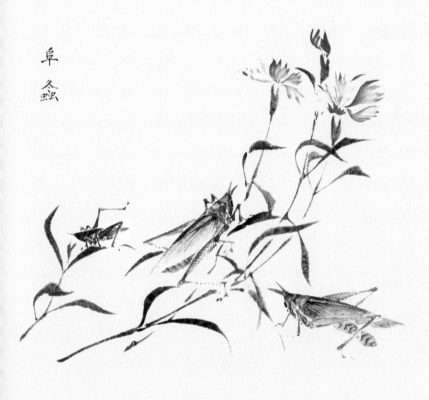

阜
冬
蜮

亦既见止，	如果见到心上郎，
亦既觏止，	日夜陪伴他身旁，
我心则说！⁷	我的心儿才欢畅！

陟彼南山，	登到高高南山上，
言采其薇。⁸	山中薇菜采摘忙。
未见君子，	许久未见心上郎，
我心伤悲。	抑郁万分心忧伤。
亦既见止，	如果见到心上郎，
亦既觏止，	日夜陪伴他身旁，
我心则夷！⁹	我的心儿才安详！

7 说："悦"的古字。
8 薇：一种野菜，俗称"野豌豆"，结荚果，荚果中有五六粒种子，可食用，其嫩茎和嫩叶可做蔬菜。
9 夷：平。

蕨

这是一首抒写思妇情怀的诗，女主人公在登山采蕨时想起了远行的夫君，不禁泛起思愁。诗开头描绘了这样一幅画面：天色渐晚，草丛里的虫儿们不停地鸣唱，眼前时不时蹦过几只蚱蜢，黄昏中妇人清瘦的身体被夕阳拉得很长，她面带愁容，望向远方，一阵秋风掠过，妇人的衣袂轻轻飘起，一幅落日秋思图跃然纸上，让人忍不住心生悲凉。随着天色渐暗，耳畔一阵高过一阵的鸣叫将默默驻足的思妇从沉思中拉回现实，思妇轻声叹息：如果远行的夫君能够陪伴身侧，自己也不会终日苦闷心不在焉了。秋去春来，并不意味着苦尽甘来，思妇在春光明媚的日子里来到山中采摘蕨菜，然而，这美好的春光只是增添一道明媚的忧伤，形单影只的她在这大好时光里焦躁万分。春日渐长，来到山上采薇的妇人愈发郁郁寡欢，她眉头紧蹙，神情抑郁，忽然她的脸上掠过一丝笑容，原来她在脑海里再一次幻想丈夫远行而归日夜陪伴身旁，这当然让她心神安定，心情舒畅。春秋代序，岁月流转，这位孤独的妇人仿佛游离于时间之外，也许无情岁月只会笑人痴狂，思妇唯有在未知与惶恐中继续等待，继续张望，继续遐想。

采蘋
^{pín}

于以采蘋？[1]　　　　　哪儿可采田字草？

南涧之滨。　　　　　　在那南面涧水滨。

^{zǎo}
于以采藻？　　　　　　哪儿可以采水藻？

^{háng lǎo}
于彼行潦。[2]　　　　　在那积水的池沼。

于以盛之？　　　　　　将用什么来盛放？

^{jǔ}
维筐及筥。[3]　　　　　圆篓方筐来帮忙。

于以湘之？[4]　　　　　将用什么来煮好？

^{qí}
维锜及釜。[5]　　　　　锅儿釜儿能用上。

于以奠之？[6]　　　　　祭品将往哪儿放？

^{yǒu}
宗室牖下。[7]　　　　　宗庙窗下陈列好。

谁其尸之？[8]　　　　　什么人儿来主事？

有齐季女。[9]　　　　　妙龄少女将上场。

---

1 蘋：蕨类植物，生在浅水中，茎横生在泥中，质柔软，有分枝，叶柄长，四片小叶生在
叶柄顶端，像"田"字。也叫田字草。
2 行潦：沟中的积水。
3 筥：盛物的圆形竹筐。
4 湘：煮。
5 锜：三脚锅。釜：无脚锅。
6 奠：置放。
7 宗室：这里指宗庙。牖：窗户。
8 尸：古代祭祀时，代表死者受祭的人，这里指主持祭祀。
9 齐：通"斋"，恭敬美好的样子。季女：少女。

这是一首女子祭祀祖先神灵的诗。这次祭祀的主持是一位妙龄少女，从诗中所说"有齐季女"来看，这位少女虽然年纪尚小，但美丽娴静，恭谨端庄，想必对祭祀之事也十分熟悉，不过，她还是丝毫不敢松懈，小心谨慎地准备祭品。少女来到山间溪水边捞取田字草，来到积水的池沼边采择水藻，然后用圆篓方筐盛好背回家，再找来锅子釜儿煮好，最后将祭品小心安放在祠堂的窗户底下。流畅的诗句将少女准备祭品的过程表现得栩栩如生，极富画面感，仿佛依稀能看到妙龄少女轻巧灵动的身影，严肃认真的神情。虔诚祷告的众人、安放整齐的祭品、美丽端庄的祭祀主持，相信祖宗神灵定会心情愉悦，赐下福祉。少女主祭在《诗经》中并不多见，本诗提供了一个观照先秦祭祀文化的窗口，也有一定的民俗价值。

蘋

田字草

甘 棠

蔽芾甘棠，[1]　　　　棠梨枝叶真繁茂，

勿翦勿伐，[2]　　　　不剪不砍细心养，

召伯所茇。[3]　　　　召公曾在此落脚。

蔽芾甘棠，　　　　　棠梨枝叶真繁茂，

勿翦勿败，[4]　　　　不剪不毁细心养，

召伯所憩。[5]　　　　召公曾在此休调。

蔽芾甘棠，　　　　　棠梨枝叶真繁茂，

勿翦勿拜，[6]　　　　不剪不拔细心养，

召伯所说。[7]　　　　召公曾在此歇脚。

1 蔽芾：茂盛的样子。甘棠：树名，又叫棠梨，落叶乔木，叶长圆形或菱形，花白色，果实小，俗称野梨。

2 翦：砍伐，截断。

3 召伯：周宣王的得力大臣，名虎，姬姓，因为被周宣王封在名叫召的地方，授伯爵，所以称其为召伯。茇：在草舍住宿。

4 败：毁坏。

5 憩：休息。

6 拜：拔掉。

7 说：通"税"，歇息。

甘棠

这是一首怀念召伯的诗。召伯虎是周宣王的得力大臣，曾率军平定淮夷之乱，《毛诗序》云："《甘棠》，美召伯也。召伯之教，明于南国。"相传，召伯南巡，为了不干扰百姓，所到之处都只在甘棠树下结草住宿，休憩整顿，也在甘棠树下听讼决狱，让乡邑百姓大为感动。为了感怀召伯，追思其德，人们将召伯停留过的甘棠树保护起来，不砍不伐，呵护备至，此乃郑笺所云："召伯听男女之讼，不重烦百姓，止舍小棠之下而听断焉，国人被其德，说其化，思其人，敬其树。"诗人没有用任何华丽的辞藻来夸饰召伯卓越的功绩与美好的德行，甚至没有正面对召伯进行丝毫的描写与形容，只是反复提到那高大繁茂的甘棠树是召伯曾经休憩的地方，然而，我们却能强烈感受到人们充满崇敬与感恩的情怀，脑际浮现出召伯厚德仁慈的形象。召伯体恤百姓，关心民生疾苦，倾听民声，为民众排忧解难，人们对他的德政教化铭记于心，甘棠树代表了人们对他的追思与感激。随着时间的流逝，甘棠树会越来越高大，枝叶会越来越繁茂，召伯的仁德也会永远传播下去，无怪乎孔子评价《甘棠》曰："吾于《甘棠》，宗庙之敬甚矣，思其人必爱其树，尊其人必敬其位，道也。"（《孔子家语·好生》）

行 露

厌浥行露，[1]

岂不夙夜，

谓行多露。[2]

谁谓雀无角，[3]

何以穿我屋？

谁谓女无家，[4]

何以速我狱？[5]

虽速我狱，

室家不足。[6]

夜深露重沾湿道路，

何曾不想趁夜逃去，

无奈露多无法赶路。

谁说麻雀没有利嘴，

凭啥啄穿我的房屋？

谁说你还没有成家，

凭啥害我蹲进监狱？

即使害我蹲进监狱，

成婚理由还是不足。

1 厌浥：潮湿。行：道路。
2 谓：通"畏"，惧怕。
3 角：鸟嘴。
4 女：通"汝"。无家：没有成家。
5 速：招致。狱：打官司。"速我狱"，害我蹲监狱。
6 室家不足：要求结婚的理由不充足。

谁谓鼠无牙，　　　谁说老鼠没有利齿，

何以穿我墉？⁷　　凭啥穿透我的墙屋？

谁谓女无家，　　　谁说你还没有成家，

何以速我讼？⁸　　凭啥害我蹲进监狱？

虽速我讼，　　　　即使害我蹲进监狱，

亦不女从。　　　　我也绝不对你让步。

7 墉：墙。

8 讼：诉讼。"速我讼"，使我吃官司。

这是一首女子拒绝已婚男子的求婚而陷入官司的诗，表现了女子顽强的抗争精神。诗虽篇幅短小，且皆为女子内心陈诉，但丝毫不影响读者对整个事件的把握，从女子的控诉中，我们能清楚得知，诗中男子或有一定权势或倚仗官府势力想要逼迫女子成婚，女子深知男子早有家室，并非真意，于是坚决反抗，最后竟被男子要挟打官司。"谁谓雀无角，何以穿我屋？谁谓女无家，何以速我狱？"这是女子极度气愤之下的声泪控诉，此四句反复吟唱，表明女子内心之坚决以及对男子早已成家但还是欺骗她的感情、逼迫她与之成婚的深恶痛绝。显然，诗中女子并非逆来顺受、畏惧权贵的柔弱之辈，"虽速我狱，室家不足""虽速我讼，亦不女从"，女子心硬如铁，宁可吃官司、进监狱也绝不屈服。短短几句，女子不畏强暴、敢于反抗的形象跃然纸上，让人不得不为她强烈的斗争意识所折服。同时，男子横行霸道逼迫女子、恼羞成怒威胁女子的反面形象也深入人心，正如那破屋之雀、穿墙之鼠，让人心生厌恶。

羔 羊

羔羊之皮，	羔羊皮袄穿上身，
素丝五紽。[1]	白丝交错细细缝。
退食自公，[2]	美味佳肴公家供，
委蛇委蛇。[3]	悠闲自得多从容。
羔羊之革，[4]	羔羊皮袄穿上身，
素丝五緎。	白丝交错细细缝。
委蛇委蛇，	悠闲自得多从容，
自公退食。	公家供食尽享用。
羔羊之缝，	羔羊皮袄穿上身，
素丝五总。	白丝交错细细缝。
委蛇委蛇，	悠闲自得多从容，
退食自公。	美味佳肴公家供。

1 素丝：即白丝。五：通"午"，交午，纵横交错的意思。紽：缝。下文的"緎""总"也都是缝的意思。
2 退食自公：意思是从公家用完餐之后退席。
3 委蛇：即逶迤，悠闲自得的样子。
4 革：去了毛的兽皮。

这是讽刺统治阶级奢侈生活的诗。官员们身穿细丝交叉缝纫的羊羔皮袄，早早上完朝后成群结队地来到供应公餐的地方享受今日的佳肴，酒足饭饱之后，这群老爷挺着肚子优哉游哉地摇晃着，甚是惬意。诗虽无一斥责之词，但却能强烈体会到诗人的讽刺与斥责之意。试想，当官老爷们每日身着华贵而考究的服饰时，老百姓们穿的是粗布麻衣甚至衣不蔽体；当官老爷们每日在朝堂官府悠闲办公时，老百姓们在寒风烈日下辛勤劳作不得片刻休息；当官老爷们每顿享受美味佳肴的时候，老百姓们粗茶淡饭甚至忍受饥饿，这强烈的对比胜过万千控诉的语言。统治阶级不劳而获，享受着百姓辛勤劳动的成果，每日锦衣玉食，过着无比奢侈的生活，这怎能不让生活艰难的底层老百姓们寒心。诗人看似是以冷静的笔调描写官员们的日常生活与饮食穿着，但"委蛇委蛇"所刻画的官员形象暴露了诗人内心真实的情感，厌恶讽刺之情显露无遗。

殷其雷
^{yǐn}

殷其雷，[1]	雷声轰轰声音响，
在南山之阳。[2]	在那南山向阳方。
何斯违斯？[3]	为何此时去远方？
莫敢或遑。[4] ^{huáng}	不敢偷闲事儿忙。
振振君子，[5]	我那仁厚好丈夫，
归哉归哉！	快快归来聚一堂！
殷其雷，	雷声轰轰声音响，
在南山之侧。[6]	在那南边高山旁。
何斯违斯？	为何此时去远方？

1 殷：震动声。
2 阳：山南水北谓之阳。
3 何斯违斯：为何在此时离开。斯，此时。违，离开。斯，此地。
4 或：有。遑：闲暇。
5 振振：仁厚的样子。
6 侧：指南山的旁边。

莫敢遑息。⁷　　　　不敢稍息事儿忙。

振振君子，　　　　　　我那仁厚好丈夫，

归哉归哉！　　　　　　快快归来聚一堂！

殷其雷，　　　　　　　雷声轰轰声音响，

在南山之下。　　　　　在那南边山下方。

何斯违斯？　　　　　　为何此时去远方？

莫或遑处。⁸　　　　不敢安住事儿忙。

振振君子，　　　　　　我那仁厚好丈夫，

归哉归哉！　　　　　　快快归来聚一堂！

7 息：休息。
8 处：住，指在家里安居。

这是一首思妇诗。天雷隆隆作响,声音此起彼伏,一会儿在南山阳坡,一会儿在南山旁侧,一会儿在南山脚下,看到这大雨即将倾盆而至的情景,家中的妻子不胜担忧。此时,她或倚在门框上或坐在窗台下,凝视这电闪雷鸣的气象,想起了在外奔波的丈夫,这般恶劣的天气,丈夫是否有避雨之所。"何斯违斯?"想着想着,妻子不禁埋怨丈夫为何此时要远行在外,惹自己担惊受怕,接着她又立马为丈夫辩解,因为公事繁忙,不敢耽搁。这也许是思妇的善解人意,也许是丈夫每次远行前对妻子的解释之辞,无论怎样,我们都不难看到这其中萦绕的浓浓深情。虽然丈夫长年在外,但在妻子心目中,他乃"振振君子",勤奋仁厚,年轻有为,每每想到他,妻子心中就会涌起无限甜蜜,为自己的丈夫感到骄傲,然而,不管丈夫是公务繁忙也好,是努力奋斗也罢,她还是希望丈夫能够早日回家团聚。本诗最大的特色在于将思妇九曲回肠的心思表达得惟妙惟肖,生动感人,让人能够设身处地体会到思妇的深情与矛盾。

bião
摽有梅

摽有梅,¹　　　　　梅子纷纷坠落,

其实七兮。　　　　　而今还剩七成。

求我庶士,²　　　　追求我的众人,

dài
迨其吉兮!³　　　　不要耽误良辰!

摽有梅,　　　　　　梅子纷纷坠落,

其实三兮。　　　　　而今还剩三成。

求我庶士,　　　　　追求我的众人,

迨其今兮!⁴　　　　趁着今日良辰!

摽有梅,　　　　　　梅子纷纷坠落,

jì
顷筐塈之。⁵　　　　用那浅筐来盛。

求我庶士,　　　　　追求我的众人,

迨其谓之!⁶　　　　表白无须再等!

1 摽:落。有:语气助词。
2 庶:众多。
3 迨:趁着。吉:好日子。
4 今:现在。
5 顷筐:前低后高的斜口筐。塈:取。
6 谓:告诉。

这是一首待嫁女子思春求爱的诗。第一章写暮春时节，树上的梅子纷纷坠落，此情此景让适婚女子无比伤感。想当初，树上梅子缀满枝头，而今却落得只剩七成，女子不禁感叹：光阴易逝，时不我待，那有心追求我的良人呐，为何还不向我表白。第二章写树上的梅子落得只剩三成，女子再一次在心里呼唤：有心追求我的青年呀，切莫耽误良辰古日。第二章写树上梅子皆已坠落，树下的人们纷纷以浅筐盛掇，此时女子心急如焚，向所有适婚青年呼喊：如若有心，则无需再等。树上的梅子一天天坠落，不复之前的繁茂与生机，风华正茂的女子犹如这枝头的梅子，如若任岁月流逝，终会衰落成泥，徒自伤悲，诗中的女子正是思及于此故而心急如焚，她渴望爱情，渴望婚姻，渴望不负青春岁月。本诗清新质朴，以梅子成熟坠落起兴，引出妙龄少女对婚姻爱情的追求，诗意层层递进，表达了女子唯恐青春逝去而佳婿未得的急切心情。

梅

小 星

嘒彼小星，[1]　　　　　小小星辰闪弱光，

三五在东。　　　　　三颗五颗在东方。

肃肃宵征，[2]　　　　　匆匆赶路天未亮，

夙夜在公。　　　　　日日夜夜为公忙。

实命不同！[3]　　　　　彼此命运不一样！

嘒彼小星，　　　　　小小星辰闪弱光，

维参与昴。[4]　　　　　参星昴星在上方。

肃肃宵征，　　　　　匆匆赶路天未亮，

抱衾与裯。[5]　　　　　抱着衾裯赶路忙。

实命不犹！[6]　　　　　命不如人空惆怅！

1 嘒：微弱的样子。
2 肃肃：急匆匆的样子。宵：夜。征：行。
3 实：确实，的确。
4 参、昴：星宿名，参星和昴星。
5 衾：被子。裯：被单。
6 不犹：不如。

这是一首小吏暗自抱怨的诗。天色朦胧，三五颗小星在东方闪烁，匆匆赶路的小吏倍感心酸，像他这样起早贪黑忙于公事的人，只能抱着被子床单赶路，不知道下一次又将在哪里歇脚。短暂的睡眠让小吏十分疲惫，也许此时脑袋还是蒙的，也许才暖和起来的身子又被瑟瑟寒风吹冷，但双脚却不能停，无奈之下，小吏只得自怨自艾，感叹"实命不同""实命不犹"。为何自己的命运如此艰难？为何自己就这么命不如人？小吏的感叹折射出了他内心微妙的情感，确实，他不会控诉等级社会的不公，也不会思考劳逸不均的根本原因，但他的怨叹却透着对统治阶级的埋怨，当然，这种埋怨是浅层次的、直观的，他只是在想为什么贵族阶级就能不劳而获、每日悠闲，自己怎么就不是生而为贵族呢？诗中的小吏就如天边闪着微光的小星，他们虽然数量繁多，却是最无助最弱势的群体，然而，这饱经苦难的底层人民却最是善良淳朴的，他们面对苦难的人生只会默默承受、默默忍耐，顶多也只是自我伤感，寻求精神的发泄。

江有汜 ^{sì}

江有汜，¹   长江广阔多支流，

之子归，²   这人回到家里头，

不我以。³   却不带我一起走。

不我以，   你不带我一起走，

其后也悔！   将来后悔心莫愁！

江有渚，⁴   长江广阔多水洲，

之子归，   这人回到家里头，

不我与。   不来相聚就出走。

不我与，   你不相聚就出走，

其后也处！⁵   来日心伤让你愁！

1 汜：先从主流分出最后又流入的水。
2 之子：这个人。归：回到家里。
3 以：用。"不我以"是"不以我"的倒文，意思是不要我了。
4 渚：水中的小块陆地。
5 处：忧伤。

　　　　tuó
江有沱，⁶　　　　　长江广阔多岔流，

之子归，　　　　　这人回到家里头，

不我过。　　　　　不见我面又远走。

不我过，　　　　　你不见我又远走，

其啸也歌！⁷　　　　日后哭号空自愁！

6 沱：沱江，长江的支流，位于今四川省中部。
7 啸也歌：即啸歌，悲痛号哭的意思。

这是一首弃妇诗。诗共三章，每章开头分别为"江有汜""江有渚""江有沱"，皆言长江广阔多支流，接下来诗便写妇女控诉丈夫久别回到故里却又抛下自己独自离开，原来作者是以长江多支流引出诗中男子有二心。丈夫远行而归乃家中妻子日夜所盼，而当归家的丈夫不来相聚甚至都不来见上一面时，妻子作何感想，是何滋味？丈夫的决绝离开无疑又给了这名妇女莫大的打击，她知道丈夫彻底抛弃了自己，可能再也不会回来了。无缘无故被抛弃的妻子怎能对丈夫不充满怨恨，她左思右想，就是想不通丈夫为何会离自己而去，越想恨意越浓，当恨意达到极点时，弃妇不禁在脑海里幻想有朝一日绝情的丈夫一定会后悔，到时候也让他尝尝痛苦的滋味。从某种意义上来说这名弃妇还挺痴情，自己被抛弃后竟还幻想丈夫日后也会受到感情惩罚，但从"其后也悔""其后也处""其啸也歌"来看，弃妇恨意的逐步加深都是伴随着痛苦与挣扎的。从表面上来看，全诗皆是弃妇指责丈夫薄情寡义并断言日后丈夫一定会悔恨不已，但恨与怨的背后是爱与无奈，女子越是指责丈夫薄情，越是对他难以割舍，女子对丈夫的恨意越是浓烈就越表明她还是深爱着丈夫，悔恨的背后隐藏着弃妇的绝望与软弱。这就是本诗的精妙之处，以浅白的语言表达曲折深晦的情感，体现出了高超的艺术水平。

野有死麕

野有死麕，¹　　　　野外有只死香獐，

白茅包之。　　　　洁白茅草把它绑。

有女怀春，　　　　有位姑娘春心荡，

吉士诱之。²　　　　美好青年把话挑。

林有朴樕，³　　　　林子深深多小树，

野有死鹿。　　　　郊野之外有死鹿。

白茅纯束，⁴　　　　洁白茅草把它束，

有女如玉。　　　　年轻少女美如玉。

舒而脱脱兮！⁵　　　　动作舒缓别惊慌！

无感我帨兮！⁶　　　　莫让我的围裙晃！

无使尨也吠！⁷　　　　别惹狗儿叫汪汪！

1 麕：獐子。
2 吉士：美好青年。
3 朴樕：丛生的小树。
4 纯束：捆扎。
5 舒：舒缓。脱脱：舒缓的样子。
6 感：通"撼"，撼动。帨：配巾，相当于今天的围裙。
7 尨：多毛的狗。

白茅

这首诗描写了一个青年猎人将所射之鹿送给心爱女子最终获得芳心的爱情故事。本诗古朴自然，趣意横生，为我们讲述了一段美丽动人的男女之情。诗中的男子乃一个年轻健美的猎人，他将所射的小鹿用洁白的茅草捆扎好送给自己心爱的女子，白茅既代表了少女的纯洁与美好，又代表了青年对少女纯真的感情以及对心爱之人的无比珍视。从男子以鹿相赠之举联系第一章的"有女怀春，吉士诱之"、第二章的"白茅纯束，有女如玉"可以看出，二人的感情还处于青涩而懵懂的阶段。到了第三章，二人的感情有了阶段性的发展，男子示爱成功后便急不可耐地想要和姑娘有进一步的接触，他来到姑娘的身边，企图掀起姑娘的围裙，急切慌张的动作差点惹得狗儿汪汪大叫，姑娘措手不及只得轻声连呼："舒而脱脱兮！无感我帨兮！无使尨也吠！"真是有趣至极、生动至极也！"有女怀春"，此乃自然之情，"吉士诱之"更显自然之性，本诗以自然朴素的语言描绘了一段自然纯真的爱情，给人无限美好与遐想。

何彼襛矣

何彼襛矣？[1]   什么花儿如此繁盛？

唐棣之华。[2]   棠棣花儿开得正好。

曷不肃雍？[3]   为何仪仗有欠端庄？

王姬之车。[4]   那是王姬出嫁车辆。

何彼襛矣？   什么花儿如此繁盛？

华如桃李。   桃李花儿开得正好。

平王之孙，[5]   平王外孙今日出嫁，

齐侯之子。[6]   齐侯女儿喜做新娘。

其钓维何？   什么绳子钓鱼最好？

维丝伊缗。[7]   细丝搓成一定牢靠。

齐侯之子，   齐侯女儿风华正茂，

平王之孙。   平王外孙花般美貌。

1 襛：花木繁盛的样子。
2 唐棣：即郁李，落叶小灌木，春季开花，花为淡红色，果实小球形，暗红色。
3 曷：何。肃雍：庄严雍容。
4 王姬：周王的女儿叫作王姬。
5 平王之孙：周平王的外孙女。
6 齐侯之子：齐侯的女儿。
7 缗：钓鱼绳。

这是描写周平王的外孙女、齐侯的女儿出嫁时的诗。这是一个美好的日子，棠棣花开，艳丽繁茂，桃李绽放，色彩鲜艳，王姬今日出嫁，气氛热闹，喜气洋洋。王姬如此貌美，她风华正茂，面容如花般娇艳美丽，身上的嫁衣犹如七彩祥云，耀眼夺目；王姬身份何等尊贵，她是周平王的外孙女，是齐侯的女儿，真乃天之骄女；王姬的婚礼如此盛大，陪嫁的随从排成长队，迎亲的车辆犹如长龙。王姬天人之姿，尊贵无比，她出嫁的隆重场面令围观的百姓折服，人们赞美她的容貌，赞美她的高贵。本诗虽写王族婚嫁，但显然出自民间，"其钓维何？维丝伊缗"，在百姓的眼中，男女双方门当户对，婚姻自然稳固，百姓们真诚祝愿王姬婚后幸福，家庭美满。

唐棣

柯亭

驺 虞

彼茁者葭，[1]
   zhuó jiā

壹发五豝。[2]
  bā

于嗟乎驺虞！[3]
   zōu

芦苇青青刚破土，

箭箭射向母野猪。

猎手技高人叹服！

彼茁者蓬，[4]

壹发五豵。[5]
  zōng

于嗟乎驺虞！

飞蓬青青刚破土，

箭箭射向小野猪。

猎手技高人叹服！

1 茁：草刚冒出土地的样子。葭：芦苇。
2 壹：句首语气助词。五：虚词，表示多。豝：母猪。
3 驺虞：天子园圃中掌鸟兽的官。
4 蓬：多年生草本植物，花白色，中心黄色，叶似柳叶，子实有毛，亦称飞蓬。
5 豵：小猪。

豝

这是赞美猎人射技高超的诗。诗中所赞美的猎人不是一般的猎人，而是天子园囿中掌管鸟兽的官员。春光和煦，大地一片生机勃勃，经过一个冬天的蛰伏，动物们纷纷出巢走动，这正是狩猎的大好时机。当然，春雨润物，草木繁盛，那茂密的芦苇丛，那遍布原野的飞蓬也正是野兽们藏身的好去处。不过，这对于技艺高超的猎手来说不值一提，他无论是在茂密的丛林中还是在广阔的原野上都能箭无虚发，母猪小猪皆难逃其手，让人不得不赞叹："于嗟乎驺虞！"诗虽简短却把猎手的神勇表现殆尽，语言平易却影射猎手淡定从容，实在精巧。

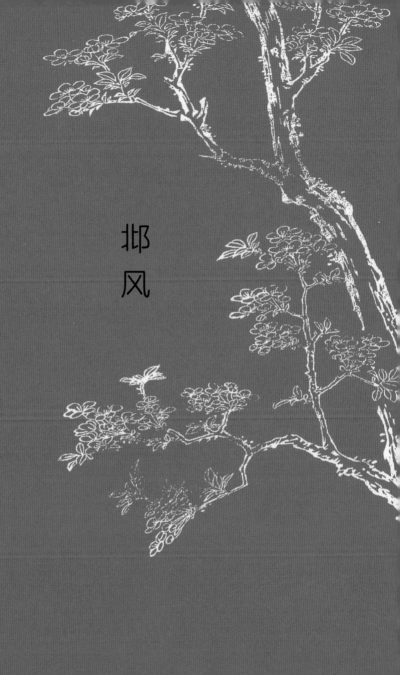

邶风

柏 舟

泛彼柏舟，[1]　　　　　柏木船儿水中流，

亦泛其流。　　　　　随水漂荡晃悠悠。

耿耿不寐，[2]　　　　　焦灼难眠心神游，

如有隐忧。[3]　　　　　内心苦闷多烦忧。

微我无酒，[4]　　　　　并非无酒解心愁，

以敖以游。　　　　　姑且遨游以忘忧。

我心匪鉴，　　　　　我心并非如明镜，

不可以茹。[5]　　　　　岂能容纳世间影？

亦有兄弟，　　　　　虽然也有亲兄弟，

不可以据。[6]　　　　　谁知他们难依凭？

薄言往诉，[7]　　　　　赶去娘家把苦诉，

逢彼之怒。　　　　　恰逢他们在发怒。

1 泛：漂荡。柏：常绿乔木，木质坚硬，纹理致密，可供建筑及制造器物之用。"柏
舟"就是柏木作的船。
2 耿耿：内心焦虑不安的样子。
3 隐忧：痛苦忧愁。
4 微：不是。
5 茹：容纳。
6 据：依靠。
7 薄言：句首语气助词。

我心匪石，　　　　　　　我心并非如卵石，

不可转也。　　　　　　　岂能任人去转移？

我心匪席，　　　　　　　我心并非如草席，

不可卷也。　　　　　　　岂能翻卷随你意？

威仪棣棣，[8]　　　　　　端庄娴静有威仪，

不可选也。[9]　　　　　　怎能屈从任你欺？

忧心悄悄，[10]　　　　　忧思深重难解除，

yùn
愠于群小。[11]　　　　　小人怨恨难对付。

gòu mǐn
覯闵既多，[12]　　　　　所受患难恐难书，

受侮不少。　　　　　　　身心受辱更无数。

静言思之，　　　　　　　静心思考到深处，

pì biào
寤辟有摽。[13]　　　　　梦醒拍胸忽觉悟。

8 威仪：仪容举止。棣棣：雍容娴雅的样子。

9 选：屈从退让。

10 悄悄：忧愁的样子。

11 愠：怨恨。

12 覯：遇到，遭受。闵：忧患。

13 寤：醒来。辟：通"擗"，用手拍打胸口。摽：捶胸的样子。

日居月诸，[14]

日月高高在天上，

胡迭而微？[15]

为何交替暗无光？

心之忧矣，

忧思重重心儿伤，

如匪浣衣。[16]

如同未洗脏衣裳。

静言思之，

静下心来细细想，

不能奋飞。

不能奋翅高飞翔。

14 居、诸：皆语气助词。
15 迭：交替更迭。微：昏暗无光。
16 浣：洗。

这首诗抒发了女主人公处境艰难却无处诉说的悲愤之情。诗开篇以"泛彼柏舟，亦泛其流"起兴，将柏舟在水中漂漂荡荡比喻女子身似浮萍、无依无靠。"耿耿不寐，如有隐忧"，她辗转难眠、夜不能寐，心中不知积蓄了多少忧愁苦闷。她也并非没有解闷的法子，只是即使喝得酩酊大醉也无法化解心中的"隐忧"，那就姑且漫无目的地自我游走吧，让灵魂有个暂时喘息的空间。从此章的叙述来看，女子比漂浮的柏舟更让人心酸，因为她有心有情、有念有怨，情感才是最伤人的利剑。第二章，女子苦闷至极，内心充满委屈，她第一时间想起了娘家的兄弟，不求亲人为自己讨回公道，只希望他们能够倾听自己的烦恼，理解自己的忧愁。然而，"亦有兄弟，不可以据"，女子含怨前往，却"逢彼之怒"，忧伤之余更感无助。女子愁苦、无助甚至绝望，她知道没有人能够帮助自己，也没有人理解自己，但她绝不会因为这样就放弃自己，于是在第三章，女子在心底奋起反击，自我宣示："我心匪石，不可转也。我心匪席，不可卷也。"虽然孤独无依，虽然无所凭靠，但并不意味着自己就可以被人随便玩弄，任意践踏。"威仪棣棣，不可选也"，她一定会坚守自己的底线，不让别人恣意侵犯自己最后的尊严。读到这里，我们不得不为女主人公坚强的内心所打动，现实的环境让她别无选择，只能默默忍受，但她却从未丧失过自己的尊严与坚守。第四章，女子回忆所受的委屈，想想自己"觏闵既多，受侮不少"，再一次陷入无尽的忧愁，梦里醒来，不由得捶胸自叹。第五章，女子苦极呼天，"日居月诸，胡迭而微"，高高在上的日月啊，此时为何黯淡无光？对上天的拷问影射了女子内心深处最绝望的呐喊，幽怨太深，无法解脱，只能直呼苍天也！"静言思之，不能奋飞"，女子哀叹太过沉重的灵魂是无力奋飞的。此篇语言凝练，表达委婉，感情深沉，全诗五章，一气呵成，诗人对多种修辞手法的运用炉火纯青，体现出高超的艺术技巧，正如俞平伯《读诗札记》评价："通篇措词委婉幽抑，取喻起兴巧密工细，在朴素的《诗经》中是不易多得之作。"

绿 衣

绿兮衣兮，　　　　　绿衣裳呀绿衣裳，

绿衣黄里。　　　　　外衣绿色里衣黄。

心之忧矣，　　　　　心忧伤呀心忧伤，

曷维其已？[1]　　　　什么时候才能忘？

绿兮衣兮，　　　　　绿衣裳呀绿衣裳，

绿衣黄裳。[2]　　　　上衣绿色下衣黄。

心之忧矣，　　　　　心忧伤呀心忧伤，

曷维其亡？　　　　　什么时候才能忘？

1 曷：何。维：语气助词。已：停止。
2 裳：下衣，形如裙子。

绿兮丝兮，　　　　　　　　绿衣裳呀绿衣裳，

女所治兮。[3]　　　　　　　是你亲手缝制好。

我思古人，[4]　　　　　　　贤妻虽故心念想，

俾无訧兮。[5]　　　　　　　使我无忧怎能忘？

绤兮绤兮，[6]　　　　　　　细葛布呀粗葛布，

凄其以风。　　　　　　　　穿上身来心凄凉。

我思古人，　　　　　　　　贤妻虽故心念想，

实获我心。[7]　　　　　　　如此贴心怎能忘？

3 女：通"汝"。治：缝制。
4 古人：故人，已经亡故的人。
5 俾：使。訧：同"尤"，过失，过错。
6 绤：细葛布。绤：粗葛布。
7 获：得。

这是一首思念亡妻的诗。妻子已故，丈夫看到妻子生前所缝制的衣物，悲从中来。他细细端详着手上的衣服，发现针脚是如此细密、布料是如此平整、尺寸是如此合身，可见当时妻子是多么仔细地在做这些事情啊。这些衣服凝结了妻子的爱与关怀，陪伴着丈夫走过春夏秋冬、严寒酷暑。然而，诗人也就是在妻子亡故后，睹物思人，细细回想方才领悟妻子深情，他悲痛之余又添悔恨，当初自己可曾对妻子无微不至的关怀表示过回应？风起天凉，诗人又往身上加了一件衣服，但依然感觉寒风瑟瑟、不堪忍受。想当初，自己还未察觉气候变化，妻子就早已将应季的衣服准备好，当自己还未感到天气转凉，妻子就早已将衣服披上他的身——种种情景，此时一股脑儿地浮现在眼前，我们仿佛能看到诗人徘徊的身影、颤抖的双肩和悲戚的眼神。为何这些曾经为自己抵御严寒带给自己温暖的衣服如今穿上身来却倍感凄凉？因为贤妻已不在，更因为诗人再也没有机会对她表示爱与感谢。诗人对亡妻的情感之真、思念之深，令人动容，这放在当时的社会环境来看更显可贵。纵观全诗，感情深切，悲怆动人，不仅塑造了一个情深意重的男子形象，还为后代文学提供了艺术借鉴。

燕 燕

燕燕于飞，[1]   燕子空中任飞翔，

差池其羽。[2]   羽翼参差展翅膀。
(cī)

之子于归，[3]   妹子今日嫁他方，

远送于野。   远远相送情意长。

瞻望弗及，   渐行渐远难瞻望，

泣涕如雨。   泪流满面如雨降。

燕燕于飞，   燕子空中任飞翔，

颉之颃之。[4]   忽高忽低穿梭忙。
(xié háng)

之子于归，   妹子今日嫁他方，

远于将之。[5]   远远相送心忧伤。

瞻望弗及，   渐行渐远难瞻望，

伫立以泣。   长久伫立泪沾裳。

1 燕燕：燕子。
2 差池：不齐的样子。
3 于归：出嫁。
4 颉：向下飞。颃：向上飞。
5 将：送。

燕燕于飞，　　　　　　燕子空中任飞翔，

下上其音。⁶　　　　上下呢喃声低昂。

之子于归，　　　　　　妹子今日嫁他方，

远送于南。⁷　　　　远远相送到南方。

瞻望弗及，　　　　　　渐行渐远难瞻望，

实劳我心。⁸　　　　我心悲伤思断肠。

仲氏任只，⁹　　　　二妹诚信又温良，

其心塞渊。¹⁰　　　深谋远虑有主张。

终温且惠，¹¹　　　温柔和顺性情好，

淑慎其身。¹²　　　为人谨慎又善良。

先君之思，¹³　　　常把先王挂心上，

以勖寡人。¹⁴　　　叮咛之声耳边响。

6 下上其音：意思是群燕上下翱翔，发出鸣声。
7 南：指卫国的南边。
8 实：是。劳：因思念而劳神。
9 仲氏：二妹。仲，第二。任：信任。只：语气助词。
10 塞：诚实。渊：深。
11 终：既。惠：随和。
12 淑：善良美好。慎：谨慎。
13 先王：已故国君。
14 勖：勉励。寡人：卫国君主的自称。

这是一首国君送妹远嫁的诗。诗中的寡人应当是卫国君主，而远嫁的则是他的二妹。"燕燕于飞，差池其羽""燕燕于飞，颉之颃之""燕燕于飞，下上其音"，诗人以群燕蹁跹起兴，一开篇便描绘了一番生机勃勃的春天景象，群燕翱翔，燕儿们自由舒展着自己的双翅，相互嬉戏，欢快鸣唱，这是个如此美好的日子，诗人的二妹也就是在今天这个良辰吉日出嫁了。迎亲的队伍敲锣打鼓地接走妹妹，诗人的礼队也欢天喜地地送走新娘，然而，诗人的双眼却模糊了，和煦的春风此时就像是一道道滚烫的火焰，灼伤了他的眼睛，诗人"泣涕如雨"。他望着远去的人群，在逐渐消散的喧嚣中感怀自己与妹妹手足深情，不由自主地跟随远去的队伍追了一路又一路，"远送于野""远送于南"，诗人久久不愿离去。迎亲的队伍还是慢慢远离了追望的视线，诗人"瞻望弗及"，只得"伫立以泣"，他伸出自己的双手，不知是妄图抓住妹妹飘散在风中的身影，还是对妹妹道一声又一声的珍重。二妹的身影愈行愈远，而诗人却还是不愿离去，站在无边的旷野上，他不禁回想起妹妹的种种美德与美好性情。自己的妹妹是如此温柔贤良，她性格和顺，端庄谨慎，更可贵的是她深谋远虑、真诚可信，是那么聪慧贤良、心思玲珑，她谨记先王遗教，对自己时常叮嘱、勉励，不仅是自己最亲最爱的好妹妹，还是自己政治生活上的好帮手。妹妹此番远嫁，不知下次相聚又是何时，诗人的内心仿佛一下子空出了一个角落，也许诗人前不久还在打趣妹妹早日嫁得良婿，早日寻得婆家。此篇为我们描绘了一幅缠绵悱恻的送别图，兄妹情深，感人肺腑。

日 月

日居月诸，[1]　　　　　太阳月亮入我目，

照临下土。　　　　　　它的光辉照疆土。

乃如之人兮，　　　　　天下竟有此人物，

逝不古处。[2]　　　　　不如以前好相处。

胡能有定，[3]　　　　　他的心性无定数，

宁不我顾。[4]　　　　　竟然不把我照顾。

日居月诸，　　　　　　太阳月亮入我目，

下土是冒。[5]　　　　　它的光辉照疆土。

乃如之人兮，　　　　　天下竟有此人物，

逝不相好。　　　　　　以往恩情全抛除。

胡能有定，　　　　　　他的心性无定数，

宁不我报。[6]　　　　　我的感受全不顾。

1 居、诸：皆语气助词。
2 逝：句首语气助词。古处：像以前一样相处。
3 胡能有定：指男子的心性没有定数。
4 宁：竟然。顾：顾念。
5 下土是冒：意思是阳光普照大地。冒，覆盖。
6 报：答，这里是回应的意思。

日居月诸，　　　　太阳月亮入我目，

出自东方。　　　　从那东边徐徐出。

乃如之人兮，　　　天下竟有此人物，

德音无良。[7]　　　声名狼藉该天诛。

胡能有定，　　　　他的心性无定数，

俾也可忘。[8]　　　让我把他快遗忘。

日居月诸，　　　　太阳月亮入我目，

东方自出。　　　　从那东边徐徐出。

父兮母兮，　　　　仰天长呼父与母，

畜我不卒。[9]　　　为何爱我有变故。

胡能有定，　　　　他的心性无定数，

报我不述。[10]　　　我也不愿再陈诉。

7 德音无良：即名声不好。德音，好名声。
8 俾：使。
9 畜：爱。卒：终。
10 述：哭诉。

这是一首抒发弃妇幽愤之情的诗。日月在天，光芒普照大地，弃妇慷慨陈诉：太阳月亮的光辉让世间一切阴暗污秽无所遁形，负心人哪，你的忘恩负义与薄情寡义也将暴露无遗。日月昭昭，丈夫却能做出如此背德之事，他抛弃妻子，心无定数，绝情弃爱，声名狼藉，女主人公不得不反复控诉"乃如之人兮"。然而，弃妇虽然看似正义凛然、气势十足，但丈夫的无情还是让她陷入了无尽的痛苦与哀怨，她一遍又一遍地思考，自己为什么会被抛弃？丈夫为什么全然不顾夫妻情分，对自己没有丝毫的留恋？想想丈夫此前从未对自己表示过任何的关心与照顾，日月临照，为何自己的心却仿佛处在无尽的黑暗中，永远见不到光明？在接下来的第二、三章，弃妇反复陈诉，一咏三叹，悲痛万分的她不知该如何是好。第四章，女主人公在无可奈何之下高呼父母，自叹悲戚身世。司马迁曰："人穷则反本，故劳苦倦极，未尝不呼天也；疾痛惨怛，未尝不呼父母也。"（《史记·屈原贾生列传》）此乃人之常情，也是人在无奈绝望之下最后的呻吟，然而，父母却不在她的身边，况且自己也再无脸去面对双亲。诗中生动刻画了弃妇内心的痛苦，呈现了女主人公复杂纠结的内心世界，她无辜被弃惹人同情，她的悲痛与哀伤令人动容，但她直冲苍穹的愤怒更让人为之一惊。面对苍茫大地，弃妇仰望日月，高呼父母，只希望天行有常，天理昭昭，能够为自己做主，能够惩罚无情的负心人。此篇虽为弃妇诉怨之诗，但女主人公慷慨陈词，语调铿锵有力，言语论及天地日月，视野苍茫，有震撼人心的效果，这在弃妇诗中不得不说独具特色。

终 风

终风且暴，[1]   大风既起呼呼响，

顾我则笑。[2]   那人回头对我笑。

谑浪笑敖，[3]   放肆调戏真放荡，

中心是悼。[4]   莫名心伤又烦恼。

终风且霾，[5]   大风既起尘土扬，

惠然肯来。[6]   倘若爱我会来到。

莫往莫来，   至今还是没来往，

悠悠我思。   相思绵长不能忘。

1 终：既。暴：疾风。

2 则：而。

3 谑：戏谑。浪：放浪。敖：放纵。

4 中心：即心中。悼：伤心。

5 霾：刮大风时空中落下沙土，尘土飞扬。

6 惠然肯来：意思是倘若爱我的话就会来看我。惠，爱。然，语气助词。

终风且曀，⁷　　　　　　大风既起天阴暗，

不日有曀。⁸　　　　　　阴晴不定转眼变。

寤言不寐，⁹　　　　　　长夜漫漫难入眠，

愿言则嚏。¹⁰　　　　　　愿他喷嚏知我念。

曀曀其阴，¹¹　　　　　　大风既起天阴暗，

虺虺其雷。¹²　　　　　　雷声轰隆又闪电。

寤言不寐，　　　　　　　长夜漫漫难入眠，

愿言则怀。¹³　　　　　　愿他喷嚏把我念。

7 曀：天气阴沉而有风。
8 不日：不到一日。有：又。
9 寤：醒来。言：语气助词。不寐：睡不着。
10 愿言则嚏：意思是女子希望男子打喷嚏时知道自己对他的想念。言，语气助词。嚏，打喷嚏。民间认为打喷嚏就是有人想念。
11 曀曀：阴沉昏暗的样子。
12 虺虺：雷声。
13 怀：思念。

这是一首描述女子被男子玩弄后遭抛弃的诗。诗中女子禁不住男子的诱惑爱上了他，但男子却只是把女子当作玩弄的对象，他"谑浪笑敖"，行为轻佻，没有一丝真心，男子的一时玩弄带给了女子莫大的伤害，女子"中心是悼"，痛苦不已。"顾我则笑"，男子离开时嘴角还带笑，并且回头对女子挤眉弄眼，女子时常想起这一幕，她知道男子粗痞放荡，但是她还是幻想着男子是爱自己的，而且女子坚信他一定会再回来的。男子一去不复返，女子这才意识到自己被玩弄了，被抛弃了，她对男子既有抑制不住的思念，又有无尽的怨恨，思来想去，女子辗转难眠，她只希望男子能够在打喷嚏的时候想到自己，知道自己对他的想念。本诗虽未对负心男子有任何直接刻画，但从女子的言语中，一个放荡不羁、恣意调笑、玩弄女性的痞男形象跃然纸上。读完全诗，这才体会到诗人以大风起兴是如此独具匠心，大风既比喻男子的放荡狂妄，又暗示男子心性不定、毫无伦常。"终风且暳，不日有暳""暳暳其阴，虺虺其雷"，恶劣的天气成为女子悲惨心境的外在背景，在这种阴沉昏暗、雷电交加的时候，女子独自神伤，把那负心人想了又想，念了又念，这不能不说是当时女性难以跨越的悲哀。

击 鼓

击鼓其镗,[1]　　　　　　擂动战鼓镗镗响,

踊跃用兵。[2]　　　　　　士兵踊跃舞刀枪。

土国城漕,[3]　　　　　　别人国内修城墙,

我独南行。　　　　　　　唯我独自下南方。

从孙子仲,[4]　　　　　　跟随统帅孙子仲,

平陈与宋。[5]　　　　　　前去调停陈和宋。

不我以归,[6]　　　　　　不能归家外地宿,

忧心有忡。[7]　　　　　　忧愁烦闷心忡忡。

爰居爰处?[8]　　　　　　哪儿扎寨哪安家?

爰丧其马?[9]　　　　　　我在何处丢战马?

1 镗:击鼓声。
2 踊跃用兵:士兵舞动兵器,激情昂扬。兵,兵器。
3 土国城漕:大兴土木筑漕城,"土"和"城"在这里都用作动词。
4 孙子仲:卫国的将军,此次南征的将领。
5 平陈与宋:调解陈国与宋国的矛盾。平,调停。
6 不我以归:"不以我归"的倒文,不准我回来。
7 有忡:即忡忡,忧愁烦闷的样子。
8 爰:在哪儿。居、处:安家。
9 丧:丢失。

于以求之？[10]　　　　　　　我往哪儿去找它？

于林之下。　　　　　　　　就在那片树林下。

死生契阔，[11]　　　　　　　生死永远不离弃，

与子成说。[12]　　　　　　　这是你我的约定。

执子之手，　　　　　　　　紧握你手两相依，

与子偕老。　　　　　　　　白头到老在一起。

于嗟阔兮，[13]　　　　　　　可叹分别太遥远，

不我活兮。[14]　　　　　　　使得你我难会面。

于嗟洵兮，[15]　　　　　　　可叹相距太久远，
   xún

不我信兮。[16]　　　　　　　不能兑现那誓言。

10 于以：到何处。以，何。

11 契：合。阔：离。

12 成说：成约，订约。

13 于嗟：表感叹。于，通"吁"。

14 活：相聚。

15 洵：指离别太久。

16 信：兑现承诺。

这是一首远征士兵思念妻子的诗。诗开篇映入眼帘的是军队战鼓雷雷、士兵挥刀舞枪的情景，看似气势昂扬，热血沸腾，然而，诗人笔锋一转，"土国城漕，我独南行"，陡生无限悲凉。修筑漕城的士兵们确实辛苦，但他们毕竟是在国内，不像自己远征在外，独自南下。原来诗中士卒跟随统帅孙子仲，前去调停陈国和宋国的战事，久久不得归家，终日营宿在外，这怎不叫人"忧心有忡"。一路上他跌跌撞撞，不知接下来又将在哪儿安营扎寨，心不在焉，左思右想，马儿竟不知何时挣脱了缰绳跑掉了，该去哪儿寻找自己的战马呢？士卒最终在树林里找到了它。诗中的征夫就如随时想着逃跑的战马，不知归期的征程让他无心战事，他内心极度渴望逃离这种没有希望的生活，彻底结束自己永无止境的烦恼。想想自己离家不知有多久了，久到自己可能将对妻子的承诺变成无谓的空谈，他愧对妻子，愧对曾经对妻子立下的铮铮誓言，此时他只有一个最简单的愿望，就是和妻子团聚，无论生死，两人再也不分离，就这样一直白头到老。但就是这简单不过的愿望对征夫来说却是一个遥遥无期的美梦，夫妻携手到老美得像梦，但也不真实得像梦，辽阔的边境上，征夫长歌当哭，迎风洒泪。本诗文笔细腻，叙事生动，情感真切，写征夫之悲，催人泪下，其中"死生契阔，与子成说。执子之手，与子偕老"成千古名句。

凯 风

凯风自南，[1]　　　　南方和风吹来到，

吹彼棘心。[2]　　　　吹在酸枣树心上。

棘心夭夭，[3]　　　　树心娇嫩欠粗壮，

母氏劬劳。[4]　　　　母亲实在太辛劳。

qú

凯风自南，　　　　　南方和风吹来到，

吹彼棘薪。[5]　　　　风中酸枣长粗壮。

母氏圣善，[6]　　　　母亲明理又贤良，

我无令人。[7]　　　　我不成器负她望。

1 凯风：和风。

2 棘心：指酸枣树刚发出的嫩芽。棘，即酸枣树，枝上有刺，叶长椭圆形，花黄绿色，
果实较枣小，味酸。

3 夭夭：娇弱的样子。

4 劬劳：辛苦劳累。

5 棘薪：长到可以当柴烧的酸枣树。

6 圣善：贤良明理。

7 令：善。

爰有寒泉，[8]　　　　　　寒泉之水真清凉，

在浚之下。[9]　　　　　　滋养浚城润四郊。

有子七人，　　　　　　　儿子七个真不少，

母氏劳苦。　　　　　　　母亲终日苦操劳。

睍睆黄鸟，[10]　　　　　林间黄雀婉转鸣，

载好其音。[11]　　　　　歌声美妙又动听。

有子七人，　　　　　　　纵然生子共有七，

莫慰母心。　　　　　　　不能慰藉慈母心。

8 爰：句首语气助词。寒泉：卫国泉水名，因泉水清冽，故称寒泉。
9 浚：卫国地名，浚城。
10 睍睆：形容鸟声清和婉转。黄鸟：即黄雀，也叫黄鹂、黄莺、鸧鹒，身体黄色，和麻雀一般大小，声音婉转动听。
11 载：句首语气助词。

这是一首歌颂母亲并自我谴责的诗。第一章以凯风吹拂酸枣的嫩芽起兴，将母亲比作温柔的和风，棘心比作初生的儿子，"棘心夭夭，母氏劬劳"，母亲独自操劳，万分辛苦。当弱小的酸枣树在和风的吹拂中一天天粗壮起来的时候，孩子们也慢慢长大了，母亲贤良淑德，明辨事理，悉心教导孩儿，希望他们长大后能做有行有德之人。孩子们却没有完成母亲的心愿，有负母亲的苦心，诗人的愧疚之情溢于言表。第三章以寒泉滋养浚城起兴，将母亲比作清甜的泉水，她操持家务，养育孩子，无怨无悔。然而，母亲含辛茹苦了一辈子，儿子们却没能好好孝敬她。试想，连林间的黄鹂都有美妙动人的歌声，而作为儿子的自己却不能让操心一辈子的母亲稍感宽慰，诗人无比自责，更觉无地自容。本篇诗意流畅，比喻贴切，用情真挚，表达了孝子对母亲的无尽感恩与一片深情。

棘

雄 雉

雄雉于飞，   雄雉空中展翅翔，

泄泄其羽。[1]   鼓动羽翼真舒畅。

我之怀矣，   我的思念太深广，

自诒伊阻。[2]   自取烦恼致忧伤。

雄雉于飞，   雄雉空中展翅翔，

下上其音。   忽高忽低自鸣唱。

展矣君子，[3]   思念夫君心忧伤，

实劳我心。   让我难过空惆怅。

1 泄泄：鼓动翅膀舒畅的样子。
2 自诒：自找，自取。诒，遗留。伊：这。阻：烦恼忧愁。
3 展：诚，实在。君子：指丈夫。

瞻彼日月，　　　　　　太阳月亮放眼望，

悠悠我思。　　　　　　我的思念真绵长。

道之云远，⁴　　　　距离遥远隔两方，

曷云能来？　　　　　　何时回到这故乡？

百尔君子，⁵　　　　天下男人都一样，

不知德行。　　　　　　不知德行和修养。

不忮不求，⁶　　　　不去害人不去贪，
_{zhì}

何用不臧。⁷　　　　事事岂会不顺当。
_{zāng}

4 云：语气助词。
5 百：所有的。
6 忮：狠心，害人。求：贪求。
7 何用：为何。臧：善，好。

这是一首家中妻子思念远役丈夫的诗。雄野鸡拍打着双翅，上下飞腾，展示自己华丽多彩的羽毛吸引雌性，女子看到求偶的野鸡想起了远征在外的丈夫，离愁别绪忽上心头。身旁的雄鸡鸣叫不停，声音忽高忽低，女子被这求偶的叫声闹得心烦，"展矣君子，实劳我心"，远去的丈夫啊，可知自己这绵长的思念。仰望天空，女子对日月诉说自己的思情，这望不到边的茫茫苍穹犹如自己与丈夫相隔的万千距离，他们望不到彼此的容颜，甚至收不到对方的信息。"百尔君子，不知德行。不忮不求，何用不臧"可谓神来之笔，女子并非不担心丈夫出行是否平安、身体是否康健，而是每日无休无止的思念让她早已将丈夫的衣食住行思忖数遍，于是进而思虑到了丈夫的品德修行方面。同时，由于两人相别太久、相距太远，女子担心丈夫没有自己在身边叮嘱勉励会做出有违道德之事而受到责罚，诗意至此，我们焉能体会不到女子对丈夫深切的关心。

匏有苦叶

匏有苦叶，[1]　　　　秋来匏瓜藤叶黄，

济有深涉。[2]　　　　济水渡口深难望。

深则厉，[3]　　　　　要是水深连衣渡，

浅则揭。[4]　　　　　要是水浅提裙蹚。

有弥济盈，[5]　　　　济水涨满水茫茫，

有鷕雉鸣。[6]　　　　岸丛野鸡鸣欢畅。

济盈不濡轨，[7]　　　水满车轮未浸到，

雉鸣求其牡。[8]　　　野鸡求偶把歌唱。

1 匏：草本植物，果实比葫芦大，对半剖开可做水瓢。古人还以匏系于腰间，用以渡水，叫作腰舟。同时在古代婚礼仪式中，将匏一分为二，新婚夫妇各执一瓢，斟酒以饮，称合卺。苦：通"枯"。
2 济：济水，源于今河南省，流经山东省入渤海。深涉：深水渡口。
3 厉：连衣渡水。
4 揭：提起下衣渡水。
5 弥：水满的样子。
6 鷕：雌雉的叫声。
7 濡：浸湿。轨：车轴的两端。
8 牡：雄雉。

雍 雍 鸣雁，⁹ 　　　　大雁齐飞和鸣唱，

旭日始旦。¹⁰ 　　　　旭日东升放光芒。

士如归妻，¹¹ 　　　　你若娶妻要赶早，

迨冰未泮。¹² 　　　　趁着河水尚流淌。

招招舟子，¹³ 　　　　船夫频频招手唤，

人涉卬否。¹⁴ 　　　　别人渡河我等待。

人涉卬否， 　　　　别人渡河我等待，

卬须我友。¹⁵ 　　　　等着恋人来相爱。

9 雍雍：鸟和鸣的声音。
10 旦：天明。
11 归妻：娶妻。
12 迨：趁着。泮：融解。
13 招招：招手呼唤的样子。舟子：摆渡的人。
14 卬：我。
15 须：等待。

这是一首年轻女子等待情人来迎娶的诗。古代婚礼中，将匏瓜剖开分为两瓢，新婚夫妇各执一瓢斟酒以饮，称为"合卺"，后来多以"合卺"代指成婚。诗人以匏瓜起兴，暗示意中人勿忘婚期，早做准备。从"济有深涉"等诗句来看，男女双方隔着一条渡河，在古代，人们还以匏系于腰间用以渡水。在这里，女主人公是在提醒男子做好渡河准备，早日迎娶自己。济水岸边的草丛里野鸡鸣唱不已，它们以歌求偶，惹得女主人公满怀希冀，等候婚期。晴空万里，大雁齐飞，女子内心变得焦躁，她对天呼喊：你若真想娶我，就赶紧趁着这美好的日子，趁着这河里的流水还未结冰。她天天来到济水岸边痴痴张望，看心上人有没有过来，船家看到岸边徘徊的女子，以为她要渡河，故而频频招手，可这个少女只是每日来到此处却从未打算过河。本诗生动活泼，塑造了一个天真烂漫、痴心等待的少女形象，将她内心的喜悦、期盼与焦躁描绘得淋漓尽致。

谷 风

习习谷风，¹　　　　　山谷大风呼呼响，

以阴以雨。²　　　　　乌云满天雨水降。

^{mǐn}
黾勉同心，³　　　　　夫妻同心相依傍，

不宜有怒。　　　　　　不该发怒把人伤。

^{fēng　fěi}
采葑采菲，⁴　　　　　蔓菁萝卜采取到，

无以下体。⁵　　　　　却将根部丢一旁。

德音莫违，⁶　　　　　往日誓言不要忘，

及尔同死。　　　　　　生死相依相伴长。

行道迟迟，⁷　　　　　脚步迟缓行于道，

中心有违。⁸　　　　　心有怨恨自惆怅。

不远伊迩，⁹　　　　　远远相送不奢望，

1 习习：风声。谷风：来自山谷中的风。
2 以：又。
3 黾勉：勉励，努力。
4 葑：菜名，即蔓菁，也叫芜菁，一年生或两年生草本植物，根部粗大。菲：指芜菁一类的植物，或以为萝卜。
5 以：用。下体：指根部。
6 德音：这里指丈夫曾经说过的甜言蜜语。
7 迟迟：缓慢的样子。
8 中心：即心中。违：怨恨惆怅。
9 伊：是。迩：近。

葑

薄送我畿。[10]　　　　　哪知就送家门旁？

谁谓荼苦？[11]　　　　　谁说荼菜苦断肠？

其甘如荠。[12]　　　　　我觉甜似荠菜样。

宴尔新昏，[13]　　　　　甜蜜快乐新婚好，

如兄如弟。　　　　　　亲如兄弟真欢畅。

泾以渭浊，[14]　　　　　渭水入注泾水黄，

湜湜其沚。[15]　　　　　水底清澈可瞻望。

宴尔新昏，　　　　　　甜蜜快乐新婚好，

不我屑以。[16]　　　　　诬我不洁乃诽谤。

毋逝我梁，[17]　　　　　我的鱼坝别来往，

毋发我笱。[18]　　　　　也别碰我捕鱼筐。

我躬不阅，[19]　　　　　自身尚且不见好，

遑恤我后。[20]　　　　　身后更是不做想。

10 薄：句首语气助词。畿：门槛。
11 荼：一种苦菜。
12 荠：甜菜。
13 宴：快乐。昏：同"婚"。
14 泾、渭：泾水和渭水。
15 湜湜：水清澈的样子。沚：水底。
16 不我屑以：即不以我为屑。屑，洁。
17 逝：去，往。梁：鱼坝。
18 发：打开。笱：竹制的捕鱼器具。
19 躬：自身。阅：容纳。
20 遑：如何。恤：顾及。后：以后的境况。

荼

就其深矣，	好比河水深又广，
方之舟之。[21]	筏子小舟用上场。
就其浅矣，	好比河水清且浅，
泳之游之。	游泳即可渡来往。
何有何亡？[22]	缺啥有啥日操劳，
黾勉求之。	全心全意持家忙。
凡民有丧，[23]	邻居有难必到场，
匍匐救之。[24]	尽心尽力去相帮。
不我能慉，[25]	你不爱我倒罢了，
反以我为仇。[26]	反视我为仇敌样。
既阻我德，[27]	一片好意拒绝掉，
贾用不售。[28]	就像货物难售掉。
昔育恐育鞠，[29]	以往生活穷且慌，

21 方：筏子，这里指撑筏渡河。方、舟在这里皆用作动词。
22 亡：没有。
23 民：这里指街坊邻居。丧：难事。
24 匍匐：这里是尽力的意思。
25 不我能慉："能不慉我"的倒文。能，乃。慉，爱惜。
26 仇：仇敌。
27 阻：拒绝。
28 贾用不售：意思是把我当作难以脱手的货物。贾，卖。用，货物。不售，卖不出去。
29 育：生活。恐：恐慌。鞠：穷困。

及尔颠覆。[30]　　　　　　有难你我一同当。

既生既育，　　　　　　　而今生活渐变好，

比予于毒。[31]　　　　　　你却把我当毒抛。

我有旨蓄，[32]　　　　　　美味腌菜我储藏，

亦以御冬。　　　　　　　漫长冬季可抵挡。

宴尔新昏，　　　　　　　你们新婚多欢畅，

以我御穷。[33]　　　　　　用我挡穷心忧伤。

有洸有溃，[34]　　　　　　发怒动粗拳脚上，
<small>guāng　kuì</small>

既诒我肆。[35]　　　　　　还有重活日夜忙。
<small>yì</small>

不念昔者，　　　　　　　不念旧情且罢了，

伊余来墍。[36]　　　　　　你我恩爱梦一场。
<small>jì</small>

30 及尔颠覆：与你共患难。

31 于毒：如毒物。

32 旨蓄：美味腌菜。

33 御穷：抵御贫穷。

34 洸：动武的样子。溃：发怒的样子。

35 诒：遗留。肆：繁重的工作。

36 来：语气助词。墍：爱。

这是一首弃妇哭诉丈夫变心的诗。从诗的叙述来看，女主人公不怕艰难，与家境贫苦的丈夫结为夫妻，他们共同奋斗，生活逐渐好了起来，本以为二人从此能够幸福生活，没想到丈夫却变心了，对她拳打脚踢，肆意辱骂，最后还迎娶了新人，将曾经同甘共苦的结发妻子彻底冷落抛弃。弃妇满腔忧愤，痛不欲生，终于在新人进门之日，将内心郁积的情绪一股脑儿地发泄出来。诗开头以山谷吹来的大风与阴雨绵绵的天气营造出愁苦而悲愤的意境，漫天飘洒的雨水犹如弃妇凄惨心境下流出的眼泪，接下来诗人以抛弃蔓菁和萝卜的根茎来暗指丈夫背信忘本，全然不顾同甘共苦的结发妻子以及自己曾经立下的誓言。第二章女子回忆当初和丈夫共同经历的苦日子，也许在别人看来犹如荼菜苦涩难咽，但她却觉得犹如荠菜甘甜可口，丈夫此时新婚宴尔和新人亲密无间，这对女子来说才是最难忍受的痛苦。第三章弃妇表示，就算丈夫无情地诽谤自己，她也会坚守内心，"毋逝我梁，毋发我笥"，此刻她只想用繁重的劳动麻醉自己，也希望丈夫看到自己如此辛勤劳动不要再说伤人的话语。第四章女子回顾以往生活，想想她为这个家付出了多少！她想方设法解决困难，家中大小事情一并扛起，哪怕是街坊邻里有困难她也尽力相助，女子想不通自己还有哪里做得不好，这样的自己怎么就得不到丈夫疼惜？第五章女子悲叹丈夫如今将自己当成仇敌一般，当成难以售出的货物一般，当成害人的毒物一般，真是痛彻心扉。第六章女子看到丈夫喜结新欢，把生活的重担全部压给自己，甚至对自己拳脚相向，她觉得此时的自己对丈夫而言根本就不是妻子，而是可以随意打骂的奴仆，回想她和丈夫往日的情意，简直就像空梦一场。本诗多方譬喻，反复吟诵，深度揭示了女子难以愈合的精神创伤，这刻骨铭心的爱与痛、恨与怨感人至深。诗中女子在爱情中的悲惨遭遇虽得以陈诉却未得以解脱，她不幸成为婚姻中无辜的牺牲品，折射了当时普遍的社会现实，虽然这是时代难以摆脱的困境，但人们还是为这名勤劳苦命的女子感到痛心，对男子无良粗暴的行径感到无比愤怒。

薇

式 微

式微式微，[1]
胡不归？

微君之故，[2]
胡为乎中露？[3]

天边早已降夜幕，
为何有家回不去？

如果不是为君主，
哪会夜深露中宿？

式微式微，
胡不归？

微君之躬，[4]
胡为乎泥中？

天边早已降夜幕，
为何有家回不去？

如果不是为君主，
哪会走这泥水路？

1 式：句首语气助词。微：天黑。
2 微：非，不是。
3 胡为：何以。中露：露中。
4 躬：身体。

这首诗抒发了服劳役者的痛苦心情以及对统治阶级的怨恨。诗开头以设问的形式陈诉服役者内心的愤懑，夜幕早已降临，为何他还不能回家？接下来诗人又以反问的语气回答上面的问题，如果不是为君王服务，又哪会风餐露宿？设问中叠加反问，效果强烈，表现了在外服役者的艰难处境并传达了他们最真实的心声。第二章重复咏叹，再次表达服役者满腔的怨愤与痛苦。诗虽短短两章，但结构精巧，言简意赅，且每章换韵，流畅自然，意味深长，给人丰富的审美体验，后代许多文人就从这只言片语中品出了不同的义理。

māo

旄 丘

旄丘之葛兮，¹   葛藤蔓延山坡上，

何诞之节兮？²   它的枝节如何长？

叔兮伯兮，³   卫国诸臣可知道，

何多日也？⁴   为何拖延这么长？

何其处也？⁵   为何居家不出门？

必有与也。⁶   一定是在等同盟。

何其久也？   为何拖拉长滞留？

必有以也。⁷   其间一定有缘由。

1 旄丘：前高后低的山丘。葛：葛藤。
2 诞：延长。节：指葛藤的枝节。
3 叔、伯：对卫国贵族的尊称。
4 何多日：指时间之长。
5 处：安居不出。
6 与：同伴。
7 以：原因。

狐裘蒙戎，[8]　　　　出行狐裘已蓬松，

匪车不东。[9]　　　　车子为何不往东。

叔兮伯兮，　　　　　卫国诸臣可听闻，

靡所与同。[10]　　　　没人同情心悲痛。

琐兮尾兮，[11]　　　　我们位低身卑贱，

流离之子。[12]　　　　流离失所无人怜。

叔兮伯兮，　　　　　卫国诸臣不为念，

yòu
襃如充耳。[13]　　　　充耳不闻惹人怨。

8 蒙戎：蓬松，杂乱。

9 匪：通"彼"。东：流亡者落脚的地方。

10 靡：没有。

11 琐：细小。尾：卑微。

12 流离：流亡漂泊。

13 襃：盛服。充耳：塞住耳朵。

这是一首抒发流亡卫国者满腔怨恨的诗。第一章写流亡卫国的人们登上山丘等待援兵，然而，当葛藤都蔓延了山坡，援兵还是没有到来。在第二章，苦苦等待的人们内心无比急躁，他们怀着微弱的希望，为迟迟未到的援兵寻找借口：也许他们是在等待同盟才居家不出，也许是有难言苦衷所以拖到现在。第三章，流亡者们看到救兵还是没有赶到，慢慢意识到卫国无意救援，最后的希望也破灭了。流亡者们对卫国熟视无睹的做派深表愤恨，直言责斥卫国贵族没有同情心，"叔兮伯兮"用在此种情景中不免令人颇觉讽刺。第四章写流亡者们因长时间漂泊早已衣衫褴褛，自嘲"琐兮尾兮，流离之子"，而卫国贵族却对苦难者的哀号充耳不闻。本诗四章联系紧密，生动反映了流亡者们的复杂情感和生存状态。本诗情感曲折，凄婉动人，极具画面感，仿佛在看到流亡者们生活窘迫、饱受苦难的同时，还能听到他们从心底深处发出的最绝望的呼喊。

简兮

简兮简兮，[1]	鼓声震天咚咚响，
方将万舞。[2]	万舞即将要上场。
日之方中，	太阳正好当头照，
在前上处。	他在前面上处方。
硕人俣俣，[3]	身材魁梧又健壮，
公庭万舞。	公庭前面万舞扬。
有力如虎，	力大如虎气势强，
执辔如组。[4]	缰绳舞如丝飘荡。

1 简：鼓声。
2 方将：将要。万舞：古代的舞名。先是武舞，舞者手拿兵器；后是文舞，舞者手拿鸟羽和乐器。
3 硕：高大。俣俣：身材高大魁梧。
4 辔：马缰绳。组：丝带。

左手执籥，[5]
左手握笛声吹响，

右手秉翟。[6]
野鸡尾巴右手扬。

赫如渥赭，[7]
脸色红润如赤矿，

公言锡爵。[8]
公爵赐杯饮酒浆。

山有榛，[9]
榛树长在高山上，

隰有苓。[10]
湿地甘草长势茂。

云谁之思？[11]
日夜思念作何想？

西方美人。[12]
西方美人心牵绕。

彼美人兮，
美人虽去难相忘，

西方之人兮。
远在西方独惆怅。

5 籥：乐器名，形状像笛子。
6 翟：古代乐舞用的雉羽。
7 赫：红色。渥：滋润。赭：红褐色矿石。
8 公：公爵。言：语气助词。锡：赐予。爵：古代饮酒的器皿，三足，以不同的形状显示使用者的身份。
9 榛：落叶灌木或小乔木，结球形坚果，比板栗小，称榛子。
10 隰：低湿的地方。苓：甘草。
11 云：语气助词。
12 西方：指西周地区，因为卫国在东，其西边为周。美人：指诗中跳舞的青年。

这是一首女子对万舞表演者心生爱慕之情的诗。第一章描绘了一幅豪迈壮阔、激动人心的情景：鼓声震天，红日当空，那人蓄势待发，直立在舞队的上前方，隆重的万舞表演马上就要开始。第二章写舞师的武舞部分。他身材魁梧，身姿矫健，手中的缰绳舞得像飘飞的丝带，舞师的神勇吸引了围观少女的目光，让她心跳不已。第三章写舞师的文舞部分。他左手拿着簫管吹出悠扬的曲调，右手握着雉羽挥举自如，他风度翩翩，公爵赐下美酒以作嘉奖。试想如此勇猛有力而又风度优雅的男子怎能不让情窦初开的少女梦魂萦绕呢？第四章以"山有榛，隰有苓"寄托男女情思，点明女子对舞师的爱慕之情。本诗手法不凡，全诗的氛围随着舞师的动作不停变化。细细分析，每次情调的转变诗人都预先做好了铺垫，缓慢流转，自然入境。同时诗人的描写重点明晰，武舞时突出男子的雄壮有力，文舞时突出男子的雍容姿态，种种技巧竟融于这短短四章之中，作者可谓功力深厚。

榛

泉 水

毖彼泉水，[1] 泉水流淌连昼夜，

亦流于淇。[2] 一直流到淇水内。

有怀于卫， 远方卫国梦里回，

靡日不思。 没有一日不思归。

娈彼诸姬，[3] 同姓姑娘当真美，

聊与之谋。[4] 共同商讨以自慰。

出宿于泲，[5] 当时出嫁宿在泲，

饮饯于祢。[6] 远行饯别在祢地。

女子有行，[7] 长大出嫁是常理，

远父母兄弟。 远离父母与兄弟。

问我诸姑，[8] 走访诸姑话别离，

遂及伯姊。[9] 大姐当然没忘记。

1 毖：通"泌"，泉水流淌的样子。泉水：卫国水名。
2 淇：卫国河名，在今河南省。
3 娈：美好。诸姬：陪嫁的同姓女子。
4 聊：姑且。谋：商讨。
5 泲：卫国地名。
6 饮饯：以酒饯行。祢：卫国地名。
7 有：语气助词。行：出嫁。
8 问：告别慰问。诸姑：各位姑母们。
9 伯姊：大姐。

出宿于干，[10]　　　　回家定宿干那头，

饮饯于言。[11]　　　　言地饯别我心愁。

载脂载辖，[12]　　　　上好车轴抹好油，
（xiá）

还车言迈。[13]　　　　掉头就往家里走。

遄臻于卫，[14]　　　　飞快赶路朝卫国，
（chuánzhēn）

不瑕有害？[15]　　　　应该不会有灾祸。

我思肥泉，[16]　　　　卫国肥水上心头，

兹之永叹。[17]　　　　长叹不息思更稠。

思须与漕，[18]　　　　想念须漕望回国，

我心悠悠。　　　　　抑郁苦闷心儿忧。

驾言出游，[19]　　　　驾起马车去外游，

以写我忧。[20]　　　　姑且宣泄心中愁。
（xiè）

10 干：卫国地名。
11 言：卫国地名。
12 载：句首语气助词。脂：膏油。辖：穿在车轴两端孔内的键。"脂"和"辖"在这里均用作动词。
13 还车：回车。迈：远行。
14 遄：疾，迅速。臻：到。
15 瑕：何。
16 肥泉：卫国地名。
17 兹：通"滋"，更加。永叹：长久叹息。
18 须、漕：卫国地名。
19 驾言出游：即驾车出游。
20 写：通作"泻"，消解，宣泄。

这是远嫁的卫国女子思念故乡的诗。诗的第一章写泉水叮咚彻夜流淌直到注入淇水，以此导出远嫁他国的女子日夜思念，渴望回到卫国。这位远嫁的女子思乡心切，终日闷闷不乐，但她不知道该怎么办，在这异国他乡只有陪嫁的姑娘们能让她稍感亲切。在她眼中，家乡的人有着最美的面孔，在她手足无措的时候，她第一时间想到去找她们，和她们一起商讨，为自己出出主意，哪怕无计可施也可互诉衷肠，聊以自慰。第二章女子回想当年出嫁的情景，心中满是思念幽愁，她知道女子长大嫁人是常理，但还是感到依依不舍，因为一下子离开曾经朝夕相伴的父母兄弟来到一个陌生的地方，怎能不叫人忧伤，想着想着，当时和诸位姑母们以及大姐告别的情景又历历在目。第三章，女子说出了内心冲动的想法，思乡心切的她恨不得马上准备好马车火速赶回卫国，这样就不用日夜空自落泪了。女子虽安慰自己"不瑕有害"，但还未丧失理智的她深知这样做是不可以的，可能会招致灾祸，所以也就作罢。第四章，归家不成的女子一边想着卫国的土地一边长久地叹息，当内心的苦闷再也抑制不住的时候，她驾起马儿外出游玩，以此消解内心愁苦。本诗虚实相生，情感缠绵，意境缥缈，文气斐然。

北门

出自北门，　　　　　　北门出来冷风响，

忧心殷殷。[1]　　　　　满腔愁怨心忧伤。

终窭且贫，[2]　　　　　家境穷困又潦倒，

莫知我艰。　　　　　　无人懂我空惆怅。

已焉哉！　　　　　　　既然如此那算了！

天实为之，　　　　　　老天既已安排好，

谓之何哉！　　　　　　那我还能作何想！

王事适我，[3]　　　　　国家差事派给我，

政事一埤益我。[4]　　　政务一并加上身。

我入自外，　　　　　　我从外面入家门，

室人交遍谪我。[5]　　　家人骂我是蠢人。

已焉哉！　　　　　　　既然如此那算了！

天实为之，　　　　　　老天既已安排好，

谓之何哉！　　　　　　那我还能作何想！

1 殷殷：忧伤的样子。
2 终：既。窭：贫穷。
3 适：派给。
4 一：全部。埤、益：都是增加的意思。
5 室人：家人。交遍：轮番。谪：责备。

王事敦我，[6]　　　　国家差事逼迫我，

政事一埤遗我。　　　政务日增齐上身。

我入自外，　　　　　我从外面入家门，

室人交遍摧我。[7]　　频遭讥讽好难忍。

已焉哉！　　　　　　既然如此那算了！

天实为之，　　　　　老天既已安排好，

谓之何哉！　　　　　那我还能作何想！

6 敦：逼迫。
7 摧：讥讽，挖苦。

这是一首在外奔波劳累、在家又受责备的小官吏抒发内心苦闷的诗。一路走出城门，冷风吹得人心寒，小官吏此时满腔愁怨，因为他家境穷困，生活艰苦，此种痛苦无人体会更无处申诉，小官吏只得仰天长叹：天命如此。"已焉哉！天实为之，谓之何哉"道出了他心底最真实、最无奈的悲哀。走着走着，家门就在不远处，可诗中的主人公却没有一丝欣喜，按理说，办完公事回到家中不是一天中最期盼的事情吗？此时小官吏道出了缘由，他政务繁忙，终日不得空闲，回到家中还被家人挖苦、数落、责备，他感到天地之大竟没有自己的容身之所，除了仰天长叹、自怨自艾，别无他法。诗中的主人公确实令人倍感同情，他地位卑下，工作繁重，收入微薄，在家中还被家人嘲讽愚蠢无用，不能养家糊口，可有谁知道他内心的痛苦呢？他的身体因长期劳作已然疲惫不堪，内心还时刻受着煎熬，被他最亲的人嘲讽和指责，他忧愁哀伤之余更觉自己的尊严受到沉重的打击，在这广阔天地间，他不知如何自处。本诗最大的亮点在于写出了小官吏来自工作与家庭的双重压力，生动反映了他所承受的身体与精神的双重痛苦，即便对我们现代人来说也是深有感触。

北 风

北风其凉，　　　　　　北风呼呼天气凉，

雨雪其雱。[1]　　　　　大雪纷飞满天扬。

惠而好我，[2]　　　　　你我友爱好朋友，

携手同行。　　　　　　携手同路共逃亡。

其虚其邪，[3]　　　　　岂能慢慢悠悠晃，

既亟只且！[4]　　　　　事情紧急国将亡！

北风其喈，[5]　　　　　北风呼呼猛吹到，

雨雪其霏。[6]　　　　　大雪纷飞漫天扬。

惠而好我，　　　　　　你我友爱好朋友，

1 雱：雪下得很大的样子。
2 惠而：友爱。
3 其虚其邪：意思是事情紧急不能慢慢悠悠。虚，"舒"的假借字，舒缓。邪，"徐"的假借字，慢。
4 亟：急。只且：语气助词。
5 喈：疾速的样子。
6 霏：雪花飘扬的样子。

携手同归。[7]　　　　携手同路共逃亡。

其虚其邪，　　　　岂能慢慢悠悠晃，

既亟只且！　　　　事情紧急国将亡！
 jí jū

莫赤匪狐，[8]　　　　没有狐狸不赤红，

莫黑匪乌。[9]　　　　没有乌鸦不漆黑。

惠而好我，　　　　你我友爱好朋友，

携手同车。[10]　　　携手同路共逃亡。

其虚其邪，　　　　岂能慢慢悠悠晃，

既亟只且！　　　　事情紧急国将亡！

7 同归：意思是一同奔向别国，寻求好归宿。
8 莫：没有。赤匪：非，不是。狐：狐狸。
9 乌：乌鸦。
10 同车：一同乘坐马车逃亡。

这是不堪本国虐政的卫国百姓召唤朋友一同逃亡的诗。《毛诗序》曰："《北风》，刺虐也。卫国并为威虐，百姓不亲，莫不相携持而去焉。"诗开头便描绘了一幅北风凛冽、大雪纷飞的景象，令人悚然心惊。在这极为恶劣的天气里，大批百姓却正在打算出逃。在这个狂风暴雪的日子里，大家共同商讨着出逃计划，随着北风一阵紧过一阵，飘雪一场大过一场，大家心里越发急切。人群中有人高呼"其虚其邪，既亟只且"，告诉大家片刻不能再等。到底为何出逃，又为何如此急切？诗人以邪恶的狐狸和黑暗的乌鸦比喻卫国暴虐的政治，点出百姓们逃离的原因。本诗善于以景造势、迭唱煽情，呼啸的北风和漫天飘舞的雪花渲染了紧张的气氛，展示了逃亡的情景，同时强调百姓们离去的决心，"其虚其邪，既亟只且"的反复咏叹表明了逃亡者们迫切离去的心理以及对本国虐政的惧怕，进一步表明逃离意向之坚决。

乌

静 女

静女其姝，[1]　　　　　姑娘娴静又漂亮，

俟我于城隅。[2]　　　　说好等我城角旁。

爱而不见，[3]　　　　　视线遮蔽望不到，

搔首踟蹰。[4]　　　　　急得抓头心慌张。

静女其娈，[5]　　　　　姑娘娴静又美好，

贻我彤管。[6]　　　　　送我彤管意绵长。

彤管有炜，[7]　　　　　彤管色泽真漂亮，

说怿女美。[8]　　　　　我爱彤管为姑娘。

自牧归荑，[9]　　　　　郊野归来送柔荑，

洵美且异。[10]　　　　确实美丽又奇异。

匪女之为美，[11]　　　不是柔荑太美丽，

美人之贻。　　　　　美人相赠倍珍惜。

1 静：娴静。姝：美丽。
2 俟：等待。城隅：城角。
3 爱：通"薆"，隐蔽。
4 踟蹰：徘徊。
5 娈：美好。
6 贻：赠送。彤管：杆身赤红的笔。
7 炜：色泽鲜亮。
8 说：同"悦"，喜欢。怿：喜爱。女：通"汝"，指姑娘。
9 牧：野外。归：通"馈"，赠。荑：初生的白茅。
10 洵：实在，确实。异：特别。
11 匪：非。女：通"汝"，指荑。

这是痴情小伙等待心上人前来相会的诗。第一章写年轻的小伙子和美丽的姑娘相约在城墙角落会面，为了能早点见到心上人，小伙子迫不及待地来到相约的地点等候，他一遍又一遍眺望远处，想第一时间捕捉姑娘的身影，然而，视线却总被眼前的房屋瓦舍、树木丛林所遮挡，小伙子急得像热锅上的蚂蚁，他怕姑娘突然来到让自己措手不及、表现失态，他更怕姑娘忘记赴约或者不愿赴约。小伙子来回徘徊，不知如何是好，急得搔头挠耳。第二章小伙子看着手上姑娘所赠的彤管，紧张急切之情慢慢平复下来，他心想，姑娘以彤管相赠表明她对自己也是有意的，小伙子越想越开心，望着彤管美丽鲜亮的色泽，想起了姑娘明媚娇艳的容颜。第三章小伙子回忆姑娘曾经送给自己的柔荑是她特意在郊野采摘的，实在是别出心裁呀，这美丽的柔荑因为姑娘相赠而更显华彩，也因为是姑娘相赠让他倍加珍惜，想着想着，小伙子感到无尽的甜蜜。本诗将年轻小伙子热恋时的复杂心理刻画得入木三分，在墙角痴痴等待时他身心紧张、万分急切，看到手中彤管美丽的色泽时他想到同样美丽的姑娘因而心下欢喜、爱慕不已，想到姑娘亲自从郊野给自己采来柔荑时他内心得意、欣喜若狂。年轻小伙的徘徊等待与内心焦躁以及对姑娘所赠之物的异常喜爱无不体现了他对姑娘的爱意与深情，这份纯洁而真挚的爱情如此美好，令人感动。本诗的形象刻画与意境营造极为成功，让我们对痴情的小伙印象深刻，对从未现身的姑娘遐想不已。

新 台

新台有泚，¹　　　　新台建成色鲜亮，

河水弥弥。²　　　　河水涨满水茫茫。

燕婉之求，³　　　　想嫁温雅公子郎，

籧篨不鲜。⁴　　　　碰上丑汉真不祥。

新台有洒，⁵　　　　新台高峻又宽敞，

河水浼浼。⁶　　　　河水涨满汪洋洋。

燕婉之求，　　　　　想嫁温雅公子郎，

籧篨不殄。⁷　　　　碰上丑汉没好相。

鱼网之设，　　　　　设好渔网心欢畅，

鸿则离之。⁸　　　　哪知蛤蟆掉入网。

燕婉之求，　　　　　想嫁温雅公子郎，

得此戚施。⁹　　　　碰上丑汉未料想。

1 新台：卫宣公为抢夺儿媳所建之台，故址在今河南临漳黄河旁。泚：色彩鲜明。
2 河：指黄河。弥弥：水满的样子。
3 燕婉：安顺美好。
4 籧篨：粗竹席围成的器物，这里比喻有鸡胸不能弯腰的人。鲜：善。
5 洒：高峻的样子。
6 浼浼：水盛的样子。
7 殄：通"腆"，善。
8 鸿：指蛤蟆。离：通"罹"，遭受，遭遇。
9 戚施：本义是蟾蜍四足踞地，没有脖子，不能仰视，这里比喻驼背而不能抬头的人。

这是讽刺卫宣公抢夺儿媳的诗。卫宣公蔑视礼教，荒唐丑恶，他曾和父亲卫庄公的姬妾夷姜私通并生下儿子公子伋，因宠爱夷姜故将公子伋立为太子。后来，宣公替公子伋迎娶齐国女子宣姜为妻，还没有成婚，卫宣公看到宣姜长得很漂亮心生喜欢，于是在黄河边修筑新台把宣姜娶过来据为己有，这就是有名的新台丑闻。卫国百姓对卫宣公的无耻行径感到十分厌恶，故作诗讽刺，本诗是通过假借宣姜口吻来达到讽刺目的的。诗的第一章，宣姜自陈心事，"燕婉之求，籧篨不鲜"，本想嫁个美少年，没想到竟碰上这个"籧篨"一样的丑老汉。高耸的新台流光溢彩，色泽鲜亮，在阳光底下闪闪发亮，然而，如此气派的宫室竟是抢夺儿媳妇的丑汉所建，真是令人惋惜，新台的华美越发映衬了宣公的丑陋和他所干的丑事。第一章和第二章重章叠唱，反复咏叹新台的宏伟壮观以及卫宣公的丑陋外形，表现了宣姜内心的反感和厌恶以及对这桩婚事的极度不满。第三章，诗人以撒网捕鱼起兴，表明宣姜想要嫁得如意郎君的愿望。美好的婚姻憧憬被残酷的现实击倒，宣姜感到无比幻灭，只得再一次哀叹"燕婉之求，得此戚施"。本诗借宣姜之口，控诉了卫宣公违背伦常，鲜廉寡耻，对这个丑陋至极的老汉心生厌恶。

二子乘舟

二子乘舟，　　　　　你们两个坐船上，

泛泛其景。[1]　　　　船儿漂荡去远方。

愿言思子，[2]　　　　每每念及思断肠，

中心养养。[3]　　　　叫我如何不忧伤。

二子乘舟，　　　　　你们两个坐船上，

泛泛其逝。　　　　　船儿漂荡去远方。

愿言思子，　　　　　每每念及思断肠，

不瑕有害。[4]　　　　恐遭灾祸心难放。

1 泛泛：船在水面漂荡的样子。景：通"憬"，远行的样子。

2 愿：每当。言：语气助词。

3 中心：心中。养养：忧伤的样子。

4 瑕：无。

这是家中亲友思念两个乘舟远行的年轻人的诗。诗开头以白描的手法描绘了一幅水边送别的情景。两个离家远行的青年在河边与家中亲友作别，船儿晃荡，漂向远方，亲友们在岸边久久伫立，船儿慢慢消失在天际，二子的背影也逐渐模糊，但送别者们还是踮足远望，不愿离去。第二章写家中亲友们对二子的担忧。一方面他们思念漂泊在外的孩子们，另一方面他们更担心孩子的安危，不知道他们此行是否顺利，在外面是不是会遭遇灾祸，想着想着，越发坐立难安。本诗语言质朴，但感情深切，全诗虽无过多铺饰，但叠词的运用营造了无穷诗意。"泛泛"描绘了船儿在水中漂漂荡荡的姿态，有一种颠沛流离、无所依靠之感，无形之中描绘了二子的远行，衬托了亲友们深深的牵挂。"养养"则生动传达了亲友们的不舍与思念，当然，还有无休无止的担忧。当家中的亲友们越想越难安，越想越恐惧的时候，他们只得在心中默默祈祷，祝愿远行的孩子一路平安、无灾无祸。本诗短小，言简意赅，但传递的深情却是如此动人。

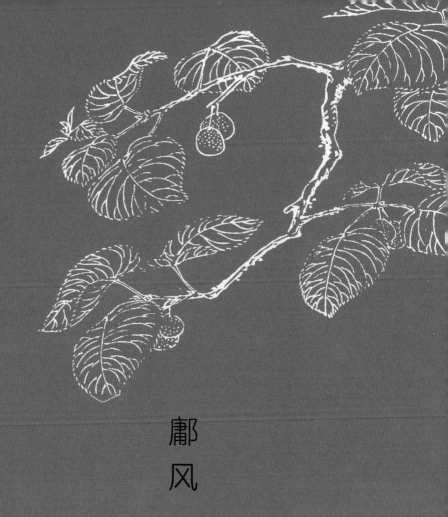

鄘
风

柏 舟

泛彼柏舟，¹　　　　　柏木船儿悠悠晃，

在彼中河。²　　　　　河水中央漂荡荡。

髧彼两髦，³　　　　　头发分垂少年郎，

实维我仪。⁴　　　　　是我心仪好对象。

之死矢靡它。⁵　　　　至死不会变心肠。

母也天只，⁶　　　　　我的天呀我的娘，

不谅人只！⁷　　　　　我的感受不体谅！

1 泛：船漂荡的样子。柏舟：即柏木做的舟。
2 中河：河中。
3 髧：头发下垂的样子。两髦：古代男子未成年时的发式，发分垂两边至眉，谓之两髦。
4 仪：对象。
5 之死矢靡它：意思是到死都不会有他念。之，至。矢，誓。靡，无。它，其他。
6 也、只：语气助词。
7 谅：体谅。

泛彼柏舟，　　　　　柏木船儿悠悠晃，

在彼河侧。　　　　　河岸旁边漂荡荡。

髧彼两髦，　　　　　头发分垂少年郎，

实维我特。[8]　　　　和我匹配好对象。

之死矢靡慝。[9]　　　至死不会把手放。

母也天只，　　　　　我的天呀我的娘，

不谅人只！　　　　　我的感受不体谅！

8 特：配偶。
9 慝：通"忒"，更改。

这首诗写的是待嫁女子的心仪对象不被母亲看好而被逼分手，抒发了女子的愤懑无奈之情。"髧彼两髦，实维我仪"，尚未加冠成年的少年郎是诗中女子心仪的对象，他头发分垂，活泼讨喜，洋溢着青春的朝气，只要一想到他，女子就会情难自已。"之死矢靡它"，女子情根深种，她认定男子是自己结婚的好对象，发誓此生非他不嫁，对他的感情至死不渝。然而，母亲大人却不顾念自己的心意，逼迫自己与心爱的少年分手另嫁他人。女子想不明白为什么不能嫁给自己喜欢的人，她更想不明白自己为何要嫁给不喜欢的人，她高声呼喊："母也天只，不谅人只！"这声呐喊里面包含着愤怒、埋怨与无奈。她愤怒，因为自己早已心有所属并且至死不渝，母亲为何要阻挠自己，为何要逼迫自己分手，嫁给不喜欢的人；她埋怨，因为母亲也曾年轻过，也曾情窦初开过，为何就不能体会自己的感受；她无奈，因为自古以来婚姻大事乃父母之命，媒妁之言，由不得做子女的有半点儿想法，那份美丽的爱情只能永久埋在心底了。当然，这掷地有声的呐喊同时也传达了女子不愿屈服的反抗意识，虽然婚姻大事乃父母之命，媒妁之言，由不得自己做主，但她决心维护自己的爱情，坚守自己的内心，这无疑是向传统礼教发出挑战。诗中女子虽然年纪尚轻，在强大的家长势力面前倍显弱小，但她身上蕴藏着强大的力量，她敢于表达心声，敢于反对不公平的安排，有着强烈的抗争精神。

墙有茨

墙有茨，[1] 　　　蒺藜爬上墙，

不可扫也。[2] 　　不可扫除掉。

中冓之言，[3] 　　宫中秘密话，

不可道也。 　　　不可来相告。

所可道也， 　　　如若来相告，

言之丑也。 　　　说来真害臊。

墙有茨， 　　　　蒺藜爬上墙，

不可襄也。[4] 　　不可清除掉。

中冓之言， 　　　宫中秘密话，

1 茨：即蒺藜，一年生草本植物，茎横生在地面上，开小黄花，有刺，可食用，也可以
入药。
2 扫：扫除。
3 中冓：内室，宫廷内部。
4 襄：除去。

不可详也。[5]　　　　　不可详细讲。

所可详也，　　　　　　如若详细讲，

言之长也。　　　　　　说来话太长。

墙有茨，　　　　　　　蒺藜爬上墙，

不可束也。[6]　　　　　不可清除光。

中冓之言，　　　　　　宫中秘密话，

不可读也。[7]　　　　　不可乱宣扬。

所可读也，　　　　　　如若乱宣扬，

言之辱也。　　　　　　说来人耻笑。

5 详：细说。
6 束：清扫。
7 读：宣扬。

这是一首卫国百姓讽刺其统治阶级无耻行径的诗。《毛诗序》曰："《墙有茨》，卫人刺其上也，公子顽通乎君母，国人疾之而不可道也。"在这里，"君母"是指宣姜，而公子顽是卫宣公的庶子。卫国统治阶级的丑闻真是层出不穷，先是卫宣公和父亲卫庄公的姬妾夷姜私通，生下儿子公子伋，宣公为公子伋娶妻，见新娘宣姜貌美又占为己有。宣公死后，又有庶子公子顽与宣姜私通，生下齐子、戴公、文公、宋桓夫人、许穆夫人。卫国王氏蔑视伦常、荒唐无道的无耻行径令卫国百姓深恶痛绝，人们特作此诗加以讽刺。本诗以口语的形式诉说，有种茶余饭后人们三五成群低声议论的意味，细细品读，还能看出主讲人时不时卖个关子吊人胃口的情态。诗人以"墙有茨"起兴，将蒺藜爬上墙因而始终不可清除干净比喻卫国统治阶级荒淫无耻丑闻层出不穷，无论怎样都无法掩盖。诗中大量使用"也"字乃一大特色，"也"字用在句末，即有停歇语气之意又有连贯语句之用，读起来节奏舒缓，朗朗上口，同时，"也"字的大量使用拖长了语音，加强了语气，有一种娓娓道来的架势，充分表达了王室秘辛的不可言尽、不能细说、不便张扬，诗意绵长，给人无尽猜想。

君子偕老

君子偕老，¹

jī jiā
副笄六珈。²

wēi wēi tuó tuó
委委佗佗，³

如山如河，⁴

象服是宜。⁵

子之不淑，⁶

云如之何？⁷

美人君子同到老，

首饰玉簪头上晃。

举止雍容又端庄，

沉稳犹如山河貌，

衣服得体色鲜亮。

哪知品德不贤良，

你又拿她能怎样？

1 君子：指卫宣公。偕老：本意是夫妻恩爱、相伴到老，这里用以代指与君子结合的新娘，即宣姜。
2 副：古代妇女的一种头饰，用头发编成假髻，称"副"。笄：簪子。珈：用簪子把假髻别在头上，上加玉饰，称"珈"。珈数的多少有表明身份的作用，"六珈"为侯伯夫人所用。
3 委委佗佗：雍容自得的样子。
4 如山如河：形容仪态端庄，如山般稳重，如河般深沉。
5 象服：古代贵妇所穿的衣服，上面绘有各种物象作为装饰。宜：得体。
6 子之：指宣姜。淑：善。
7 云：句首语气助词。如之何：奈之何。

玼兮玼兮！[8]　　　　　服饰绚丽又鲜亮，

其之翟也。[9]　　　　　野鸡彩羽装点上。

鬒发如云，[10]　　　　头发黑密云一样，

不屑髢也。[11]　　　　假发哪里用得上？

玉之瑱也，[12]　　　　美玉充耳垂两旁，

象之揥也，[13]　　　　象牙发钗别头上，

扬且之皙也。[14]　　　肤色白皙容颜靓。

胡然而天也？[15]　　　莫非仙女从天降？

胡然而帝也？[16]　　　莫非帝女入凡壤？

8 玼：服饰鲜明的样子。
9 翟：绘有野鸡彩羽的衣服。
10 鬒：头发黑密。
11 不屑：用不着。髢：假发。
12 瑱：古人冠冕上垂在两侧的玉饰。
13 象之揥：象牙制成的发钗。
14 扬：形容脸上有光彩。且：语气助词。皙：白。
15 胡然而天也：意思是宣姜美如天仙。胡，为何。然，这样。而，如。天，天仙。
16 胡然而帝也：意思是宣姜美得像帝女降临人间。帝，帝女。

瑳兮瑳兮！ ¹⁷　　　服饰绚丽又鲜亮，

其之展也。 ¹⁸　　　白色礼服放光芒。

蒙彼绉绤， ¹⁹　　　细葛汗衫罩身上，

是绁袢也。 ²⁰　　　内衣轻薄夏日凉。

子之清扬， ²¹　　　她的眼眸多清亮，

扬且之颜也。 ²²　　光彩熠熠容颜靓。

展如之人兮， ²³　　世间竟有此美貌，

邦之媛也！ ²⁴　　　风姿绝世动国邦！

17 瑳：衣服色彩绚丽的样子。
18 展：白色的衣服。
19 蒙：罩。绉：细葛布。
20 绁袢：亵衣，内衣。
21 清扬：眉目清秀。
22 扬且之颜也：意思是容颜光彩艳丽。
23 展：确实。
24 邦：国家。媛：美女。

这是一首讽刺宣姜的诗，诗中极言其服饰仪容之美用以反衬宣姜的丑陋之行。宣姜本是卫宣公之子公子伋的妻子，但宣公贪其美貌故而将其霸占，二人生下公子寿、卫惠公。宣公死后，宣姜又与宣公的庶子公子顽私通，生下齐子、戴公、文公、宋桓夫人、许穆夫人。无论在政治上还是在私人生活上，宣姜皆可谓劣迹斑斑，故《毛诗序》云："《君子偕老》，刺卫夫人也。夫人淫乱，失事君子之道，故陈人君之德，服饰之盛，宜与君子偕老也。"本诗辞藻华丽，反衬鲜明，讽刺效果强烈，诗人越是浓墨重彩描绘宣姜服饰容貌之美越是凸显其内在品性之丑，正如朱熹《诗集传》所说："言夫人当与君子偕老，故其服饰之盛如此，而雍容自得，安重宽广，又有以宜其象服。今宣姜之不善乃如此，虽有是服，亦将如之何哉！言不称也。"

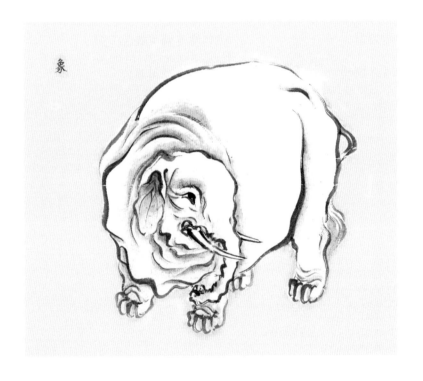

桑 中

爰采唐矣，[1]

mèi
沫之乡矣。[2]

云谁之思？

美孟姜矣。[3]

期我乎桑中，

yāo
要我乎上宫，[4]

送我乎淇之上矣。[5]

采摘菟丝在何方，

就在卫国沫邑乡。

何人心中日夜想？

是那姜家大姑娘。

约我相会桑林中，

邀我相聚在上宫，

淇水告别远相送。

爰采麦矣，

沫之北矣。

云谁之思？

采摘野麦在何方，

就在沫城向北方。

何人心中日夜想？

1 爰：在什么地方。唐：即菟丝子，一种蔓生植物，茎细长，缠绕于其他植物上，花淡
红色，子可入药，亦称女萝。
2 沫：卫国地名。
3 孟姜：姜家的长女。孟，兄弟姊妹排行最大的。
4 要：通"邀"。上宫：楼名。
5 淇：卫国水名，在今河南省。

美孟弋矣。⁶　　　　　是那弋姓大姑娘。

期我乎桑中，　　　　　约我相会桑林中，

要我乎上宫，　　　　　邀我相聚在上宫，

送我乎淇之上矣。　　　淇水告别远相送。

爰采葑矣，⁷　　　　　采摘蔓菁在何方，

沬之东矣。　　　　　　就在沬城向东方。

云谁之思，　　　　　　何人心中日夜想？

美孟庸矣。⁸　　　　　是那庸姓大姑娘。

期我乎桑中，　　　　　约我相会桑林中，

要我乎上宫，　　　　　邀我相聚在上宫，

送我乎淇之上矣。　　　淇水告别远相送。

6 孟弋：弋家的长女。弋，姓。
7 葑：野菜名，即芜菁，一二年生草本植物，块根肉质。
8 孟庸：庸家的长女。庸，姓。

这是一首男子幻想与美女幽会的情诗。青年小伙一边采摘野菜，一边放声歌唱，嘹亮的歌声在空旷的郊野飘荡，小伙的思绪也随之飘向远方，想想如果自己此时有喜欢的人了，那这个人将会是谁呢？应该是那姜家大姑娘吧，她长得漂亮，正是自己心仪的对象。小伙幻想着姜姓的女子也对他暗生情愫，迫不及待地在桑林中等待与他相见，然后又盛情邀请他去上宫游玩，最后才依依不舍地在淇水话别。歌唱一段，爱情的女主角也随之转换，小伙幻想了与姜家长女的美妙情事后，又在脑海里幻想着与弋姓、庸姓女子的交往缠绵，小伙沉浸在自己的美梦中，无法自拔。本诗真切自然，表现了青年小伙的多情而率真，传达了情窦初开的少年对爱情的强烈渴望。

鹑之奔奔
^{chún}

鹑之奔奔，¹　　　　　鹌鹑双双展翅翔，

^{jiāngjiāng}
鹊之彊彊。²　　　　　喜鹊齐飞鸣欢畅。

人之无良，³　　　　　那人品行不纯良，

我以为兄。　　　　　　我竟尊他为兄长。

鹊之彊彊，　　　　　　喜鹊齐飞鸣欢畅，

鹑之奔奔。　　　　　　鹌鹑双双展翅翔。

人之无良，　　　　　　那人品行不纯良，

我以为君。　　　　　　我竟尊他为君王。

1 鹑：鹌鹑，体形似鸡，头小尾秃，羽毛赤褐色，杂有暗黄条纹，雄性好斗。奔奔：鸟类雌雄相随的样子。
2 鹊：喜鹊。彊彊：鸟群飞相随的样子。
3 人：指讽刺对象，即卫宣公。

这是一首讽刺卫国君主荒淫无耻的诗。卫宣公先是和父亲卫庄公的姬妾夷姜私通生下儿子公子伋，后又霸占本应为公子伋妻的宣姜，在宣姜和公子朔（宣公与宣姜之子）的唆使下，宣公又将公子伋残忍杀害。本诗以鸟兽起兴，用鹑鹑雌雄相随、喜鹊相伴鸣唱暗讽宣公荒淫无道的可耻行径，诗人斥责宣公"人之无良"，真是枉为人兄、枉为人君。本诗造句整齐，音律和谐，措辞精巧，短小精悍，独出心裁，寓意深刻，意味无穷。

定之方中

定之方中，¹	星宿营室当空照，
作于楚宫。²	楚丘动土新宫造。
揆之以日，³ kuí	按照日影定方向，
作于楚室。⁴	楚丘造房开工忙。
树之榛栗，⁵ zhēn	榛树栗树种植好，
椅桐梓漆，⁶	椅桐梓漆屋边绕，
爰伐琴瑟。⁷	伐作琴瑟好材料。
升彼虚矣，⁸	登上漕邑废墟上，
以望楚矣。	楚丘地形尽可望。
望楚与堂，⁹	楚丘堂邑已看好，

1 定：星宿名，二十八宿之一，又叫营室。方中：正中。
2 作：开始。于：相当于"为"。楚宫：楚丘的宫殿。楚丘在今河南省滑县。
3 揆：度量，测量。日：日影。
4 楚室：与"楚宫"同义。
5 榛：落叶灌木或小乔木，结球形坚果，比板栗小，称榛子。栗：落叶乔木，果实为坚果，称栗子，味甜，可食。
6 椅：落叶乔木，木材可以制器物，亦称山桐子。桐：即梧桐。梓：落叶乔木，木材可供建筑及制造器物之用。漆：落叶乔木，树皮内富含树脂，与空气接触后呈褐色，即生漆，可制涂料，液汁干后可入药。椅、桐、梓、漆这四种树木都是做琴瑟的好材料。
7 爰：于是。
8 升：登。虚："墟"的古字，这里指漕墟。漕邑与楚丘邻近。
9 堂：地名，在楚丘的旁边。

景山与京。[10]　　　　　　放目远山与高冈。

降观于桑，[11]　　　　　　走下桑田考察忙，

卜云其吉，[12]　　　　　　求神占卜有祥兆，

终然允臧。[13]　　　　　　结果一定很美好。
（zāng）

灵雨既零，[14]　　　　　　一场好雨已下完，

命彼倌人。[15]　　　　　　命令驾车小官员。
（guān）

星言夙驾，[16]　　　　　　天晴早早把车赶，

说于桑田。[17]　　　　　　停下歇息在桑田。
（shuì）

匪直也人，[18]　　　　　　此人正直行又廉，

秉心塞渊，[19]　　　　　　内心充实又深远，

騋牝三千。[20]　　　　　　战马如云在眼前。
（lái pìn）

10 景山：远山。京：高丘。

11 降：从上而下。观：这里指考察。桑：桑田。

12 卜：古人用火灼龟甲，认为从灼开的裂纹就可以推测出行事的吉凶。"卜云其吉"意思是占卜得出祥兆。

13 允：确实。臧：善，好。

14 灵雨：好雨。零：落。

15 倌人：主管驾车的小官。

16 星：晴。言：语气助词。夙驾：早上驾车。

17 说：通"税"，歇息。

18 匪：通"彼"。直也人：正直的人。

19 塞渊：充实而深远。

20 騋牝三千：言良马之多，暗指国力之盛。騋，七尺以上的马。牝，母马。

桐

梓

漆

这是一首歌颂卫文公迁都楚丘励精图治大力建设的诗。全诗三章，叙述了卫文公迁都楚丘建宫室、相地形、劝农桑的情景。第一章写在楚丘开工动土、营造宫室。"定之方中，作于楚宫。揆之以日，作于楚室"，当时的科技水平虽然低下，但百姓们充满着无穷的智慧，他们巧妙捕捉到了星宿和日影的运行规律，用以定向测位。在建造宫殿庙宇的时候，将要栽种的树木也一并计划好了，"椅桐梓漆"，此四种树木都是制作琴瑟的好材料，种在宫庙旁边自然是十分合适的。第一章描绘了集体劳动的情景，大家充满热情，干劲十足，一切都井然有序执行着，呈现出生机勃发的复苏景象。第二章写卫文公考察楚宫地形的过程。他先是登上漕邑废墟眺望楚丘，然后又远望楚丘附近的堂邑，耐心而慎重，接着卫文公考察楚丘附近的山冈丘陵，并亲自下田勘察农桑，丝毫不见疏忽。一切都考察完毕安排妥当之后，文公又求神占卜、以测天意，当卦象显示吉兆的时候，君臣百姓都满心愉悦，蓄势而发。此章由远及近，场景广阔，凸显了卫文公的谨慎勤勉与英明睿智。第三章写卫文公亲劝农桑。"灵雨既零，命彼倌人。星言夙驾，说于桑田"，好雨已停，天气转晴，这真是农耕的好时机呀，文公黎明时分便吩咐车夫备好马车，早早赶往农田桑林。此章和前两章不同的是，截取了一个日常细节来写文公，突出了文公夙兴夜寐，心系农事，真乃用心良苦，人们由衷赞叹"匪直也人，秉心塞渊"，结尾"騋牝三千"表明在文公的治理下，卫国兵强马壮，日臻富强。全诗通篇叙事，但依然能感觉到其中洋溢的饱满激情，能深刻体会到百姓对文公的崇敬与赞美。

蝃蝀
dì dōng

蝃蝀在东,[1]　　　　彩虹高挂在东方,

莫之敢指。　　　　没人胆敢去指它。

女子有行,[2]　　　　适龄女子要出嫁,

远父母兄弟。　　　　远离父母兄弟家。

朝隮于西,[3]　　　　彩虹出现在西方,
jī

崇朝其雨。[4]　　　　这雨下了一早上。

女子有行,　　　　适龄女子要出嫁,

远兄弟父母。　　　　远离父母兄弟家。

乃如之人也,　　　　说起眼前这姑娘,

怀昏姻也。[5]　　　　败坏婚姻和礼教。

大无信也,[6]　　　　贞洁理性脑后抛,

不知命也。[7]　　　　父母之命全忘掉。

1 蝃蝀:彩虹。
2 有行:出嫁。
3 隮:虹。
4 崇朝:整个早上。
5 怀:通"坏",败坏。
6 大:太。信:贞洁。
7 命:父母之命。

这是一首女子追求婚姻自由而受当时舆论指责的诗。《毛诗序》曰："《蝃蝀》，刺奔也。"诗中女子违背父母之命不顾媒妁之言与情人私奔，这在当时被视为败坏纲常，乃罪大恶极之举。古人将彩虹视为淫秽之气，认为虹的产生是因为婚姻错乱，阴阳不和，所以本诗乃以"蝃蝀在东"起兴，引出对女子的批判，同时人们认为虹是不可以用手去指的，否则手指将红肿生疮，这就是诗中所言"莫之敢指"。诗人认为，男女的结合应该合乎礼教规范，遵循父母之命，适龄女子出嫁远离父母兄弟也是自然伦常，但如果已嫁女子有失妇道，那就是不守父母之命，抛弃贞洁，败坏婚姻。"乃如之人也，怀昏姻也。大无信也，不知命也。"显然，诗人对女子的大胆行为深恶痛绝，代表了当时社会的普遍观念，这让身在当今的我们对那位敢于反抗的女子深表同情。

相 鼠

相鼠有皮，¹　　　　　看那老鼠有皮毛，

人而无仪。²　　　　　这人一点没仪表。

人而无仪，　　　　　　为人如果没仪表，

不死何为？³　　　　　为何还不去死掉？

相鼠有齿，　　　　　　看那老鼠有牙齿，

人而无止。⁴　　　　　这人一点不节制。

人而无止，　　　　　　为人如果不节制，

不死何俟？⁵　　　　　还不快死待何时？

相鼠有体，　　　　　　看那老鼠有肢体，

人而无礼。　　　　　　这人一点不守礼。

人而无礼，　　　　　　为人如果不守礼，

胡不遄^{chuán}死？⁶　　　赶快去死莫迟疑。

1 相：看。
2 仪：威仪。
3 何为：即为何。
4 止：节制。
5 俟：等。
6 遄：快。

这是讽刺卫国统治阶级不讲礼仪、鲜廉寡耻的诗。前面的诗篇《新台》《墙有茨》《君子偕老》已多次提到卫国统治阶级的丑恶行径，但总体上是以暗讽的方式进行批判。如果说这些诗篇对卫国王室的揭露与抨击还尚留余地的话，那本篇则不遗余力，将统治阶级的鲜廉寡耻批判得体无完肤。老鼠历来遭人厌恶，"老鼠过街，人人喊打"，然而，本诗却说"相鼠有皮，人而无仪"，有些人竟然连老鼠都不如，"人而无仪，不死何为？"既然不顾脸面，不知羞耻，那还活着干什么？第二章诗人以"相鼠有齿，人而无止"进一步反映统治阶级没有节制、丑闻不断，"人而无止，不死何俟？"语气凌厉，诗人的批判力度加强。第三章诗人以"相鼠有体，人而无礼"抨击统治阶级蔑视礼教、放荡无形，"人而无礼，胡不遄死？"如利剑刺喉，痛快人心。诗人语言直白，毫不避讳，用力之猛令人惊叹，表明卫国百姓对统治阶级的丑恶行径痛心疾首、忍无可忍。

gàn máo
干 旄

jié jié
子子干旄，[1]   旄尾羽旗高飘扬，

在浚之郊。[2]   驾车徐徐到浚郊。

pí
素丝纰之，[3]   旗帜边沿白丝镶，

良马四之。   四匹好马随后跑。

彼姝者子，[4]   那位贤才真美好，

bì
何以畀之？[5]   该拿什么去征招？

yú
子子干旟，[6]   鹰纹旗子高飘扬，

在浚之都。[7]   浚城附近徐徐跑。

素丝组之，[8]   白色丝线镶旗上，

1 子子：特出、独立的样子。干旄：旌旗的一种，以牦牛尾饰旗杆，作为仪仗。
2 浚：卫国都邑。
3 素丝：白丝。纰：在衣冠或旗帜上镶边。
4 姝：美好。
5 畀：给予。
6 干旟：画有或绣上鹰雕之类图形的旗子。
7 都：近城。
8 组：编织。

良马五之。　　　　　　五匹好马随后跑。

彼姝者子，　　　　　　那位贤才真美好，

何以予之？　　　　　　怎样征招才恰当？

子子干旌，⁹　　　　　五彩羽旗高飘扬，

在浚之城。　　　　　　浚城周边慢慢绕。

素丝祝之，¹⁰　　　　旗上白丝缝结好，

良马六之。　　　　　　六匹好马随后跑。

彼姝者子，　　　　　　那位贤才真美好，

何以告之？¹¹　　　　如何相告把他招？

9 干旌：旌旗的一种，以五色鸟羽饰旗杆，竖于车后，作为仪仗。
10 祝：通"属"，附着，联结。
11 告：诉说。

这首诗通过描写卫大夫带着良马外出访贤来赞美卫文公为振兴卫国求贤若渴。卫国大夫驾着马车徐徐赶路，后面跟着良马数匹，马车上插着旄尾彩旗，五彩羽旗迎风高展，旗上的鹰雕图案威严尊贵，如此仪仗是为何事？马车一路赶到浚邑城郊，原来这位出行的大夫是在寻访贤士。"彼姝者子，何以畀之？"贤才呀贤才，该拿什么来把你招纳？从表面上看此乃卫大夫自言自语，无疑而问，因为他带出的良马正是用来招聘贤才的，然而，情况并非如此，卫大夫外出访贤肯定是受国君之命，卫文公求贤若渴，尊重人才，卫大夫唯恐怠慢贤才有负君意，故而发此一问。诗中极力渲染访贤队伍的威严壮阔，突出表现卫国君主对贤才的重视，同时出访大夫的认真谨慎也进一步传达了君王对贤才的极度渴求。本诗重章叠句，反复吟咏，以曲折幽深的方式赞美卫文公为复兴卫国招纳贤士，求才若渴。

载 驰

载驰载驱，[1]　　　　　　驾起车来快快走，

归唁卫侯。[2]　　　　　　匆忙回国吊卫侯。
（yàn）

驱马悠悠，[3]　　　　　　策马飞驰路遥远，

言至于漕。[4]　　　　　　到达漕邑不停留。

大夫跋涉，[5]　　　　　　许国大夫来追我，

我心则忧。　　　　　　　知晓来意心发忧。

既不我嘉，[6]　　　　　　虽不赞成我主张，

不能旋反。[7]　　　　　　返回许地是妄想。

视尔不臧，[8]　　　　　　比起你们心不好，

我思不远。[9]　　　　　　思念祖国难相忘。

1 载：句首语气助词。驰、驱：策马奔驰。
2 归：回国。唁：吊丧。
3 悠悠：形容路途遥远。
4 言：句首语气助词。漕：卫国地名。
5 大夫：即前来漕邑阻拦的许国大臣。跋涉：即跋山涉水。
6 嘉：赞许。
7 旋反：返回。反，同"返"。
8 视：比。臧：善，好。
9 远：忘。

既不我嘉，   既不赞成我主张，

不能旋济。¹⁰   无法渡河归故乡。

视尔不臧，   比起你们心不好，

我思不闷。¹¹   怀念宗国情意长。
（bì）

陟彼阿丘，¹²   登上那座高山冈，

言采其蝱。¹³   采集贝母解忧伤。
（méng）

女子善怀，¹⁴   女子多愁善怀想，

亦各有行。¹⁵   道理烦恼不一样。

许人尤之，¹⁶   许国众人把我怨，

众稚且狂。¹⁷   说我幼稚又疯狂。

10 济：渡河。
11 闷：闭塞。
12 阿丘：四边高的土山。
13 蝱：即贝母，多年生草本植物，其鳞茎供药用，有止咳化痰、清热散结之功。
14 善：多。怀：思。
15 有行：道理。
16 许人：许国大臣。尤：责备。
17 众：通"终"，既。稚：幼稚。狂：疯狂。

麰

我行其野，¹⁸ 走在卫国原野上，

^{péngpéng}
芃芃其麦。¹⁹ 麦苗青青长势茂。

控于大邦，²⁰ 欲往大国去赴告，

谁因谁极？²¹ 谁会相帮谁可靠？

大夫君子，²² 许国大夫众君子，

无我有尤。²³ 不要怨我且怒指。

百尔所思，²⁴ 你们纵有百遍思，

不如我所之。²⁵ 不如我去走一次。

18 野：郊外原野。
19 芃芃：茂盛的样子。
20 控：赴告。大邦：大国。
21 因：依靠。极：至，指别国前来救援。
22 大夫君子：即许国的大臣们。
23 无：通"毋"，不要。有：又。尤：责备。
24 百尔所思：意思是多次反复考虑。
25 之：到。

这是许穆夫人哀悼卫侯的诗，抒发了她对祖国的忧思之情。

许穆夫人被誉为世界历史上第一位女诗人，也是中国历史上第一位杰出的爱国诗人。许穆夫人是卫宣公的庶子公子顽与被卫宣公强占的宣姜私通所生，许穆夫人自幼天资聪颖，才华横溢，美貌多姿，各诸侯国都派使者前来求婚，在许国重礼的打动下，许穆夫人的父母便将她嫁给许国国君许穆公为妻，所以称为许穆夫人。北狄人侵卫国，卫国被占领，许穆夫人得知此消息悲痛万分，恨不得马上前往卫国吊唁卫侯，报仇雪恨。然而，许穆夫人势单力薄，她向许穆公求助，希望他能够出手救援，但许穆公胆小怕事，不肯施救，于是悲恨交加的许穆夫人带着当初陪嫁的同姓女子，快马加鞭赶赴漕邑。许国大臣得知情况后纷纷赶来漕邑阻止，他们指责许穆夫人不顾身份擅自行动，有失体统，同时，许国大臣们怕许穆夫人的行为会给许国带来灾祸，故而极力劝阻，想把许穆夫人截回来。许穆夫人毫不动摇，毅然决然，坚信自己的决定是对的，于是写下了千古名篇《载驰》，表明自己归国救援的决心，痛斥许国的无情无义，传达了一名女子热爱祖国、保卫祖国的信念。诗的第一章叙述许穆夫人赶往漕邑吊唁，刚到不久许国大夫便前来阻止。第二章写本来悲痛万分的许穆夫人此时气恨交加，许国不肯救援倒也算了，竟然还要阻止自己的救国行动，许穆夫人怒不可遏，于是斥责许国大夫"既不我嘉，不能旋反。视尔不臧，我思不远。既不我嘉，不能旋济。视尔不臧，我思不閟"。第三章，内心苦闷的许穆夫人，"陟彼阿丘，言采其蝱"。望着远处的高山丘陵，许穆夫人细细思索，虽然许国大臣责骂自己，但自己的做法是正确，于是她更加坚定了自己的决心。第四章，从山上下来的许穆夫人沿着田野一边前行一边深思，她深知仅凭一己之力无法复兴祖国、平息战乱，可是该向谁去陈诉苦衷，请求救援呢？末章，许穆夫人重申心志，表明自己回国救亡的决心。后来齐桓公得知此事后，立即派兵救援卫国，使卫国避免了一场灾祸。从诗的叙述来看，许穆夫人刚强果敢，有情有义，乃女中豪杰，同时，她才华横溢，诗思敏捷，令人佩服。

卫
风

淇奥

瞻彼淇奥，[1]	淇水湾头水流淌，
绿竹猗猗。[2]	竹林碧绿一行行。
有匪君子，[3]	君子风流文采好，
如切如磋，[4]	学问切磋互研讨，
如琢如磨。[5]	德行琢磨取各长。
瑟兮僩^{xiàn}兮，[6]	仪表端庄胸宽广，
赫兮咺^{xuān}兮。[7]	光明正大又善良。
有匪君子，	君子风流文采好，
终不可谖^{xuān}兮。[8]	牢记心中永难忘。

1 淇：卫国水名，在今河南省。奥：水边弯曲处。
2 猗猗：美丽茂盛的样子。
3 匪：通"斐"，形容有文采。
4 切、磋：器物加工的工艺名称，后用以比喻道德学问方面共同研讨，互相勉励。
5 琢、磨：器物加工的工艺名称，后用以比喻道德学问方面共同研讨，取长补短。
6 瑟：矜持端庄的样子。僩：胸襟开阔的样子。
7 咺：光明显耀的样子。
8 谖：忘记。

緑竹

瞻彼淇奥，　　　　　　淇水湾头水流淌，

绿竹青青。　　　　　　竹林青翠又繁茂。

有匪君子，　　　　　　君子风流文采好，

充耳琇莹，^{xiù} ⁹　　精美玉饰垂耳旁，

会弁如星。^{biàn} ¹⁰　宝石镶帽闪星光。

瑟兮僩兮，　　　　　　仪表端庄胸宽广，

赫兮咺兮。　　　　　　光明正大又显耀。

有匪君子，　　　　　　君子风流文采好，

终不可谖兮。　　　　　牢记心中永难忘。

9 充耳：古代挂在冠冕两旁的饰物，下垂及耳，可以塞耳避听，也叫瑱。琇莹：美石。
10 会弁：接缝处镶有玉石的皮帽。

瞻彼淇奥，　　　　　　　淇水湾头水流淌，

绿竹如箦。[11]　　　　　　绿竹丛丛真繁茂。

有匪君子，　　　　　　　君子风流文采好，

如金如锡，　　　　　　　学问金锡般精良，

如圭如璧。[12]　　　　　　德行圭璧般洁好。

宽兮绰兮，[13]　　　　　　胸襟开阔又旷达，

猗重较兮。[14]　　　　　　从容倚木真端庄。

善戏谑兮，[15]　　　　　　说话风趣爱谈笑，

不为虐兮。[16]　　　　　　从不刻薄把人伤。

11 箦：堆积。

12 圭：古代帝王或诸侯在举行典礼时拿的一种玉器，上圆（或剑头形）下方。璧：平圆形中间有孔的玉，古代在典礼时用作礼器，亦可作饰物。

13 宽：宽广。绰：温柔。

14 猗：通"倚"，依靠。重较：指古代卿士所乘车厢前左右伸出的可供倚攀的横木。

15 戏谑：说话诙谐有趣。

16 虐：刻薄伤人。

这是赞美君子学问精湛、品行兼优的诗。绿竹向来是高洁品性的象征，诗人以"绿竹猗猗"起兴，引出对高雅君子的赞美。诗人首先概述君子才华品性："有匪君子，如切如磋，如琢如磨。瑟兮僩兮，赫兮咺兮。"第二章着重描写君子的服饰："有匪君子，充耳琇莹，会弁如星。"通过描写君子的华丽衣着旨在衬托君子的无比尊贵，为下文埋下铺垫。第三章写君子的学问与品德："有匪君子，如金如锡，如圭如璧。"然而，就是这么个才华横溢、德行纯正、端庄典雅、地位显赫的君子谈吐竟是如此风趣幽默，他爱开玩笑，但从不恶语伤人，真是令人舒服自在，不胜喜爱。诗人从各个方面对君子进行不遗余力地渲染刻画，塑造了一个才学渊博、宽广醇厚的完美形象。值得一提的是，本诗措辞精巧，将君子的形象塑造得十全十美而又生动活泼，可见功力匪浅。

考 槃
pán

考槃在涧，[1]	山涧击槃放声唱，
硕人之宽。[2]	形象高大心宽广。
独寐寤言，[3]	独居生活真逍遥，
永矢弗谖。[4] xuān	此间乐趣永不忘。
考槃在阿，[5]	山阿击槃放声唱，
硕人之薖。[6] kē	形象伟岸心宽广。
独寐寤歌，	独居生活真欢畅，
永矢弗过。[7]	此间乐趣誓不忘。
考槃在陆，[8]	平陆击槃放声唱，
硕人之轴。[9]	闲适自得心宽广。
独寐寤宿，	独居生活自在好，
永矢弗告。[10]	此间妙处难相告。

1 考：击，敲。槃：器名。
2 硕人：形象高大的人。宽：闲适。
3 独寐寤言：指独自一人生活。寐，睡眠。寤，睡醒。
4 矢：誓。谖：忘记。
5 阿：山中凹曲处。
6 薖：高大的样子。
7 过：忘记。
8 陆：高出水面的土地。
9 轴：宽舒。
10 弗告：意思是隐居的乐趣不可告于世人。

这是一首赞美隐居生活愉快闲适的诗。诗中隐士身形伟岸，心胸宽广，虽独自生活在山林之中，但自得其乐、潇洒自如。山林四周幽静，远离尘世喧嚣，在此居住，可以随心所欲，让自己回归最真实的状态。无论是在山间放声歌唱、静坐沉思还是独自徘徊，都是那么惬意，隐士喜欢这样的生活。"永矢弗谖""永矢弗过""永矢弗告"隐士反复咏叹，表达内心的快乐，余音袅袅，意味无穷。

硕　人

硕人其颀，[1]

衣锦褧衣。[2]

齐侯之子，[3]

卫侯之妻，[4]

东宫之妹，[5]

邢侯之姨，[6]

谭公维私。[7]

　

手如柔荑，[8]

肤如凝脂。[9]

领如蝤蛴，[10]

美人高大身修长，

穿着细麻罩衣裳。

她的父亲是齐王，

嫁与卫侯做新娘，

太子是她亲兄长，

邢侯小姨也是她，

谭公正是她姊丈。

　

双手柔嫩像茅荑，

肌肤润滑真白皙，

脖颈优美如蝤蛴，

1 硕人：身材高大的美人。颀：修长。
2 衣锦褧衣：穿着锦制的罩衣。前一个"衣"字用作动词，解释为穿。褧，古代用细麻布做的套在外面的罩衣。
3 齐侯：齐庄公。子：指女儿。
4 卫侯：卫庄公。
5 东宫：太子居住的地方，这里指卫国太子。
6 邢：国名，在今山东省邢台市。姨：妻的姊妹。
7 谭：国名，在今山东省济南市历城区。私：古代女子对姊妹丈夫的称呼。
8 柔荑：白茅初生的嫩芽，多用来比喻女子柔嫩洁白的手。
9 凝脂：凝结的油脂，比喻光洁白润的皮肤。
10 蝤蛴：天牛的幼虫，色白身长，借以比喻妇女脖颈之美。

蝤蛴

齿如瓠犀。¹¹ 齿若瓠子真整齐。

蓁首蛾眉，¹² 双眉细长似蚕蛾，

巧笑倩兮，¹³ 笑颜倩丽动人心，

美目盼兮。¹⁴ 眼睛黑亮如点漆。

硕人敖敖，¹⁵ 美人高大又苗条，

说于农郊。¹⁶ 停车歇息在野郊。

四牡有骄，¹⁷ 四匹雄马真健壮，

朱幩镳镳。¹⁸ 马嚼系上红布条。

翟茀以朝，¹⁹ 乘坐华车来上朝，

大夫夙退，²⁰ 大夫今日早退朝，

无使君劳。²¹ 莫使国君太操劳。

11 瓠犀：葫芦瓜的子，比喻美女的牙齿洁白整齐。

12 蓁首：喻指女子的额角方广。蓁，一种小蝉，方头广额。蛾眉：蚕蛾触须细长而弯曲，比喻女子美丽的眉毛。

13 倩：笑得很好看的样子。

14 盼：眼睛黑白分明的样子。

15 敖敖：高大的样子。

16 说：通"税"，停歇。

17 有骄：健壮的样子。

18 朱幩：马嚼环两旁的红色扇汗用具，亦用作装饰。镳镳：盛多的样子。

19 翟茀：古代贵族妇女所乘的一种车子，车帘两边或车厢两旁以野鸡尾为饰。朝：朝见。

20 夙退：早点退朝。

21 无使君劳：不要让君王太劳累。

螓

蛾

河水洋洋，[22]
<small>guō guō</small>
北流活活。[23]
<small>gū huò huò</small>
施罛濊濊，[24]
<small>zhān wěi bō bō</small>
鱣鲔发发。[25]
<small>jiā tǎn jiē jiē</small>
葭菼揭揭，[26]
<small>niè niè</small>
庶姜孽孽，[27]
<small>qiè</small>
庶士有朅。[28]

黄河之水真浩荡，

日夜奔流向北方。

渔网下水哗哗响，

鳇鱼鲟鱼水中跳。

岸边芦荻高又高，

陪嫁众女着盛装，

护送人员真强壮。

22 洋洋：水势浩荡的样子。
23 活活：水流声。
24 施：设。罛：大渔网。濊濊：撒网入水声。
25 鱣：鳇鱼。鲔：鲟鱼。发发：鱼跳跃声。
26 葭菼：芦和荻。揭揭：高高的样子。
27 庶姜：指为庄姜陪嫁的众女子。孽孽：装饰华丽的样子。
28 庶士：指护送庄姜的诸臣。朅：勇武，壮健。

这是卫国人赞美卫庄公夫人庄姜的诗，历来备受推崇，被誉为称颂美人的千古绝唱。第一章写美人的出身："齐侯之子，卫侯之妻，东宫之妹，邢侯之姨，谭公维私。"庄姜家族显赫，三亲六戚皆为列国权势，其身份尊贵至极，令人惊叹。第二章写庄姜的容貌："手如柔荑，肤如凝脂。领如蝤蛴，齿如瓠犀。螓首蛾眉。"作者对庄姜的外形进行了无比精细地刻画，呈现出一幅雍容华贵、容貌惊人的美人图。"巧笑倩兮，美目盼兮"可谓神来之笔，使这位倾倒众人的美人从画里活过来，绽放耀眼光芒，摄人魂魄。第三章写庄姜出嫁的情景："四牡有骄，朱幩镳镳。"婚礼隆重，场面盛大，庄严喜气。第四章写陪嫁随从："庶姜孽孽，庶士有朅。"陪嫁的姑娘个个标致，陪嫁的男子仪表堂堂，婚礼之隆重与盛大、庄姜之美貌与地位可窥见一斑。本诗动静结合，虚实相生，正面描写与侧面描写巧妙转换，将庄姜的天人之姿以及显赫身世凸显无疑，对后代文学创作产生了深远的影响，清人姚际恒评价此诗"千古颂美人者，无出其右，视为绝唱"。

氓

méng

氓之蚩蚩，¹　　　　　　农家小伙真敦厚，

抱布贸丝。²　　　　　　换丝来到乡里头。

匪来贸丝，　　　　　　原来不是换生丝，

来即我谋。³　　　　　　找我商量嫁娶事。

送子涉淇，⁴　　　　　　送过淇水另一头，

至于顿丘。⁵　　　　　　一直陪你到顿丘。

匪我愆期，⁶　　　　　　并非有意误时候，
qiān

子无良媒。　　　　　　没有媒人是缘由。

将子无怒，⁷　　　　　　请你不要怒上头，
qiāng

秋以为期。⁸　　　　　　约定婚期在秋后。

1 氓：指农民。蚩蚩：笑嘻嘻的样子。
2 布：古代货币。
3 谋：商量婚事。
4 淇：卫国水名，在今河南省。
5 顿丘：地名。
6 愆：耽误。
7 将：请。
8 秋以为期：将秋天定为婚期。

乘彼垝垣，⁹　　　　登上那面坏墙上，

以望复关。¹⁰　　　　来把复关殷勤望。

不见复关，¹¹　　　　不见情郎过城墙，

泣涕涟涟。¹²　　　　眼泪直流心暗伤。

既见复关，　　　　　看到情郎过城墙，

载笑载言。¹³　　　　又说又笑真欢畅。

尔卜尔筮，¹⁴　　　　快去卜卦问吉祥，

体无咎言。¹⁵　　　　没有凶兆喜洋洋。

以尔车来，　　　　　驾起马车飞快跑，

以我贿迁。¹⁶　　　　搬运我那好嫁妆。

9 乘：登。垝垣：毁坏的墙。
10 复关：男子居住的地方。
11 复关：这里指男子。
12 泣涕：眼泪。涟涟：泪流不止的样子。
13 载：又。
14 卜：用火灼龟甲，以灼开的裂纹推测出行事的吉凶。筮：用蓍草占卦。
15 体：卦象。咎言：不吉利的话。
16 贿：财物。

桑之未落，　　　　　　桑叶未落的时候，

其叶沃若。[17]　　　　　枝叶繁盛缀满头。

于嗟鸠兮，[18]　　　　　那些斑鸠可知否，

无食桑葚。[19]　　　　　桑葚不能吃太多。
　shèn

于嗟女兮，　　　　　　年轻姑娘可知否，

无与士耽。[20]　　　　　爱恋男子不可过。
　dān

士之耽兮，　　　　　　男子沉浸爱里头，

犹可说也。[21]　　　　　尚有办法可解脱。
　tuō

女之耽兮，　　　　　　女子沉浸爱里头，

不可说也。　　　　　　岂能轻易就摆脱。

17 沃若：润泽的样子。
18 于：通"吁"，叹词。鸠：斑鸠。
19 桑葚：桑树的果实。
20 耽：过分沉溺。
21 说：通"脱"，解脱。

桑之落矣，　　　　　　桑树叶儿纷纷落，

其黄而陨。²²　　　坠落在地色枯黄。

自我徂尔，²³　　　自我嫁到你家后，

三岁食贫。²⁴　　　多年都把苦来尝。

淇水汤汤，²⁵　　　淇水还似当年样，

渐车帷裳。²⁶　　　河水沾湿车帷裳。

女也不爽，²⁷　　　我做妻子无错挑，

士贰其行。²⁸　　　男人行为却两样。

士也罔极，²⁹　　　你的心思没准则，

二三其德。³⁰　　　三心二意变无常。

22 陨：落。
23 徂：往。
24 三岁：意思是多年。"三"在这里是虚数，并非实指。
25 汤汤：水势盛大的样子。
26 渐：沾湿。帷裳：车旁的帷幔。
27 爽：差错。
28 贰：偏差。行：行为。
29 罔极：反复无常，没有准则。
30 二三其德：三心二意。

三岁为妇，　　　　多年为妻守妇道，

靡室劳矣。³¹　　　家务繁重一肩扛。

夙兴夜寐，³²　　　早起晚睡勤操劳，

靡有朝矣。³³　　　没有一天不这样。

言既遂矣，³⁴　　　你的目的已达到，

至于暴矣。³⁵　　　逐渐对我施家暴。

兄弟不知，　　　　兄弟不知我情况，

咥其笑矣。³⁶　　　只是对我哈哈笑。
xì

静言思之，³⁷　　　静下心来仔细想，

躬自悼矣。³⁸　　　独自伤悼把泪抛。

31 靡：无，没有。室劳：家务劳动。

32 夙兴夜寐：早起晚睡。

33 靡有朝矣：没有一天不是这样。

34 言：句首语气助词。既：已经。遂：指目的达到。

35 暴：粗暴。

36 咥：大笑的样子。

37 言：语气助词。

38 躬：自己。悼：哀伤。

及尔偕老，³⁹　　　　本想与你同到老，

老使我怨。⁴⁰　　　　而今思及怨满腔。

淇则有岸，　　　　　　淇水洋洋终有岸，

^{xí} ^{pàn}
隰则有泮。⁴¹　　　　沼泽再宽终有疆。

总角之宴，⁴²　　　　回想儿时多欢畅，

言笑晏晏。⁴³　　　　有说有笑喜洋洋。

信誓旦旦，⁴⁴　　　　山盟海誓诚恳貌，

不思其反。⁴⁵　　　　而今行为变了样。

反是不思，⁴⁶　　　　违反誓言不思量，

亦已焉哉！⁴⁷　　　　既然如此莫再想。

39 及：和。偕老：夫妻相伴到老。
40 老：指上文携手到老之事。
41 隰：低湿的地方。泮：同“畔”，岸，水边。
42 总角：古代未成年男女把头发扎成髻，这里指童年时期。宴：欢乐。
43 晏晏：和悦的样子。
44 旦旦：诚恳的样子。
45 不思：想不到。反：违背。
46 是：指誓言。
47 亦已焉哉：也就算了吧。已，止。

鸠

这是一首弃妇诗，女主人公以自身的痛苦经历诠释古代典型的婚姻悲剧，哀怨之余表现出了一定的反抗精神。诗的第一章追叙了男女主人公相识相恋的过程。男子是来自乡野的农民，他以买丝为由向情窦初开的少女表露心迹，女子纯洁天真，又喜又羞，手足无措，只好以"子无良媒"为借口送走男子，男子面露不悦，女子为了安抚他，便与其约定秋天成婚。此章虽是叙述男女结婚过程，但女子的天真善良与男子的虚假面孔一开始便为这桩失败的婚姻埋下伏笔。第二章写女子的思念与等待。"乘彼垝垣，以望复关"，自从和男子约定好婚期之后，女子便日夜等着男子来娶她，她登上毁坏的墙头遥望远方的情郎，"不见复关，泣涕涟涟。既见复关，载笑载言"，看不到情郎的身影，女子伤心落泪，终于等到了思念已久的情郎，女子有说有笑。女主人公青春年少，纯情至极，对男子情根深种的她再也等不及了，只想男子早日将她迎娶过门。第三、四章，女子陈诉男子变心的过程。桑叶未落之时繁茂润泽，诗人以此起兴，比喻女子青春靓丽，而当桑叶纷纷坠落的时候，满目枯黄，女子经过岁月的洗涤也日渐失去光泽。女子沉溺爱情犹如斑鸠贪食桑葚，终会自食恶果，女子嫁到夫家多年，吃苦受累，任劳任怨，但丈夫却三心二意，变幻无常，目睹丈夫日渐表露本性，日渐疏远自己，女子方才渐渐醒悟，"于嗟女兮，无与士耽。士之耽兮，犹可说也。女之耽兮，不可说也"。第五章，女子诉说自己这些年在夫家的痛苦生活。她和丈夫结婚那么多年，每天起早贪黑，承担里外一切家务，所吃的苦，所受的累，连自己也记不清了，然而，无情的丈夫在达到目的之后对她日益凶残。女子赶往娘家，声泪俱下诉说自己内心的痛苦，但不知内情的兄弟们却只是对她恣意取笑，女子有苦难言，只得黯然伤神。第六章，女子回想起当年和丈夫一起度过的美好岁月。那时他们都还年少，她还依稀记得丈夫对她立下誓言的样子，没想到如今却变成这样，她也曾想过和丈夫相伴白头、恩爱到老，但如今丈夫已经变心，那自己也没必要再苦苦纠结，一切就这样结束吧！本诗叙述了女主人公痛苦的婚姻经历，塑造了一个坚强隐忍、敢爱敢恨的人物形象，同时展现了一出典型的时代婚姻爱情悲剧，其中弃妇对男女爱情的总结令人深思。

竹竿

籊籊竹竿，¹

以钓于淇。

岂不尔思，²

远莫致之。

钓鱼竿儿细又长，

当年垂钓淇水上。

怎么做到不念想，

距离遥遥难还乡。

泉源在左，³

淇水在右。

女子有行，⁴

远兄弟父母。

朝歌左边是泉源，

朝歌右边是淇水。

女子一旦远嫁去，

父母兄弟难相聚。

1 籊籊：长而尖细的样子。

2 尔：你，指淇水。

3 泉源：水名，在朝歌北，水以北为左，南为右，所以说"泉源在左"。

4 行：出嫁。

淇水在右， 朝歌左边是泉源，

泉源在左。 朝歌右边是淇水。

巧笑之瑳，^{cuō}5 女子巧笑微露齿，

佩玉之傩。^{nuó}6 佩玉环绕柔美姿。

淇水滺滺，^{yōu yōu}7 淇水悠悠向东流，

桧楫松舟。^{guì}8 桧木船桨松木舟。

驾言出游， 划着船儿水上游，

以写我忧。^{xiè}9 姑且宣泄心中忧。

5 瑳：巧笑露齿的样子。
6 傩：行走姿态柔美。
7 滺滺：水流动的样子。
8 桧楫：桧木做成的船桨。
9 写：通作"泻"，宣泄。

这是远嫁的卫国姑娘思念故土的诗。《毛诗序》曰："《竹竿》,卫女思归也。"女子远嫁他国,日夜思念故土,脑海里不停浮现出当年在卫国生活的情景。"籊籊竹竿,以钓于淇""巧笑之瑳,佩玉之傩",那时的她们青春年少,经常来到淇水游玩,度过了一生中最美好的岁月。"女子有行,远兄弟父母",她深知长大嫁人,远离父母兄弟是为妇道,但这岂能抑制住内心的牵挂与思念?女子划着船儿在水上遨游,希望找回当年在淇水游玩的感觉,以此发泄心中的忧愁,抚慰自己的归思。

檜

芄兰
wán

芄兰之支，[1]
童子佩觿。[2]
xī

虽则佩觿，
能不我知？

容兮遂兮，[3]
垂带悸兮。[4]

芄兰结荚缀满枝，
童子而今已佩觿。

虽然身上已佩觿，
就不与我同嬉戏？

神情闲适又正经，
衣带摇摆好神气。

芄兰之叶，
童子佩韘。[5]
shè

虽则佩韘，
能不我甲？[6]

容兮遂兮，
垂带悸兮。

芄兰枝上长满叶，
童子而今已佩韘。

虽然身上已佩韘，
就不与我再亲热？

神情闲适又正经，
衣带摇摆好神气。

1 芄兰：植物名，多年生蔓草，结子荚形如羊角。支：通"枝"。
2 觿：古代一种解结的锥子，用骨、玉等制成，也用作佩饰。
3 容：仪态雍容的样子。遂：走路悠闲的样子。
4 悸：衣带下垂摆动的样子。
5 韘：古代射箭时戴在拇指上的扳指。
6 甲：通"狎"，亲昵。

这是女子恼怒心爱男子故作成熟对她疏远的诗。诗中男子为了表现自己的成熟与老练在身上佩觽，以为这样就可以彰显自己的男子汉气概，和男子青梅竹马的少女看到佩觽之后的男子神气十足不再和自己亲近，心中恼怒，于是偏要再三称呼男子为"童子"。本诗通俗短小，诗人三言两语便勾画了青年男女之间懵懂微妙的情愫以及他们在青春期时的心理变化，生动有趣，回味无穷。

河 广

谁谓河广？   谁说黄河宽又广？

一苇杭之。[1]   一条苇筏可渡航。

谁谓宋远？   谁说宋国在远方？

跂予望之。[2]   踮起脚跟可张望。

谁谓河广？   谁说黄河宽又广？

曾不容刀。[3]   小船尚且难通航。

谁谓宋远？   谁说宋国在远方？

曾不崇朝。[4]   一个早上便还乡。

---

1 苇：芦苇。这里指芦苇编成的筏子。杭：通"航"，渡水。
2 跂：踮起脚跟。予：而。
3 曾：竟。刀：小船。
4 崇朝：一个早上。崇，终。

这是一首描写住在卫地的宋人思归不得的诗。身在卫国的宋人思家心切，恨不得立马回到自己的故乡，内心迫切的思念与极强的愿望使得挡在他归家路上的一切障碍都自行消解。"谁谓河广？一苇杭之""谁谓河广？曾不容刀"，世人眼中宽广的黄河在他眼中是如此狭窄，一条苇筏即可渡航，一艘小船尚且难容；"谁谓宋远？跂予望之""谁谓宋远？曾不崇朝"，自己心心念念的宋国只要踮起脚跟就可以望见，只要一个早上即可抵达。因为与故土之间有着强烈的情感羁绊，虽然身处远方，但依然感到和故土只有一线之遥，然而，即使牵挂已久的家园和自己仅有一河之隔，张目可望，却还是不能回去，这才是他最大的悲哀呀！本诗句式奇特，想象大胆，情感强烈，恣肆汪洋，将思乡之情表达得淋漓尽致，我们虽然不知道这位思乡者不能回家的原因到底是什么，但却被他那种急切的乡情深深打动。

伯兮

伯兮朅兮，[1]

我那大哥真威风，

邦之桀兮！[2]

保家卫国是英雄。

伯也执殳，[3]

手执木杖长又长，

为王前驱。[4]

为我大王打前锋。

自伯之东，[5]

自从大哥去东征，

首如飞蓬。[6]

头发散乱如飞蓬。

岂无膏沐？[7]

难道没有润发油？

谁適为容。[8]

为谁装扮我颜容。

1 伯：女子对丈夫的昵称。朅：勇武。
2 邦：国家。桀：通"杰"，才能杰出的人。
3 殳：古代的一种武器，用竹木做成，有棱无刃。
4 前驱：前锋。
5 之：往。
6 飞蓬：指枯后根断遇风飞旋的蓬草，比喻蓬乱的头发。
7 膏沐：润发的油脂。
8 適：主。

其雨其雨？[9]　　　　　心盼大雨从天降，

^{gǎo gǎo}
杲杲出日。[10]　　　　　却见日升自东方。

愿言思伯，[11]　　　　　一心把那大哥想，

甘心首疾。[12]　　　　　即使头痛也欢畅。

^{xuān}
焉得谖草？[13]　　　　　哪儿可求忘忧草？

言树之背。[14]　　　　　房屋北面来种上。

愿言思伯，　　　　　　一心只把大哥想，

^{mèi}
使我心痗。[15]　　　　　忧思成疾空自伤。

9 其：句首语气助词，在这里表示祈求的语气。
10 杲杲：明亮的样子。
11 愿言：思念的样子。
12 甘心：即心甘，情愿。首疾：头痛。
13 谖草：即萱草，又称忘忧草。
14 言：乃。背：这里指屋子的北面。
15 痗：忧思成疾。

这是女子思念远征夫君的诗。第一章是思妇对远征丈夫的深情叙述，他威武雄壮，才能杰出，是侯王的先锋，是国家的英雄，女子想象着手执兵器的丈夫在战场上是何等英勇，自豪之情溢于言表。第二章，女子自陈自从夫君东征之后，自己便再无心思打扮，每日蓬头垢面，懒于梳洗，丈夫不在身边，即使打扮得光鲜亮丽也只会徒增伤悲。第三章写女子思念丈夫以致头痛欲裂但还是不愿停止，因为只有在想着丈夫之时，才会感到片刻畅快。第四章，女子日思夜念，忧郁成疾，她幻想着世上真有传说中的忘忧草，那她一定设法求来，将满屋都种上，以解心中忧愁。思妇内心的矛盾情感乃本诗一大亮点，一方面她为远征的丈夫感到无比自豪，另一方面却希望丈夫早日归来。因为思念，女子无心妆容，头发散乱；因为思念，女子头痛不已，但仍甘之如饴；因为思念，女子暗自神伤，忧思成疾。诗意层层递进，哀婉动人。

有 狐

有狐绥绥，[1]
在彼淇梁。[2]
心之忧矣，
之子无裳。

狐狸慢行舒缓貌，
走在淇水石桥上。
我心感到很忧伤，
怕你身上无衣裳。

有狐绥绥，
在彼淇厉。[3]
心之忧矣，
之子无带。[4]

狐狸慢行舒缓貌，
走在淇水浅滩上。
我心感到很忧伤，
怕你衣带不像样。

有狐绥绥，
在彼淇侧。[5]
心之忧矣，
之子无服。

狐狸慢行舒缓貌，
走在淇水岸边上。
我心感到很忧伤，
怕你衣薄会受凉。

1 绥绥：缓缓走路的样子。
2 淇梁：淇水上面的石桥。
3 厉：水边的浅滩。
4 带：衣带。
5 侧：岸边。

这是家中妻子担心远行在外的丈夫无衣无裳的诗。狐狸在淇水岸边缓缓独行，它神情疏懒，皮毛光亮，女子由此联想到远行在外的丈夫，不知道他有没有衣裳可穿，不知道他可曾好好休息。女子深情款款，细心体贴，她遥想丈夫远离故土奔波劳累，生活一定十分艰苦，从她关心丈夫的衣着可以看出她对丈夫不仅有浓浓的思念还有深切的担忧。

狐

木 瓜

投我以木瓜，¹

她以木瓜来相送，

报之以琼琚。²

我用琼琚作回报。

匪报也，

并非仅仅作回报，

永以为好也。

表示永远和她好。

投我以木桃，³

她以木桃来相送，

报之以琼瑶。

我用琼瑶作回报。

匪报也，

并非仅仅作回报，

永以为好也。

表示永远和她好。

投我以木李，⁴

她以木李来相送，

报之以琼玖。

我用琼玖作回报。

匪报也，

并非仅仅作回报，

永以为好也。

表示永远和她好。

1 投：赠予。木瓜：一种落叶灌木，果实长椭圆形，色黄而香，味酸涩，经蒸煮或蜜渍
后供食用，可入药。
2 报：回报。琼琚：美玉，喻指还报的厚礼。下文的"琼瑶""琼玖"也是相同的意
思。
3 木桃：果名，即楂子，小于木瓜，味酸涩。
4 木李：果名，又叫木梨。

这是一首男女赠物定情的诗。诗中男女两情相悦，爱意绵绵，他们相互赠答，互表情愫。女子送给男子木瓜，男子回赠女子琼琚；女子赠送男子木桃，男子回报女子琼瑶；女子赠与男子木李，男子回赠女子琼玖，二人情意缠绵，意味深长。这里的"报"并非简单的回报、报答，而是男女之间情感上的相互交流、相互融合，女子赠与心爱的男子花卉瓜果表达爱意，男子回赠心爱的女子玉佩以表深情乃当时的风俗，这对后世影响深远，比如男子赠玉定情的传统就和这种原始风俗渊源甚深。本诗语句通俗，情境美好，是《诗经》中广泛传诵的名篇，有着珍贵的文学价值和民俗价值。

木瓜

王风

黍 离

^{shǔ}

彼黍离离，¹　　　　看那黍子长势繁茂，

彼稷之苗。²　　　　稷子苗儿抽得高高。

行迈靡靡，³　　　　远行脚步如此迟缓，

中心摇摇。⁴　　　　心神不定忧思难消。

知我者，　　　　　　理解我的人，

谓我心忧；　　　　　说我满腔忧伤；

不知我者，　　　　　不理解我的人，

谓我何求。　　　　　说我为何烦恼。

悠悠苍天，　　　　　苍天神灵高高在上，

此何人哉！　　　　　告知此人该往何方！

彼黍离离，　　　　　看那黍子长势繁茂，

彼稷之穗。　　　　　稷子穗儿抽得高高。

行迈靡靡，　　　　　远行脚步如此迟缓，

中心如醉。　　　　　昏沉如醉忧思难消。

---

1 黍：一年生草本植物，叶线形，子实淡黄色，去皮后称黄米，比小米稍大，煮熟后有
黏性。离离：繁盛的样子。
2 稷：高粱。
3 行迈：行走，这里有远行的意思。靡靡：迟缓的样子。
4 中心：心中。摇摇：心神不定的样子。

知我者，	理解我的人，
谓我心忧；	说我满腔忧伤；
不知我者，	不理解我的人，
谓我何求。	说我为何烦恼。
悠悠苍天，	苍天神灵高高在上，
此何人哉！	告知此人该往何方！

彼黍离离，	看那黍子长势繁茂，
彼稷之实。	稷子穗儿抽得高高。
行迈靡靡，	远行脚步如此迟缓，
中心如噎。^{yē} 5	郁结于心忧思难消。
知我者，	理解我的人，
谓我心忧；	说我满腔忧伤；
不知我者，	不理解我的人，
谓我何求。	说我为何烦恼。
悠悠苍天，	苍天神灵高高在上，
此何人哉！	告知此人该往何方！

5 噎：气息不顺而呼吸困难，这里是指心中郁结苦闷难受的意思。

这是一首忧时思国的诗。《毛诗序》说："黍离，闵宗周也。周大夫行役，至于宗周，过故宗庙宫室，尽为禾黍。闵周室之颠覆，彷徨不忍去，而作是诗也。"宗周，也就是西周。西周经历了周幽王之乱而灭亡，自周平王迁都洛邑后，周王室日益衰微，已无力掌控诸侯，其地位与列国等同，其诗不能复《雅》，也就等同于《国风》，这就是"王风"的由来。诗中主人公正是经历了平王东迁，周室衰微，故而感慨万千，不胜忧思。诗人路过西周都城镐京，满目所见，尽是黍苗，昔日的宫殿城阙已经没有了，曾经的繁华都市也不见踪影，此时只有绿苗尽情生长，仿佛往日的繁华鼎盛都只是一场了无痕迹的美梦。本诗情景交融，感情悲切，有一种旷古的悲凉感，极易引起读者的共鸣。

君子于役

君子于役，[1]　　　　　　丈夫服役去远方，

不知其期，　　　　　　　不知期限时日长，

曷至哉？[2]　　　　　　　何时才能返归乡？

鸡栖于埘，[3]　　　　　　鸡群回窝进洞墙，

日之夕矣，　　　　　　　天色渐晚日昏黄，

羊牛下来。[4]　　　　　　牛羊下坡离牧场。

君子于役，　　　　　　　丈夫服役去远方，

如之何勿思？[5]　　　　　怎能不把他来想？

1 君子：指女子的丈夫。于：往。
2 曷至哉：什么时候回来。曷，何时。
3 埘：墙壁上挖洞做成的鸡窝。
4 下来：指牛羊下坡回圈。
5 如之：像这样。何勿思：怎能并不思念。

君子于役，　　　　　　丈夫服役去远方，

不日不月，[6]　　　　　离家日月难计量，

曷其有佸？[7]　　　　　何时返归聚一堂？
　 huó

鸡栖于桀，[8]　　　　　鸡群回窝栖木桩，

日之夕矣，　　　　　　天色渐晚日昏黄，

羊牛下括。[9]　　　　　牛羊下坡归圈忙。
　　 kuò

君子于役，　　　　　　丈夫服役去远方，

苟无饥渴！[10]　　　　无饥无渴安无恙！

6 不日不月：意思是长期在外，不知归期。

7 佸：相聚。

8 桀：鸡栖息的木桩。

9 括：至。

10 苟：表希望的口气。

这是家中妻子思念远役丈夫的诗。"鸡栖于埘，日之夕矣，羊牛下来。"太阳下山了，鸡群回到了栖息的墙洞，牛羊也从山坡上缓缓下来，回到了牧场的圈棚。"君子于役，如之何勿思？"在远方服役的丈夫啊，此情此景下怎能不把你想念！牛羊鸡群纷纷回巢，傍晚的乡村炊烟袅袅，一片安谧，这是农家一天中最美好的时刻，因为外出劳作的人们终于可以回家休息，一家人在此时得以团聚。在这个温情脉脉的傍晚时分，女子格外思念丈夫，他在外服役，离家已久，女子渴望他能早日归来。丈夫长久没有音信，也不知归期，女子在迷茫中等待，在等待中迷茫，她担心丈夫是否挨饿受冻，是否疲倦劳累，唯有默默祈祷丈夫身体安康、一切安好。本诗描绘了一幅古朴简约的黄昏村景图，清新自然，别有风味。

鸡

君子阳阳

君子阳阳，[1]   看那舞师多欢畅，

左执簧，[2]   左手握着大笙簧，

右招我由房。[3]   右手招我奏由房。

其乐只且！[4]   场面欢乐喜洋洋！

君子陶陶，[5]   看那舞师乐陶陶，

左执翿，[6]   五彩羽毛左手摇，
  dào

右招我由敖。[7]   右手招我奏由敖。

其乐只且！   场面欢乐喜洋洋！

1 君子：指舞师。阳阳：快乐自得的样子。
2 簧：乐器名，笙簧。
3 由房：一种房中之乐。
4 只且：语气助词。
5 陶陶：和乐的样子。
6 翿：用羽毛做成的扇形舞具。
7 由敖：舞曲名。

这首诗描写的是舞师与乐工共同歌舞的场景。诗中所说的"由房"乃房中之乐，故而曲调欢快。乐工演奏"由房""由敖"，轻松自如，舞师执五彩羽扇，翩翩起舞，二人歌舞相配，自得其乐，场面喜气洋洋。东周衰微，统治者却苟且偷安，照常享乐，不仅诗不复雅，乐也不复雅。

扬之水

扬之水，¹　　　　河面泛波水流缓，

不流束薪。²　　　难冲成捆干木柴。

彼其之子，³　　　忽然想起那人来，

不与我戍申。⁴　　不能同我戍申寨。

怀哉怀哉，⁵　　　日夜思念难开怀，

曷月予还归哉？⁶　何时才能把家还？

扬之水，　　　　　河面泛波水流缓，

不流束楚。⁷　　　难冲成捆干柴草。

彼其之子，　　　　忽然想起那人来，

1 扬：水流缓慢的样子。
2 不流束薪：意思是水缓冲不走成捆的薪柴。束薪，成捆的薪柴。
3 彼其之子：那个人。
4 申：古国名，在今河南省南阳市东南。
5 怀：想念。
6 曷：何。
7 楚：荆条。

不与我戍甫。[8]　　　　不能同我戍甫寨。

怀哉怀哉，　　　　　　日夜思念难开怀，

曷月予还归哉？　　　　何时才能把家还？

扬之水，　　　　　　　河面泛波水流缓，

不流束蒲。[9]　　　　难冲成捆蒲柳条。

彼其之子，　　　　　　忽然想起那人来，

不与我戍许。[10]　　　不能同我戍许寨。

怀哉怀哉，　　　　　　日夜思念难开怀，

曷月予还归哉？　　　　何时才能把家还？

8 甫：古国名，在今河南省南阳市西。
9 蒲：蒲柳。
10 许：古国名，在今河南省许昌市东。

这是一首远戍他乡的士卒思念家中妻子的诗。《毛诗序》曰："《扬之水》，刺平王也。不抚其民而远屯戍于母家，周人怨思焉。"周平王迁都洛邑后，周王室日益衰微，而南方的楚国则日渐强大，周平王的母亲是申国人，为了保证母亲故国的安全，平王就从周朝派遣部分军队戍守申国，申、甫、许三国邻近，唇齿相依，为了防止楚国的侵扰，平王也派兵驻守，这些被远派的周朝士兵远离故土，长久得不到调换，内心苦闷而愤恨，这就形成了本诗的情感基调。诗以"束薪""束楚""束蒲"起兴，暗指夫妻关系，因为自男女结为夫妻，命运从此捆在一起，犹如成捆的薪柴。"扬之水"则暗指将二人分开的外力，"不流束薪""不流束楚""不流束蒲"，表明情感忠贞，坚定不移，诗意反复吟咏表明服役者对妻子思念深切。

中谷有蓷 ^(tuī)

中谷有蓷，^1   山谷之中益母草，

 ^(hàn)
暵其干矣。^2   久旱之下渐枯焦。

  ^(pǐ)
有女仳离，^3   这位女子被夫抛，

慨其叹矣。^4   独自哀叹声声号。

慨其叹矣，   独自哀叹声声号，

遇人之艰难矣。 遇人不淑苦煎熬。

中谷有蓷，   山谷之中益母草，

暵其修矣。^5   久旱不雨渐枯焦。

有女仳离，   这位女子被夫抛，

1 蓷：益母草。
2 暵：干枯。
3 仳离：妇女被丈夫遗弃而离去。
4 慨：感慨。
5 修：干枯。

条其啸矣。[6]　　　　　独自长啸声声号。

条其啸矣，　　　　　　独自长啸声声号，

遇人之不淑矣。　　　　遇人不淑苦煎熬。

中谷有蓷，　　　　　　山谷之中益母草，

暵其湿矣。[7]　　　　　暴晒不雨渐枯焦。

有女仳离，　　　　　　这位女子被夫抛，

啜其泣矣。　　　　　　抽泣不停泪滔滔。

啜其泣矣，　　　　　　抽泣不停泪滔滔，

何嗟及矣。[8]　　　　　后悔莫及空徒劳。

6 条：长。

7 湿：晒干。

8 何嗟及矣：意思是就算后悔也于事无补。

这是一首弃妇诗。"有女仳离"乃本篇的诗眼，表明诗的主旨是被弃女子的自我哀悼。"中谷有蓷，暵其干矣""暵其修矣""暵其湿矣"山中的益母草久旱之后干枯发黄，仿佛马上就会被烤焦，被丈夫抛弃已久的女子就如这焦枯的益母草，身形消瘦，面容枯黄，诗以益母草起兴比喻女子被丈夫抛弃之后的状态。女子居无定所，到处漂泊，在这萧条乱世，无家可归的她倍感无助，绝望的她泪水滔滔，独自长叹"遇人之艰难矣""遇人之不淑矣"，然而，纵使百般追悔也是徒劳，那声声泣血的啸声在死寂的空谷回荡，让人不忍听闻。世道艰难，再加上不幸遭遇，女子日后的生活着实堪忧，乱世荒年，天灾人祸，让人忍不住对这位被弃的女子产生深深的同情。

兔 爰

有兔爰爰，[1]　　　　　野兔悠闲自在样，

雉离于罗。[2]　　　　　雉鸡不慎落入网。

我生之初，　　　　　在我生前那时候，

尚无为；[3]　　　　　没有兵役乐无忧；

我生之后，　　　　　自从我出生之后，

逢此百罹。[4]　　　　　灾祸成堆心中愁。

尚寐无吪！[5]　　　　　姑且长睡不开口！

有兔爰爰，　　　　　野兔悠闲自在样，

雉离于罦。[6]　　　　　雉鸡不慎落入网。

我生之初，　　　　　在我生前那时候，

尚无造；[7]　　　　　没有徭役乐无忧。

1 爰爰：悠闲自在的样子。
2 离：通"罹"，遭遇。罗：网。
3 为：指兵役。
4 罹：忧。
5 寐：睡着。吪：开口说话。
6 罦：一种捕鸟的网，鸟入网后，能自动将鸟罩住。
7 造：为，指徭役。

我生之后，　　　　　　自从我出生之后，

逢此百忧。　　　　　　灾祸成堆心中愁。

尚寐无觉！[8]　　　　　姑且长睡眼不瞅！

有兔爰爰，　　　　　　野兔悠闲自在样，

雉离于罿。[9]　　　　　雉鸡不慎落入网。
　　ᶜʰōⁿᵍ

我生之初，　　　　　　在我生前那时候，

尚无庸；[10]　　　　　没有劳役乐无忧。

我生之后，　　　　　　自从我出生之后，

逢此百凶。　　　　　　灾祸成堆心中愁。

尚寐无聪！[11]　　　　姑且长睡耳不闻！

8 觉：清醒。
9 罿：一种捕鸟的网，即罦。
10 庸：指劳役。
11 聪：听，闻。

这是一首哀叹时势艰难的诗。罗网铺在山林中，兔子悠闲自得，巧妙避开，而雉鸡却不幸落网，无从逃脱，诗人由此想到了自己。"我生之初，尚无为""尚无造""尚无庸"，诗人遥想自己出生之前，正是西周鼎盛的时期，那时社会安定，无灾无祸，更没有这永无止境的兵役、劳役、徭役，百姓安居乐业，生活富足，如果出生在那样一个时代，自己或许也可以无忧无虑、自由自在地生活。然而，"我生之后，逢此百罹""逢此百忧""逢此百凶"，放眼当今社会，诸国混乱，战争频发，百姓流离失所，苦不堪言，看到种种天灾人祸，诗人心情沉重，深感悲凉，只得自叹生不逢时。他多么希望自己能长睡不醒，能做到"无吪""无觉""无聪"，这样就可以不用经历乱世的苦难，不用目睹世间的灾祸。本诗抒发了诗人消极厌世、忧时伤怀的情感，风格悲凉。

葛藟
léi

绵绵葛藟，[1]　　　　　葛藤绵延陆地上，
在河之浒。[2]　　　　　蔓延到那河水旁。
hǔ

终远兄弟，[3]　　　　　远离兄弟去异乡，
谓他人父。[4]　　　　　叫人父亲求帮忙。

谓他人父，　　　　　　叫人父亲求帮忙，
亦莫我顾。[5]　　　　　无人理睬空自伤。

绵绵葛藟，　　　　　　葛藤绵延陆地上，
在河之涘。[6]　　　　　蔓延到那河水旁。
sì

终远兄弟，　　　　　　远离兄弟去异乡，

1 绵绵：绵延不绝的样子。葛藟：植物名，又叫千岁藟，落叶木质藤本，叶广卵形，夏
季开花，果实黑色，可入药。
2 浒：水边。
3 终：既。
4 谓：叫。
5 顾：理睬。
6 涘：水边。

谓他人母。　　　　　　叫人母亲求帮忙。

谓他人母，　　　　　　叫人母亲求帮忙，

亦莫我有。⁷　　　　无人佑助空悲伤。

绵绵葛藟，　　　　　　葛藤绵延陆地上，

在河之漘。⁸　　　　蔓延到那河水旁。

终远兄弟，　　　　　　远离兄弟去异乡，

谓他人昆。⁹　　　　叫人兄长求帮忙。

谓他人昆，　　　　　　叫人兄长求帮忙，

亦莫我闻。¹⁰　　　无人问候空彷徨。

7　有：通"佑"，佑助。
8　漘：水边。
9　昆：兄长。
10　闻：问。

这是一首在外流浪者求助无门的悲歌。诸国混乱，战争频发，百姓流离失所，纷纷外逃，诗人正是这逃难大军中的一员。地面上的葛藤四处蔓延，一直爬到那远离陆地的河岸旁边，诗人触景生情，悲从中来，想想自己外出逃难，远离兄弟亲人，孤寂之情无人诉说。漂泊在外，无依无靠，为了寻求帮助，喊人父亲母亲，称人亲兄亲弟，但还是得不到一丝援助，感受不到一点怜悯。没有问候，没人同情，诗人感到彷徨、无助、绝望，人情的冷漠与漂泊的凄苦让他加倍怀念自己的故乡，加倍思念自己的亲人。诗人自抒身世，反复咏叹，感情悲切，感人至深。

采 葛

彼采葛兮,[1]   那位采葛好姑娘,

一日不见,   一日未见心里想,

如三月兮!   好像三月那么长!

彼采萧兮,[2]   那位采蒿好姑娘,

一日不见,   一日未见心里想,

如三秋兮!   好像三秋那么长!

彼采艾兮,[3]   那位采艾好姑娘,

一日不见,   一日未见心里想,

如三岁兮!   好像三年那么长!

1 葛:多年生草本植物,茎可编篮做绳,纤维可织布,块根肥大,称葛根,可制淀粉,亦可入药。
2 萧:即艾蒿。古人用来祭祀。
3 艾:多年生草本植物,嫩叶可食,老叶制成绒,供针灸用。

这是一首热恋中的男子思念心爱女子的情诗。采摘艾蒿的少女是男子梦魂萦绕的心上人，只要一闭上眼，脑海里全是女子的身影，浮现的全是女子的一颦一笑。即使分离短短一日，男子也无法忍耐，仿佛三月、三秋、三年之久。对女子的思念不停地折磨着男子，对他而言，不能与心爱之人待在一起的日子是如此漫长，他无法镇定，也无法思考任何事情，心底只有一个呼声，就是快点见到心上人，分离的痛苦让男子几近疯狂，他恨不得与心爱之人朝夕厮守，一刻也不分开。本诗语言清新质朴，感情真挚浓烈，诗意层层递进，道出了千百年来无数热恋中人的心声，极具感染力，故而传诵不衰。

艾

大车

大车槛槛，[1]
_{jiàn jiàn}

毳衣如菼。[2]
_{cuì tǎn}

岂不尔思？[3]

畏子不敢。

大车驶过声音响，

青色毛衣穿身上。

岂是我不把你想？

怕你不敢结永好。

大车啍啍，[4]
_{tūn tūn}

毳衣如璊。[5]
_{mén}

岂不尔思？

畏子不奔。[6]

大车驶过声音响，

红色毛衣穿身上。

岂是我不把你想？

怕你不敢共奔逃。

縠则异室，[7]
_{gǔ}

死则同穴。

谓予不信，

有如皦日。[8]
_{jiǎo}

你我生前难同寝，

但求死后能共穴。

你若不信我誓言，

太阳为证在上天。

1 槛槛：车奔走的声音。
2 毳衣：皮毛所制的衣服。菼：指芦荻，多年生草本植物，生在水边，颜色青绿，茎可以编席箔。
3 尔：指男子。
4 啍啍：迟重缓慢的样子。
5 璊：赤色的玉。
6 奔：私奔。
7 縠：活着。
8 皦：明亮。

这首诗表达了热恋中女子的强烈爱意。奔驰的大车发出隆隆的响声，车内身穿青色毛衣的男子正是女主人公的心上人，马车飞奔而来，女子心潮澎湃，虽然深爱男子，但她却不敢表露自己的爱意，因为她不知道男子内心的想法，她害怕男子不敢跟她私订终身。马车的声音依旧在耳边回响，男子的身影挥之不去，女子恨不得与男子一起私奔，这样就可以朝夕相处，永不分离，可是女子又担心男子不敢和自己私奔，她越想越烦，心如乱麻，痛苦万分。从第一章到第二章可以看出，随着女子的思念越来越浓烈，和男子终身厮守的愿望也越来越强烈，与此同时，心中的苦恼也越来越深重，她知道在没有父母之命、媒妁之言的情况下，二人的结合是不被允许的，但即便如此，女子还是决定坚守初衷。第三章女子朝天起誓：生不能同寝，死后也要同穴。马车隆隆作响，女子心中百转千回。本诗情感强烈，情景交融，独具特色。

丘中有麻

丘中有麻，　　　　　　　　山坡大麻层层叠，
彼留子嗟。[1]　　　　　　　心爱情郎刘子嗟。
彼留子嗟，　　　　　　　　心爱情郎刘子嗟，
将其来施施。[2]　　　　　　缓缓赴约情深切。

丘中有麦，　　　　　　　　田里麦苗高人头，
彼留子国。[3]　　　　　　　心爱情郎刘子国。
彼留子国，　　　　　　　　心爱情郎刘子国，
将其来食。　　　　　　　　请他吃饭屋里头。

丘中有李，　　　　　　　　李树结果枝微颤，
彼留之子。　　　　　　　　刘氏公子来会面。
彼留之子，　　　　　　　　刘氏公子来会面，
贻我佩玖。[4]　　　　　　　赠我玉佩结姻缘。

---

1 留：姓氏，即古"刘"字。子嗟：人名。
2 施：缓缓走来的样子。
3 子国：人名。
4 玖：似玉的黑石，可制成佩饰。

这是女子回想与心上人定情过程的诗。第一章女子回想她和情郎的第一次幽会。那时，山坡上的大麻茂密成片，情郎从远处缓缓走来，二人亲密交谈，情意绵绵。第二章写女子请男子来家里吃饭。那时，田里的麦苗郁郁青青，长势喜人，二人的情感也有了飞速进展，女子兴冲冲请男子来家吃饭，可见二人的感情得到了双方家长的认可。第三章写男子赠玉定情。山中李林硕果累累，沉甸甸的果实压得枝头微微颤动，男子将精美的玉佩赠与女子以表情意，二人结为永好。女子回想和男子结合的过程，心中十分甜蜜，也许此时她正把玩着二人定情的玉佩，久久不能回神。

麻

李

郑风

缁 衣

缁衣之宜兮，[1]　　　　　　黑色朝服真合适，
敝，予又改为兮。[2]　　　　破了我再做一身。
适子之馆兮，[3]　　　　　　公务在身去官舍，
还，予授子之粲兮。[4]　　　回来给你新衣试。

缁衣之好兮，　　　　　　　黑色朝服真是好，
敝，予又改造兮。　　　　　破了我再做一套。
适子之馆兮，　　　　　　　公务在身去官房，
还，予授子之粲兮。　　　　回来试那新衣裳。

缁衣之席兮，[5]　　　　　　黑色朝服真宽松，
敝，予又改作兮。　　　　　破了我再做一身。
适子之馆兮，　　　　　　　你到官舍去办公，
还，予授子之粲兮。　　　　回来再把新衣送。

1 缁衣：黑色的衣服。宜：合适。
2 敝，予又改为兮：意思是衣服破了又重新做的。敝，破。改为，另制新衣。
3 适：往。馆：官舍。
4 授：给予。粲：鲜明。
5 席：宽大。

这是一首赠衣诗。缁衣是古代卿大夫的朝服，诗中的赠衣者与穿衣者应是夫妻关系。抒情主人公的丈夫乃朝中大夫，他每天穿着黑色的朝服前往官舍办公，朝服大方得体，十分合身，望着丈夫的身影，女主人公发出由衷的赞叹，"缁衣之宜兮""缁衣之好兮""缁衣之席兮"。从妻子的反复赞叹中我们能捕捉到她内心的得意，因为这称身的朝服是她亲手缝制，她赞美丈夫衣服得体，当然心里也会涌起无限甜蜜。再好的衣服也总有破的一天，但女子再三强调，就算衣服破了，她还可以另外缝制一套，等丈夫从官署回来了，就给他试试自己制作的新衣，从此我们亦可以体会到妻子对丈夫无微不至的关心以及对自己手艺的满满自信。本诗温情脉脉，温馨感人，言语间处处流露着妻子对丈夫无尽的关爱，特别是抒情女主人公的温柔贤惠、心灵手巧以及略带可爱，让人印象深刻。

将仲子

将仲子兮，[1]　　　　　　二哥请你要体谅，

无逾我里，[2]　　　　　　不要翻越我门房，

无折我树杞。[3]　　　　　别把杞树也折伤。
　qǐ

岂敢爱之？[4]　　　　　　哪是爱惜不忍伤？

畏我父母。　　　　　　　而是惧怕爹和娘。

仲可怀也，　　　　　　　二哥让我日夜想，

父母之言，　　　　　　　父母的话不可忘，

亦可畏也。　　　　　　　想想心里惧又慌。

将仲子兮，　　　　　　　二哥请你要体谅，

无逾我墙，　　　　　　　不要翻越我围墙，

无折我树桑。　　　　　　别把桑树也折伤。

岂敢爱之？　　　　　　　哪是爱惜不忍伤？

1 将：请。仲子：男子在兄弟间排行老二。
2 逾：越过。里：居住的地方。
3 杞：树名，俗称刀柳。
4 爱：吝惜。

畏我诸兄。　　　　　　而是惧怕众兄长。

仲可怀也，　　　　　　二哥让我日夜想，

诸兄之言，　　　　　　兄长的话不可忘，

亦可畏也。　　　　　　想想心里惧又慌。

将仲子兮，　　　　　　二哥请你要体谅，

无逾我园，　　　　　　不要翻越我院墙，

无折我树檀。[5]　　　别把檀树也折伤。

岂敢爱之？　　　　　　哪是爱惜不忍伤？

畏人之多言。　　　　　惧怕邻里嘴舌长。

仲可怀也，　　　　　　二哥让我日夜想，

人之多言，　　　　　　邻里闲语在耳旁，

亦可畏也。　　　　　　想想心里惧又慌。

5 檀：落叶乔木，木质坚硬，有香气，可制器物及香料，又可入药。

这是一首女子出于礼教原因而拒绝与男子私会的诗。从诗的叙述来看，这对青年男女应该正处于热恋之中，男子不忍与心爱的女子分离，情急之下失去理智做出了有违礼法之事，女子被男子疯狂的行为吓到了，她惊呼"将仲子兮，无逾我里，无折我树杞"。女子一方面阻止男子翻墙私会，另一方面她心里也非常希望见到情郎，这种痛苦折磨着她，她不知如何是好，只得急切地向男子解释，她其实是深爱着他的，但是她更清楚地知道爹娘得知此事后一定会斥责自己，想想都害怕极了。然而，热恋中的男子已然丧失了理智，他不顾女子的劝阻一次次想方设法接近她，与她见面，每次女子见到日夜思念的情郎出现在眼前，心里又惊又喜，但是她心底的恐慌与惧怕却与日俱增，她担心男子一次次偷翻自家的院墙迟早会让众兄长察觉，迟早会惊动周围邻里。礼教的法网、舆论的压力是女子柔弱的身躯无法承担的，在爱情与理智的矛盾冲突下，女子备受煎熬。本诗反映了当时社会男女婚姻恋爱的不自由以及礼教的森严可怕。

杞

叔于田

叔于田，[1]　　　　　　　心爱小伙去猎场，

巷无居人。　　　　　　　巷子变得空荡荡。

岂无居人？　　　　　　　哪是没人居住呀？

不如叔也，　　　　　　　没人能像他那样，

洵美且仁。[2]　　　　　　实在俊美又贤良。

叔于狩，[3]　　　　　　　心爱小伙去冬狩，

巷无饮酒。　　　　　　　巷子不见人饮酒。

岂无饮酒？　　　　　　　哪是没人饮酒呀？

1 叔：女子对心爱男子的称呼。田：打猎。
2 洵：确实。仁：宽厚仁爱。
3 狩：冬季打猎叫狩。

不如叔也，　　　　　　没人能和他比斗，

洵美且好。　　　　　　实在俊美又优秀。

叔适野，⁴　　　　　心爱小伙去野外，

巷无服马。⁵　　　　巷子不见人骑马。

岂无服马？　　　　　　哪是没人骑马呀？

不如叔也，　　　　　　没人技术能及他，

洵美且武。⁶　　　　俊美英勇人人夸。

4 适：往。野：郊外。
5 服马：骑马。
6 武：英勇。

这是一首女子赞美心爱男子的诗。本诗是通过男子外出狩猎后女子的内心感受来抒发赞美之情的，从女子的心灵独白来看，她的心上人是一位年轻的猎人，在她心中，男子异常优秀，无人能比。第一章写男子去了猎场，巷子里空不见人，"岂无居人？不如叔也"，男子俊美非凡、宽厚仁爱，女子眼里再也看不到其他任何人的身影。第二章写冬天的弄巷里一个喝酒的人都没有，在这个农闲的时节本该是街道上最热闹的时候，而今却空空荡荡，不见人影，"岂无饮酒？不如叔也"，男子外出冬狩，女子便再无心思关注他人了，因为她的情郎是如此俊朗优秀。第三章主要是夸赞男子的骑术。在女子心中，男子不仅丰神俊朗而且英勇刚强，自他去郊外打猎后，巷子里便再也没人敢骑马了。女子的赞美之言处处流露出对男子的满满爱意，言辞越是夸张，情感就越是浓烈。

大叔于田

叔于田，
^{chéngshèng}
乘 乘马。¹

执辔如组，²

两骖如舞。³

^{sǒu}
叔在薮，⁴

火烈具举。⁵

^{tǎn xī}
襢裼暴虎，⁶

献于公所。

^{qiāng} ^{niǔ}
将 叔无狃，⁷

戒其伤女。⁸

大叔打猎启程早，

驾着四马向前跑。

手持马缰如丝绦，

两骖整齐像舞蹈。

深入沼泽野草茂，

烈火齐点熊熊烧。

赤膊斗虎英勇貌，

猎物献给诸侯王。

大叔以后别这样，

小心猛虎把人伤。

1 叔：即大叔。此泛指贵族青年猎手。乘乘马：驾着四匹马拉的车。乘（shèng），四马一车叫作乘。
2 组：丝带。
3 两骖：四马拉车，两侧的马匹叫两骖。
4 薮：多草的湖泽。
5 火烈：打猎时放火烧草以断绝野兽的逃路。举：起。
6 襢裼：赤膊。暴虎：空手和老虎搏斗。
7 将：请，愿。狃：重复。
8 戒：警惕。女：通"汝"，指大叔。

叔于田，　　　　　　大叔打猎驱前方，

乘乘黄。[9]　　　　　四马前行毛色黄。

两服上襄，[10]　　　　两匹服马头高昂，

两骖雁行。　　　　　两匹骖马如雁翔。

叔在薮，　　　　　　大叔来到沼泽旁，

火烈具扬。　　　　　熊熊烈火齐高扬。

叔善射忌，[11]　　　　大叔射艺这样好，

又良御忌。[12]　　　　驾车技术也高超。

抑磬控忌，[13]　　　　时而勒马止前跑，

抑纵送忌。[14]　　　　时而纵马任翱翔。

9 黄：黄马。

10 两服：一车四马中的中间两匹。襄：高昂，仰起。

11 忌：语气助词。

12 御：驾车。

13 抑：句首语气助词。磬控：骋马曰磬，止马曰控。泛指驭马时操纵自如。

14 纵送：纵马奔驰。

叔于田，　　　　　　大叔打猎真雄壮，

乘乘鸨。^{bǎo} ¹⁵　　四马色杂驱前方。

两服齐首，¹⁶　　服马齐头向前跑，

两骖如手。¹⁷　　骖马如手在两旁。

叔在薮，　　　　　　大叔冲往沼泽地，

火烈具阜。^{fù} ¹⁸　　烈火高举火苗旺。

叔马慢忌，　　　　　胯下马儿缓缓跑，

叔发罕忌。¹⁹　　大叔射艺世无双。

抑释掤忌，^{bīng} ²⁰　　打开盖筒箭放好，

抑鬯弓忌。^{chàng} ²¹　　收弓入袋整行装。

15 鸨：杂色的马。

16 齐首：齐头并进。

17 两骖如手：意思是两匹骖马像双手一样自由奔腾。

18 阜：旺盛。

19 发：发箭。罕：少。

20 释：打开。掤：箭筒盖子。

21 鬯：弓箭袋子。这里用作动词。

这是一首赞美青年猎手技艺精湛、英勇无双的诗。第一章开门见山，直接描写大叔打猎的经过。他驾着马儿，早早启程，驾车的动作如此娴熟。他驱马来到野草茂密之处，那儿是野兽躲藏的好地方。大叔经验丰富，冲入草丛与被困的猛虎搏斗，徒手将猛虎打死献给公侯。女子在心底呼唤，大叔呀，千万小心，不要让猛虎伤着你了。第二章进一步描写大叔打猎的情景，表现其射御的本领。第三章写打猎完毕的后续工作，突出大叔从容不迫的气度。本诗手法夸张，层层铺垫，生动描写了大叔骑马射箭、空手打虎的情景，使人身临其境，同时塑造了一个年轻有为、本领高超的贵族猎人形象，令人印象深刻。

虎

清 人

清人在彭，[1]   清邑军队守彭防，

驷介旁旁。[2]   披甲驷马真强壮。

二矛重英，[3]   缨饰长矛插两旁，

河上乎翱翔。   黄河边上任翱翔。

清人在消，   清邑军队守消防，

驷介麃麃。[4]   披甲驷马真勇壮。

（biāo biāo）

二矛重乔，[5]   羽饰长矛插两旁，

河上乎逍遥。   黄河边上任逍遥。

清人在轴，   清邑军队守轴防，

驷介陶陶。[6]   披甲驷马乐陶陶。

左旋右抽，[7]   身姿左转右抽刀，

中军作好。[8]   主帅武姿真真好。

---

1 清人：清邑的人，这里指高克及其所率领的士兵。清，郑国邑名。"彭"与下文的"消""轴"皆为郑国地名，都在黄河边上。

2 驷介：四匹披甲的马。旁旁：强壮的样子。

3 二矛：插在战车两边的矛。重英：二矛上面的缨饰。

4 麃麃：勇武的样子。

5 乔：雉羽。

6 陶陶：和乐的样子。

7 旋：转。抽：拔刀。

8 中军：古代行军作战分上、中、下三军，由主帅所居中军发号施令。作好：容好，指武姿好。

这首诗以含蓄的手法讽刺驻扎在郑国边境的清邑军队及其统帅高克。据《左传·闵公二年》记载："郑人恶高克，使帅师次于河上，久而弗召，师溃而归，高克奔陈。郑人为之赋《清人》。"意思是郑文公讨厌高克，为防止狄人入侵郑国，就派他率兵驻扎在黄河边上，久而不召，致使军队松散，无所事事，最后惨败而归，统帅高克也逃往了陈国。本诗写清邑军队驻扎在彭地、消地、轴地，战马强壮，兵器齐备，却整日闲逛逍遥，无所事事，他们的主帅武姿英豪却也只是以练武为消遣。本诗旨在讽刺清邑士兵无所事事、军纪败坏，主将虚张声势、毫无作为，语言含蓄，寓意深刻。

羔裘

羔裘如濡，¹

洵直且侯。²

彼其之子，

舍命不渝。³

羔裘豹饰，

孔武有力。

彼其之子，

邦之司直。⁴

羔裘晏兮，⁵

三英粲兮。⁶

彼其之子，

邦之彦兮！⁷

羊羔皮袄闪润光，

为人正直又美好。

这个人啊真贤良，

至死也不变节操。

羊羔皮袄饰豹皮，

为人勇武又有力。

这个人啊有豪气，

主管监察弘正义。

羊羔皮袄色鲜亮，

衣上饰物真漂亮。

这个人啊真贤良，

国家才俊好榜样！

1 羔裘：羊羔皮袄。濡：润泽。
2 洵：确实。侯：美。
3 渝：改变。
4 司直：官名，掌管劝谏君主过失。
5 晏：鲜艳的样子。
6 三英：皮衣上的饰物。粲：鲜明的样子。
7 彦：有才学德行的人。

这是一首赞扬郑国贤臣的诗。诗人以"羔裘"起兴，由官员身上所穿的羊羔皮袄的色泽、纹饰联想到官员的品性、才能，由物及人，衔接自然。诗的第一章写官员正直挺拔，突出其坚贞。诗的第二章写官员威武有力，突出其英勇。第三章写官员衣着光鲜，仪表堂堂，突出其贤能。末章用三个"兮"将官员从容的气度、雍容的休态彰显无遗，流露出深深的赞美之情。

遵大路

遵大路兮，　　　　　　沿着大路往前走，

shǎn qū
掺执子之祛兮。[1]　　　拼命拉着你衣袖。

无我恶兮，[2]　　　　　请你不要讨厌我，

zǎn
不寁故也。[3]　　　　　莫忘旧情轻分手。

遵大路兮，　　　　　　沿着大路往前走，

掺执子之手兮。　　　　拼命拉着你的手。

chǒu
无我魗兮，[4]　　　　　请你不要嫌我丑，

不寁好也。[5]　　　　　莫忘旧情把我丢。

1 掺：持，拉。祛：袖口。
2 恶：厌恶。
3 寁：速绝，速去。
4 魗：通"丑"，丑恶，丑陋。
5 好：相好。

这是一首弃妇诗。本诗写的是被抛弃的女子哀求男子回心转意，关于事件的叙述虽不完整，但诗人选取了一个最有表现力的画面：大路上，女子拼命拉住男子的衣服恳求他不要将自己抛弃，男子不顾女子的苦苦哀求，头也不回地往前走，女子紧紧抓住男子的手，声泪俱下，希望男子念在往日的情分上不要和她分手。本诗篇幅短小但构思精巧，大量留白让人更能深入体会弃妇心底的悲哀。

女曰鸡鸣

女曰鸡鸣，	女说公鸡已鸣叫，
士曰昧旦。[1]	男说天色还未亮。
子兴视夜，[2]	你起来把夜空望，
明星有烂。[3]	启明星在闪亮光。
将翱将翔，[4]	装好弓箭出门晃，
弋凫与雁。[5]	野鸭大雁无处藏。
弋言加之，[6]	野鸭大雁射中了，
与子宜之。[7]	我会为你烹饪好。
宜言饮酒，	佳肴下酒饮欢畅，

1 昧旦：天还没有亮。
2 兴：起。视夜：观察夜色。
3 明星：即启明星。有烂：灿烂，明亮。
4 将翱将翔：本意是指天亮之后，宿鸟开始飞翔。这里指男子出去游猎。
5 弋：用带绳子的箭射鸟。凫：野鸭。
6 言：语气助词。加：射中。
7 宜：烹煮菜肴。

与子偕老。　　　　　与你一起同到老。

琴瑟在御，⁸　　　琴瑟相和共鸣唱，

莫不静好。⁹　　　生活和谐又美好。

知子之来之，¹⁰　　知道你是体贴我，

杂佩以赠之。¹¹　　我以杂佩来相赠。

知子之顺之，¹²　　知道你是恋着我，

杂佩以问之。¹³　　我以杂佩表慰问。

知子之好之，¹⁴　　知道你是深爱我，

杂佩以报之。　　　　我以杂佩表心诚。

8 御：用，奏。
9 静好：美好。
10 来：殷勤。
11 杂佩：总称连缀在一起的各种佩玉。
12 顺：柔顺。
13 问：赠送。
14 好：爱。

这首诗展示了一对年轻夫妇情意相投、生活和美。第一章描写夫妻天亮起床的一段对话，亲切自然，很有生活气息。黎明时分，女子提醒男子说："鸡叫了，该起床了。"男子说："天还没亮，没到起床时间。"女子接着说："不信你看看窗外，启明星璀璨闪亮。"男子终于被女子劝服，说："装好弓箭出门晃，野鸭大雁无处藏。"第二章是女子想象的情景。她想着丈夫射到了大雁，自己就将其做成下酒佳肴，二人琴瑟和鸣，那是何等幸福！第三章写男子赠玉表情。为了回报妻子的体贴与真情，男子将玉佩赠与妻子以表心意。全诗皆为对话体，让人颇有身临其境之感，极富生活情趣，表现了夫妻二人之间平淡而浓烈的感情，赞美了琴瑟和鸣、美好和睦的夫妻生活。

鴈

有女同车

有女同车，   和她同坐马车上，

颜如舜华。[1]   容颜好像木槿花。

将翱将翔，   马车飞奔似翱翔，

佩玉琼琚。[2]   身上佩玉闪亮光。

彼美孟姜，[3]   她是孟家大姑娘，

洵美且都。[4]   娴静美丽真漂亮。

有女同行，   和她同坐马车上，

颜如舜英。   容颜木槿花一样。

将翱将翔，   马车飞奔似翱翔，

佩玉将将^{qiāngqiāng}。[5] 身上佩玉叮当响。

彼美孟姜，   她是孟家大姑娘，

德音不忘。[6]   声名美好永不忘。

1 舜：木槿。华：同"花"。
2 琼琚：精美的玉佩。
3 孟姜：姜姓长女。后世亦用作美女的通称。
4 都：娴静美好。
5 将将：同"锵锵"，玉石撞击所发出的声音。
6 德音：美好的声誉。

这是一首青年男女同车出游的情诗。"颜如舜华""颜如舜英"，女子青春靓丽，娇艳欲滴，这如花般的美貌令男子倾倒，女子身上的环佩光泽鲜亮，更加衬托其美丽的容颜，男子沉醉于叮当作响的环佩声中，久久不能回神，嘴里痴痴地念着"彼美孟姜，洵美且都"。然而，更使男子难忘的是女子美好的品德，"彼美孟姜，德音不忘"，女子美好的声誉让男子铭记于心。女子的美貌和品德得到了男子热情的赞美，言语间尽是柔情美意。

山有扶苏

山有扶苏，¹　　　　　山上扶苏枝叶茂，

隰有荷华。²　　　　　池里荷花开正好。

不见子都，³　　　　　不见子都心怅惘，

乃见狂且。⁴　　　　　遇见你这大傻帽。

山有乔松，⁵　　　　　山有高大郁郁松，

隰有游龙。⁶　　　　　池有水红丛丛生。

不见子充，⁷　　　　　美男子充没见到，

乃见狡童。　　　　　　遇见你这小狡童。

1 扶苏：树名。
2 隰：低湿的地方。华：同"花"。
3 子都：古代美男子，后成为美男子的通称。
4 狂且：行动轻狂的人。
5 乔：高大。
6 游龙：水生植物，一年生草本，全株有毛，叶子阔卵形，花红色或白色，又叫水红。
7 子充：人名，指美好的人。

荷
華

这是一首男女幽会时的戏谑之诗。《诗经》常以花象征女性，以树象征男性；以草象征女性，以木象征男性。山上有扶苏，水里有荷花；山上有青松，池里有水红：诗人以此起兴，暗指男女之事。诗中女子与情郎幽会，她打趣情郎说："美男子没看到，倒是碰见了你这个大傻瓜。"诗歌将男女之间的打情骂俏描写得生动传神，凸显了恋爱中女子的活泼狡黠。

tuò

萚兮

萚兮萚兮，[1]　　　　　树叶枯黄落满地，

风其吹女。[2]　　　　　风儿吹动飘荡起。

叔兮伯兮，　　　　　　各位兄弟来这里，

倡予和女。[3]　　　　　你歌唱来我和起。

萚兮萚兮，　　　　　　树叶纷纷转枯黄，

风其漂女。[4]　　　　　风儿吹动空中飘。

叔兮伯兮，　　　　　　各位兄弟快到场，

倡予要女。[5]　　　　　你唱歌来我收腔。

1 萚：草木脱落的皮或叶。
2 女：通"汝"。
3 倡：唱。
4 漂：通"飘"。
5 要：成，乐曲的收腔。

这是一首男女欢歌乐舞的民间歌谣。树叶枯黄，纷纷落地，秋风乍起，黄蝶蹁跹，在这个落叶飘飞的日子里，男男女女齐聚一堂，你唱歌我跳舞，你奏乐我来和，场面热闹非凡，其乐融融，尽显民歌本色。

狡 童

彼狡童兮，[1]   你这小子太狡猾，

不与我言兮。   为何不与我说话。

维子之故，[2]   因为你这小花招，

使我不能餐兮。   害我饭都吃不好。

彼狡童兮，   你这小子心太坏，

不与我食兮。   为何不与我共餐。

维子之故，   因为你这小花招，

使我不能息兮。[3]   害我难以安息好。

1 狡童：狡猾的小子。
2 维：因为。
3 息：安息。

这是一首情侣间闹别扭的诗。本诗描写女子因男子不和她说话、不和她共餐，故而寝食难安，内心苦闷。细细体会，这场小小的感情风波处处体现着女子对男子深深的爱意，"彼狡童兮"，似娇还嗔，斥责中流露真情。热恋中的男女通常十分敏感，高兴生气往往只在一瞬间，诗中的女子正是如此，她对男子又爱又怨，生动诠释了热恋中人的微妙情感，尽显小女儿情态。本诗质朴清新，传达了最平常也最真挚的男女之情。

褰裳
qiān

子惠思我，[1]　　　　你若爱我思念我，
褰裳涉溱。[2]　　　　提起下衣渡溱河。
zhēn

子不我思，　　　　你若心下不念我，

岂无他人？　　　　岂无他人情意合？

狂童之狂也且！[3]　你这疯癫大傻帽！
jū

子惠思我，　　　　你若爱我思念我，
褰裳涉洧。[4]　　　　提起下衣渡洧河。
wěi

子不我思，　　　　你若心下不念我，

岂无他士？　　　　何愁无人情意合？

狂童之狂也且！　　你这疯癫大傻帽！

1 惠：爱。
2 褰：提起。裳：下衣。溱：郑国水名，在今河南省境内。
3 狂童之狂：犹言男子的疯癫痴傻。也且：语气助词。
4 洧：郑国水名，在今河南省境内。

这是一首女子责备情人的诗。诗中女子心有所属，但深爱的男子却长时间不来见她，女子因爱生怨。在女子看来，如果男子爱她思念她，就一定会前来相见，这不过是渡过一条河的事。女子越想越不对劲儿，她猜疑男子可能变心了，所以才会对她不闻不问，女子越想越觉得是这么回事，于是在心里大声宣示：你这个疯癫狂妄的大傻帽，别以为你不喜欢我就没人喜欢我了。爱之深，责之切，女子越是怒骂男子越表明她情根深种。

丰

子之丰兮，[1]   想你容颜多丰润，

俟我乎巷兮。   巷口等我去成婚。

悔予不送兮！[2]   后悔当时没跟从！

子之昌兮，[3]   想你身体多强壮，

俟我乎堂兮。   等我成婚在堂上。

悔予不将兮！   后悔没有结永好！

1 丰：指容颜丰满。
2 送：与下文的"将"，都是跟从的意思。
3 昌：身体健壮。

衣锦褧衣，^{jiǒng} [4]　　　　　锦衣华服身上穿，

裳锦褧裳。　　　　　　外披轻薄白罩衫。

叔兮伯兮，[5]　　　　　叔啊伯啊快快来，

驾予与行。　　　　　　与你同车把路赶！

裳锦褧裳，　　　　　　外披轻薄白罩衫，

衣锦褧衣。　　　　　　锦衣华服身上穿。

叔兮伯兮，　　　　　　叔啊伯啊快快来，

驾予与归。　　　　　　与你同车把家还！

4 衣：穿。锦：有彩色花纹的丝制衣裳，女子出嫁时所穿。褧：用细麻布做成的罩衫。
5 叔、伯：古代女子对心爱男子的称呼。

这是一首女子后悔当初未能与心上人成婚的诗。诗开篇便是女子内心的悔恨独白：想想，你的面容是那么丰润，身体是那么强壮，迎亲时在巷口痴痴张望，见我迟迟未来便在堂内久久等待，我真后悔啊，当初怎么就没有接受你的迎亲，和你结为夫妻呢？女子拒绝了男子的婚事后，陷入了深深的懊恼，她一遍遍回想起男子英俊的外形，想起男子迎亲时的真诚。女子拒绝男子的原因不得而知，但女子内心的悔恨却如此强烈，她知道她和男子再也不可能了，是自己亲手将他推开，如今她只得在脑海里幻想自己穿上美丽的嫁衣，坐上男子迎亲的马车，一起飞奔回家。女子先前的拒绝和事后的幻想形成鲜明的对比，人生如戏，婚姻爱情更是如此，这真是惹人心生无限感叹。

东门之墠 ^{shàn}

东门之墠，[1]　　　　东门附近有广场，

茹藘在阪。[2]　　　　山坡上面长茜草。
^{rú lú bǎn}

其室则迩，[3]　　　　你家就在我近旁，

其人甚远。　　　　人却远像天一方。

东门之栗，　　　　东门附近有板栗，

有践家室。[4]　　　　房屋成排多整齐。

岂不尔思？[5]　　　　岂是我不思念你？

子不我即。[6]　　　　是你不和我亲近。

1 墠：平坦的场地。
2 茹藘：茜草，别名活血草，有凉血止血，行血活络，祛痰止咳的功效。阪：山坡。
3 迩：近。
4 践：陈列整齐。
5 尔：你。
6 即：接近。

这是一首男女对唱的情歌。从每章前两句的描述来看，男子家住东门附近，东门近郊有广场，旁边山坡上长满茜草，不远的野外有板栗树，旁边的房屋陈列整齐。诗人不仅描写男子家周围环境，同时以东门旁有广场，附近有板栗树，暗示男子家和自家相隔不远。然而人在眼前，心在天边，女子思念男子，男子却无意于她。单相思让女子陷入无尽的痛苦，她唯有一遍遍想着男子家旁的一草一木，一房一瓦，方能稍感宽慰。

蕳

风 雨

风雨凄凄，　　　　　　　风雨凄凄天气凉，

鸡鸣喈喈。[1]　　　　　　公鸡喔鸣把歌唱。

既见君子，　　　　　　　君子归还自远方，

云胡不夷？[2]　　　　　　叫我怎能不安康？

风雨潇潇，　　　　　　　风雨潇潇天阴凉，

鸡鸣胶胶。[3]　　　　　　公鸡声声鸣欢唱。

既见君子，　　　　　　　君子归还自远方，

云胡不瘳？[4]　　　　　　心病怎会不全好？

风雨如晦，[5]　　　　　　天色昏暗风雨飘，

鸡鸣不已。　　　　　　　公鸡鸣声耳边绕。

既见君子，　　　　　　　君子归还自远方，

云胡不喜？　　　　　　　叫我怎不开怀笑？

1 喈喈：鸡叫声。
2 云：句首语气助词。夷：平，指心里平静。
3 胶胶：鸡鸣声。
4 瘳：病愈。
5 晦：阴暗。

这是一首夫妻久别重逢的诗。黎明前夕，疾风骤雨，天气阴暗，公鸡鸣声不断，叫得人心慌意乱，在这种恶劣的环境下，家中妻子意外迎来了离家已久的丈夫。"既见君子，云胡不夷？"见到丈夫平安归来，女子不安的心渐渐平静下来；"既见君子，云胡不瘳？"往日里没有止境的牵挂与思念让女子平添恼人心病，而今终于盼到了日思夜想的人儿，心病一下子全好了。"既见君子，云胡不喜？"久别重逢，夫妻团聚，女子喜不自胜。诗人独具匠心，将夫妻二人的团聚置于阴冷凄凉、让人心生绝望的环境中，由此突出女子情感的强烈，凸显二人重逢的喜悦。然而，本诗虽写重逢之喜，但在寒风凄雨所营造的阴暗气氛里，我们能依稀感受到社会动荡所造成的离别之苦以及女主人公往日思念丈夫之痛。

子衿 jīn

青青子衿，[1]

你的衣领青青色，

悠悠我心。

我的心儿记挂着。

纵我不往，

纵然没来见你人，

子宁不嗣音？[2]

你就没个音信吗？

青青子佩，[3]

你的佩带青青色，

悠悠我思。

我的心儿思念着。

纵我不往，

纵然没来见你人，

子宁不来？

你就不来会我吗？

挑兮达兮，[4] tà

来回走动勤张望，

在城阙兮。[5]

独自等候城楼上。

一日不见，

一天没有见你面，

如三月兮。

如隔三月那么长。

1 衿：衣领。
2 嗣音：传寄音信。
3 佩：系佩玉的带子。
4 挑、达：来回走动的样子。
5 城阙：城门两旁的观楼。

这是一首抒发女子相思之情的诗。"青青子衿，悠悠我心""青青子佩，悠悠我思"，男子青色的衣领和青色的佩带不停地在女子脑海里面回旋，念其衣就是想其人，女子对这位男子刻骨铭心，她天天盼望着能够和他再次见面，但日子一天天过去了，还是不见男子身影。"纵我不往，子宁不嗣音？"纵然我没有来见你，你就这样了无音信吗？"纵我不往，子宁不来？"就算我没来见你，你就不来见我吗？女子因爱生怨。表面上女子是在责怪男子不联系她，不来见她，实质上她心里更大的担忧是怕男子对自己爱得不深所以才会如此不主动。女子因思念而苦闷不堪，因猜测而焦虑难安，不得已之下她登上了高高的城楼，张望男子来见自己的必经之路，苦苦守候，望眼欲穿，可依然不见那人的身影，女子在城楼上独自徘徊，自言自语："一日不见，如三月兮。"本诗言辞朴素轻盈，情意婉转绵长，余音袅袅，意味无穷，尤其是那句"青青子衿，悠悠我心"，对后世影响深远。

扬之水

扬之水，¹　　　　　河水激扬向前方，

不流束楚。²　　　　　难漂成捆木荆条。

终鲜兄弟，³　　　　　家里兄弟本就少，

维予与女。　　　　　只有你我相依傍。

无信人之言，　　　　他人闲话不可靠，

人实迋女。⁴　　　　勿受欺骗心思量。

扬之水，　　　　　　河水激扬向前方，

不流束薪。　　　　　难漂成捆干柴草。

终鲜兄弟，　　　　　家里兄弟本就少，

维予二人。　　　　　你我二人相依傍。

无信人之言，　　　　他人闲话不可靠，

人实不信。⁵　　　　切勿理睬中花招。

1 扬：激扬。
2 楚：荆条。
3 终：既。鲜：少。
4 迋：通"诳"，欺骗。
5 信：可靠。

这是女子劝说丈夫不要轻信流言的诗。"扬之水，不流束楚"，诗人以激扬的流水冲不走成捆的薪柴起兴，象征夫妻之间相依相守不会被轻易离间。抒情女主人公的丈夫应该是听到了一些有关妻子的流言蜚语故而心有不快，于是妻子便劝丈夫说："我娘家的兄弟本来就少，如今嫁给你了，我们夫妻二人就相依为命，外面的闲话你不要理睬，那都是无聊之人在挑拨离间，实在不能相信啊。"女子真情表白，耐心劝说，体现了她对丈夫的重视，对二人夫妻情感的维护。本诗语言浅易，风格通俗，如话家常，有独特的民歌风韵。

出其东门

出其东门，　　　　　出那东城门，

有女如云。　　　　　美女多如云。

虽则如云，　　　　　虽然多如云，

匪我思存。[1]　　　　非我心上人。

gǎo qí
缟衣綦巾，[2]　　　　白衣绿头巾，

聊乐我员。[3]　　　　让我乐在心。

yīn dū
出其闉阇，[4]　　　　出了城门外，

tú
有女如荼。[5]　　　　美女多如花。

虽则如荼，　　　　　虽然多如花，

jǔ
匪我思且。[6]　　　　非我心所怀。

rú lú
缟衣茹藘，[7]　　　　白衣红佩巾，

聊可与娱。[8]　　　　快乐心相爱。

1 匪：非。思存：思念之所在。
2 缟衣：白衣。綦巾：绿头巾。
3 聊：姑且。员：同"云"，语气助词。
4 闉阇：城外瓮城的重门，这里指城门。
5 荼：茅草的白花。
6 且：语气助词。
7 茹藘：茜草，其根可做绛红色染料。这里指绛红色的佩巾。
8 娱：娱乐。

这首诗抒发了男子对意中人忠贞不渝的感情。男子走出东城门，外面美女如云，多如茅花，然而，面对众多美女男子仍然一心想着心中的爱人，她素衣彩巾，令自己难以忘怀。男子以夸张的手法极言美女之多，一方面表明自己忠贞不渝的爱情，另一方面也以众女子如花般的美貌来突出爱人的超凡脱俗。本诗色彩鲜明，情感浓烈，令人耳目一新。

野有蔓草

野有蔓草，[1]　　　　　郊外野草蔓延长，
零露漙兮。[2]　　　　　缀满露珠晶莹亮。
（tuán）

有美一人，　　　　　　有位美丽好姑娘，
清扬婉兮。[3]　　　　　眉清目秀真漂亮。

邂逅相遇，[4]　　　　　今日相遇是碰巧，
适我愿兮。[5]　　　　　恰合我意心爱上。

野有蔓草，　　　　　　郊外野草蔓延长，
零露瀼瀼。[6]　　　　　露水浓多晶莹亮。
（rángráng）

有美一人，　　　　　　有位美丽好姑娘，
婉如清扬。[7]　　　　　眉目清秀容颜靓。

邂逅相遇，　　　　　　今日相遇是碰巧，
与子偕臧。[8]　　　　　与你携手结永好。

1 蔓：蔓延。
2 零：降落。漙：露多。
3 清扬：眉目清秀。婉：美好。
4 邂逅：不期而遇。
5 适：适合。
6 瀼瀼：露水盛多。
7 如：而。
8 臧：善，好。

这首诗写的是野外邂逅的青年男女互生情愫、暗自结好。郊外的原野青草绵延，草叶上的露珠晶莹透亮，在如此美妙的时刻，青年男女在此偶然相遇，女子身姿婉转，美目多情，男子一见倾心。陌生男女不期而遇，互生情愫，自由结合，浓情蜜意，唯美展现了先民婚恋的自由与美好。本诗环境如画，情意如歌，给人以美的享受，尤其是"有美一人，清扬婉兮"，形象迷离而神情毕现，给人无限遐想，故而千古传诵，魅力无穷。

溱 洧 _{zhēn wěi}

溱与洧，¹　　　　　溱河洧河水流淌，

方涣涣兮。²　　　　　春来河面碧波荡。

士与女，　　　　　　　姑娘小伙聚此方，

方秉蕑兮。³ _{jiān}　　　手拿兰草心欢畅。

女曰观乎？　　　　　　姑娘轻问去看看？

士曰既且。⁴　　　　　小伙说已去一趟。

且往观乎！⁵　　　　　陪我再去玩一趟！

洧之外，　　　　　　　洧河之侧另一旁，

洵訏且乐。⁶ _{xū}　　　确实热闹又宽敞。

维士与女，　　　　　　姑娘小伙同玩赏，

伊其相谑，⁷　　　　　行路缓缓互调笑，

赠之以勺药。⁸　　　　赠以芍药定情长。

---

1 溱、洧：郑国水名，皆在今河南省境内。
2 方：正。涣涣：水流盛大的样子。
3 蕑：兰草。
4 既：已经。且：同"徂"，往。
5 且：再。
6 洵：确实。訏：大。
7 伊：句首语气助词。相谑：相互调笑。
8 勺药：即芍药。

溱与洧，　　　　　溱河洧河水流淌，

浏其清矣。⁹　　河水清澈碧波漾。

士与女，　　　　　姑娘小伙聚此方，

殷其盈矣。¹⁰　游人众多声喧嚷。

女曰观乎？　　　　姑娘轻问去看看？

士曰既且。　　　　小伙说已去一趟。

且往观乎！　　　　陪我再去玩一趟！

洧之外，　　　　　洧河之侧另一旁，

洵讦且乐。　　　　确实热闹又宽敞。

维士与女，　　　　姑娘小伙同玩赏，

伊其将谑，¹¹　行路缓缓互调笑，

赠之以勺药。　　　赠以芍药定情长。

9 浏：水清澈的样子。
10 殷：多。盈：满。
11 将谑：相谑。

这是一首描写郑国三月三上巳节青年男女手拿香草在水边游玩并互表心意的诗。上巳节指农历三月第一个巳日，俗称三月三，是祓禊的日子。祓禊是指在水边沐浴，用兰草洗涤身上污垢，以求祛病消灾。先秦时代，通过沐浴洗涤以求消灾祛病的风俗就已相当盛行，在周朝，"祓除衅浴"已成为一种国家规定的礼仪制度。除了祓除衅浴、水边祭祀等活动之外，郊外春游、互赠香草也是上巳节的重要环节之一。是日，青年男女手握兰草去野外踏青，他们在水边嬉戏，自由择偶，并以芍药定情，《溱洧》正反映了上巳节青年男女们结伴游玩，相互戏谑，互结情好之事。本诗描写了节日当天，春意盎然，溱洧河畔游人众多，少男少女相互谈笑的欢乐场景。诗人将镜头对准了一对互生情愫的青年男女，他们时而呢喃浅笑，时而你追我赶，最后互赠芍药，以结相好。本诗风格舒朗明快，语言清新灵动，展示了青年男女之间纯洁而动人的爱情。

齐风

鸡 鸣

鸡既鸣矣，
朝既盈矣。[1]

匪鸡则鸣，[2]
苍蝇之声。

窗外公鸡喔喔鸣，
大臣都已去朝廷。
不是公鸡在啼鸣，
那是苍蝇嗡嗡声。

东方明矣，
朝既昌矣。[3]

匪东方则明，
月出之光。

东方已经蒙蒙亮，
上朝大臣聚满堂。
不是东方天色亮，
那是天边明月光。

虫飞薨薨，[4]
hōnghōng

甘与子同梦。[5]

会且归矣，[6]

无庶予子憎！[7]

蚊虫齐飞嗡嗡响，
乐意与你同入梦。
朝会大臣将散场，
愿你不要遭人憎！

1 朝：朝廷。盈：满，指上朝的大臣都到了。
2 则：之，的。
3 昌：盛多。
4 薨薨：蚊虫群飞的声音。
5 甘：乐意。
6 会：朝会。且：将要。
7 无庶：即"庶无"，希望不。庶，希望。予：给。子：你。憎：憎恶。

这是一首妻子催丈夫早起上朝的诗。黎明时，妻子听到窗外鸡鸣，催促丈夫早起去上早朝，而丈夫则各种推脱，不愿起床。妻子动之以情、晓之以理，劝丈夫不要因为贪恋床笫而惹众人非议。本诗虽通篇采用对话体的形式，展现一对夫妻生活的小片段，但构思精巧，语言亲切，人物形象鲜明，很有生活气息。

还 ^{xuán}

子之还兮，¹　　　　瞧你身姿多矫健，

遭我乎猫之间兮。^{náo 2}　你我相遇猫山间。

并驱从两肩兮，³　　　并马同把大兽赶，

揖我谓我儇兮。^{xuān 4}　作揖夸我身手便。

子之茂兮，⁵　　　　瞧你射技多高超，

遭我乎猫之道兮。　　　你我相遇猫山道。

并驱从两牡兮，⁶　　同追雄兽满山跑，

揖我谓我好兮。　　　　作揖夸我身手好。

子之昌兮，⁷　　　　瞧你身姿多强壮，

遭我乎猫之阳兮。　　　你我相遇猫山阳。

并驱从两狼兮，　　　　同追两头大野狼，

揖我谓我臧兮。⁸　　作揖夸我身手妙。

1 还：通"旋"，敏捷。

2 遭：遇。猫：齐国山名，在今山东省淄博市东。

3 从：追逐。肩：通"豜（jiān）"，古代指三岁的猪，亦泛指大猪、大兽。

4 儇：机敏矫捷。

5 茂：这里指射技出众。

6 牡：雄兽。

7 昌：强壮有力。

8 臧：善，好。

这是一首猎人相遇互赞猎技的诗。这首诗描写了两名在猺山打猎的猎人偶然相遇，他们见对方追赶野兽动作娴熟、身手敏捷，彼此心生佩服之情，于是二人并驾齐驱，一同逐猎。诗中偶遇的猎人虽英勇威武，刚强豪迈，但他们相互作揖，互赞猎技，表现得有礼有节，尽显其胸怀之宽广，二人彼此欣赏，由衷赞美，大有英雄惺惺相惜之意。全诗三章，句句以"兮"字收尾，音节舒缓，节奏起伏，读来韵味无穷。

著

俟我于著乎而，¹　　　　等我在那门屏间，

充耳以素乎而，²　　　　充耳丝线垂两边，

尚之以琼华乎而。³　　　上有美玉照人面。

俟我于庭乎而，⁴　　　　等我在那庭中央，

充耳以青乎而，　　　　　充耳青丝线两旁，

尚之以琼莹乎而。　　　　上有美玉多晶亮。

俟我于堂乎而，⁵　　　　等我在那前堂上，

充耳以黄乎而，　　　　　充耳黄线垂两旁，

尚之以琼英乎而。　　　　上有美玉多闪亮。

1 著：通"宁"，指古代贵族住宅大门和屏风之间的地方。乎而：语气助词。
2 充耳：古代挂在冠冕两旁的饰物，下垂及耳，可以塞耳避听，也叫"瑱"。素：白。
这里指挂充耳的白色丝带。
3 尚：加上。琼：美玉。华：与下文的"莹""英"都是形容玉的光彩。
4 庭：庭院中央，在屏风和正房之间。
5 堂：前堂。

这是一首新郎来新娘家迎亲的诗。本诗是以新娘的视角展开描写的，迎亲这天她欣喜而紧张，在熙熙攘攘的人群中她只是将眼神锁定在即将和她共同生活的夫君身上，仔细观察着他的一言一行，一举一动。随着迎亲队伍将她抬进夫家大门，她看到男子正在门屏间等待张望，女子娇羞万分，但故作镇定。绕过屏风来到庭院中央，她看到男子在院中迎面而立，耳旁的玉瑱随着身体的细微动作轻轻摇晃，闪着晶亮的光芒，女子连忙低头，心中波澜起伏。新娘在众人的搀扶下走向前堂，此时男子正在那里等着她，女子此时又是紧张又是兴奋，她很想看看即将和她拜堂的丈夫但又不敢抬头，只能用余光偷瞄，男子耳旁的玉瑱光彩夺目，映衬着他英俊的脸庞，越发显得风度翩翩，器宇轩昂，女子脸上娇羞万分，心里无比甜蜜。从大门到前堂，女子一路打量，眼中尽是一片娇羞柔情，体现了她对男子浓浓的爱意和对未来夫妻生活的美好期盼。

东方之日

东方之日兮，　　　　　　太阳初升自东方，

彼姝^{shū}者子，¹　　　　有位姑娘真漂亮，

在我室兮。　　　　　　　悄悄来到我内房。

在我室兮，　　　　　　　悄悄来到我内房，

履我即兮。²　　　　　靠近我来诉衷肠。

东方之月兮，　　　　　　月亮高挂在东方，

彼姝者子，　　　　　　　有位姑娘真漂亮，

在我闼^{tà}兮。³　　　　悄悄来到内门旁。

在我闼兮，　　　　　　　悄悄来到内门旁，

履我发兮。⁴　　　　　跟上我来表衷肠。

1 姝：美丽。
2 履：踩。即：就，靠近。
3 闼：门内。
4 发：即足。

东方之日

东方之日兮，　　　　　　太阳初升自东方，

彼姝者子，[1]　　　　　　有位姑娘真漂亮，

在我室兮。　　　　　　　悄悄来到我内房。

在我室兮，　　　　　　　悄悄来到我内房，

履我即兮。[2]　　　　　　靠近我来诉衷肠。

东方之月兮，　　　　　　月亮高挂在东方，

彼姝者子，　　　　　　　有位姑娘真漂亮，

在我闼兮。[3]　　　　　　悄悄来到内门旁。

在我闼兮，　　　　　　　悄悄来到内门旁，

履我发兮。[4]　　　　　　跟上我来表衷肠。

1 姝：美丽。
2 履：踩。即：就，靠近。
3 闼：门内。
4 发：即足。

这首诗写的是女子进入男子室内表露爱意。根据诗意来看，本诗应为男子的自我回味。第一章写男子回想美丽的姑娘在大白天主动来到自己房内表白，她热情大胆，踩在男子膝盖上诉说自己的真心，男子心潮澎湃，二人嬉戏打闹，沉浸在激情与甜蜜之中。第二章写男子回忆女子有天晚上来到他的房间，踩着他的脚，自荐枕席。女子眼中一片柔情蜜意，男子为她的美丽与热情倾倒，二人亲昵打闹。男子一边回味着和女子的亲密接触，一边喜不自胜，从他的叙述中不难看出他内心的得意之情。本诗向我们展示了一位俏皮而不轻佻，在爱情方面热情大胆、主动出击的女子，彰显了如火的青春。

东方未明

东方未明，　　　　　东边天色还未亮，

颠倒衣裳。[1]　　　　错穿裤子和衣裳。

颠之倒之，[2]　　　　颠来倒去手脚忙，

自公召之。[3]　　　　公家召唤怎不慌。

东方未晞，[4]　　　　东边还未露曙光，

颠倒裳衣。　　　　　错穿裤子和衣裳。

倒之颠之，　　　　　颠来倒去手脚忙，

自公令之。　　　　　公家号令怎不慌。

折柳樊圃，[5]　　　　折柳编篱围菜园，

狂夫瞿瞿。[6]　　　　监工强悍瞪双眼。

不能辰夜，[7]　　　　不分白昼和黑夜，

不夙则莫。[8]　　　　不是太早就太晚。

---

1 颠倒衣裳：意思是在黑暗中手忙脚乱将衣服和裤子穿倒了。衣裳，古时衣指上衣，裳指下裙。
2 之：指衣裳。
3 自：从。
4 晞：破晓。
5 樊：篱笆。圃：菜园。
6 狂夫：指监工，"狂"凸显其凶狠。瞿瞿：瞪眼的样子。
7 辰：通"晨"，在这里指白天。
8 夙：早。莫："暮"的古字，晚。

这是一首小官吏埋怨整日忙于公家之事、早晚都不能好好休息的诗。诗的第一章写小官吏听到公家召唤赶忙起床。这时候天还未亮，但小官吏丝毫不敢拖延，手忙脚乱地将衣服往身上穿，情急之下竟将上衣和裤子穿倒了。第二章叠唱，进一步凸显小官吏的慌忙与狼狈。第三章写劳动者们在监工的怒视下埋头苦干，不敢有任何怠慢。本诗反映了劳动者们为公家服役时的紧急与繁忙，诗人截取慌乱地在黑暗中穿错衣服这个细节，将官家催促之急与小官吏心中之紧张表现得淋漓尽致，技法高超，令人叹服。

南 山

南山崔崔，¹	齐国南山真高大，
雄狐绥绥。²	雄狐逡巡求偶伴。
鲁道有荡，³	鲁国大道真平坦，
齐子由归。⁴	文姜当年从此嫁。
既曰归止，⁵	既然知道她已嫁，
曷又怀止？	为何还要惦念她？
葛屦五两，⁶	葛鞋一双并排放，
冠緌双止。⁷	衣帽穗带垂两旁。
鲁道有荡，	鲁国大道真宽广，
齐子庸止。⁸	文姜从此嫁他方。
既曰庸止，	既知她已嫁他方，
曷又从止？	为何与她温旧好？

1 南山：齐国山名，又名牛山。崔崔：山高大的样子。
2 绥绥：缓行相随的样子。
3 有荡：即荡荡，平坦的样子。
4 齐子：指文姜。由归：从这儿出嫁。
5 止：语气助词。
6 葛屦：用葛草编成的鞋。五：同"伍"，并列。
7 冠緌：古代公侯礼帽的帽穗緌，帽带的下垂部分。
8 庸：用。

蓺麻如之何？[9]　　　想种大麻要怎样？

衡从其亩。[10]　　　纵横耕耘莫嫌劳。

取妻如之何？　　　想要娶妻应怎样？

必告父母。　　　　必须报告爹和娘。

既曰告止，　　　　既已通过爹和娘，

曷又鞠止？[11]　　　为何纵容她胡闹？

析薪如之何？[12]　　想要砍柴应怎样？

匪斧不克。　　　　没有斧头做不到。

取妻如之何？　　　想要娶妻应怎样？

匪媒不得。　　　　没有媒人办不了。

既曰得止，　　　　既已娶得那新娘，

曷又极止？[13]　　　为何容她娘家跑？

9 蓺麻：种麻。蓺，种植。
10 衡从：纵横。南北为纵，东西为横。
11 鞠：穷，极力放纵。
12 析薪：砍柴。
13 极：至，到。

这是一首讽刺齐襄公与鲁桓公的诗。本诗主旨明晰，《毛诗序》曰："《南山》，刺襄公也。鸟兽之行，淫乎其妹，大夫（齐国大夫）遇是恶，作诗而去之。"据《左传·桓公十八年》记载，鲁桓公与夫人文姜（齐襄公同父异母的妹妹）同去齐国，本就与文姜有染的齐襄公又趁机与之私通。鲁桓公知道后斥责了文姜，文姜将此告知齐襄公，后来齐襄公宴请鲁桓公，将其灌醉后，派人驾车送他回国，在车上把鲁桓公杀死。正如《毛诗序》所说，齐襄公染指妹妹乃鸟兽之行，诗开头将淫邪的雄狐比喻齐襄公，以狐狸逡巡求偶暗指襄公与文姜私通，从生理的角度斥责襄公，厌恶之情溢于言表。第二章诗人以鞋子成双、帽带相配乃天经地义比喻男女的结合须履行一定的规范，从社会伦常方面讽刺襄公不顾廉耻觊觎出嫁的妹妹。第三、四章诗人以种大麻须先耕耘田土、砍柴须先备好斧头起兴，引出娶妻嫁女乃父母之命、媒妁之言，从婚姻礼教的角度进一步讽刺齐襄公。此诗多起兴比喻，表达曲折而深意愈出，令人记忆尤深。

甫 田

无田甫田，[1]　　　　　大田不可耕，

　yǒu
维莠骄骄。[2]　　　　　野草长得旺。

无思远人，　　　　　　勿念远方人，

　dāo dāo
劳心忉忉。[3]　　　　　相思断人肠。

无田甫田，　　　　　　大田不可耕，

维莠桀桀。[4]　　　　　野草长得高。

无思远人，　　　　　　勿念远方人，

　dá dá
劳心怛怛。[5]　　　　　忧思把人伤。

婉兮娈兮，[6]　　　　　孩童多俊俏，

　　　guàn
总角丱兮。[7]　　　　　辫角往上翘。

未几见兮，[8]　　　　　几天不见面，

　biàn
突而弁兮。[9]　　　　　忽戴成人帽。

1 田：佃，耕种。甫田：大田。
2 莠：狗尾草，泛指野草。骄骄：草盛且高。
3 劳心：忧心。忉忉：忧思的样子。
4 桀桀：高高的样子。
5 怛怛：忧伤的样子。
6 婉、娈：美好。
7 总角：古时儿童束发为两结，向上分开，形状如角，故称总角。丱：角辫上翘的样子。
8 未几：没多久。
9 弁：帽子。古时男子二十而冠，表示成年。

这首诗抒发了对久别之人的思念之情。诗开头一、二句写大田里野草丛生，丝毫不见庄稼的踪影，接下来的三、四句写思念远方的人，心中忧愁不安，由此可知抒情主人公应为留守家中的妻子，她因为思念远方的丈夫故而无心耕种。同时，"甫田"突出了农田之大，表明因为丈夫的离开，她一人无法完成如此沉重的农活，使得田间野草茂盛。第二章表达的意思与第一章无异，只是妻子心中的思念之情更加深切了。第三章乃思妇想象丈夫归家的情景，远方归来的丈夫已经成年而冠，想想当年他出去的时候还是扎着辫角的少年郎呀！昔日的小子已加冕成人，这中间不知道过去了多少年，家中苦苦等候的妻子又怎能不因思念而"劳心"呢。

卢 令

卢令令，[1]　　　　　　　猎犬颈环响叮当，

其人美且仁。　　　　　　那人俊美又善良。

卢重环，[2]　　　　　　　猎犬颈上套双环，

其人美且鬈。[3]　　　　　那人俊美头发卷。
　　　　quán

卢重鋂，[4]　　　　　　　猎犬颈上挂套环，
　　méi

其人美且偲。[5]　　　　　那人俊美有才干。
　　　cāi

1 卢：黑色猎犬。令令：猎犬脖子上套的金属环发出的声音。
2 重环：大环套小环，又称子母环。
3 鬈：头发卷曲。
4 重鋂：一个大环套上两个小环。
5 偲：有才能。

这是一首称赞青年猎人的诗。本诗乃赞美猎人之作，然而，全诗三章每章都从猎犬写起，由物及人，行烘云托月之实。黑色猎犬上的铁环发出清脆而急促的碰撞声，表明它正跟在主人的后面，逐猎狂奔，诗人虽未正面写猎人狩猎的场景但从跟随他的猎犬可以看出他的英勇威武、机敏矫健。而每章后两句诗人却说猎人"美且仁""美且鬈""美且偲"，表明猎人不仅英勇雄壮而且善良、俊美、有才能。诗虽短小，但技艺高超，作者以实衬虚，侧面烘托，层层渲染，手法之纯熟令人惊叹。

守犬

敝笱
gǒu

敝笱在梁，[1]
其鱼鲂鳏。[2]
fángguān

齐子归止，[3]

其从如云。

破旧鱼篓置河梁，

鳊鱼鲲鱼穿梭忙。

文姜回齐声势壮，

随从如云真风光。

敝笱在梁，
其鱼鲂鱮。[4]
xù

齐子归止，

其从如雨。

破旧鱼篓置河梁，

鳊鱼鲢鱼穿梭忙。

文姜回齐声势壮，

随从如雨真风光。

敝笱在梁，
其鱼唯唯。[5]

齐子归止，

其从如水。

破旧鱼篓置河梁，

鱼群相随穿梭忙。

文姜回齐声势壮，

随从如水真风光。

1 敝：破。笱：竹制的捕鱼器具。
2 鲂鳏：鳊鱼和鲲鱼。
3 齐子：指文姜。归：回娘家。
4 鱮：鲢鱼。
5 唯唯：相随而行的样子。

这是一首讽刺文姜的诗。《毛诗序》曰："《敝笱》，刺文姜也。齐人恶鲁桓公微弱，不能防闲文姜，使至淫乱，为二国患焉。"鲁桓公软弱，不能阻止夫人文姜与齐襄公私会，国人皆为不满，情感流露，形成诗歌，就是《敝笱》。诗人以破旧的鱼笱没有用处、形同虚设比喻鲁桓公软弱无能不能阻止文姜的无耻行为，放任她带领众多随从大张旗鼓地回到齐国和襄公私会。作者比喻精辟，寓意深刻，将文姜的可耻行为以及鲁桓公的软弱无能揭露无遗，讽刺意味极其强烈。

载 驱

载驱薄薄，[1]
篟茀朱鞹。[2]
diàn fú　　kuò

鲁道有荡，
齐子发夕。[3]

马车疾驰隆隆响，

竹帘红盖真闪亮。

鲁国大道真宽敞，

文姜出发在晚上。

四骊济济，[4]
lí

垂辔沵沵。[5]
nǐ　nǐ

鲁道有荡，
齐子岂弟。[6]
kǎi　tì

四匹黑马真雄壮，

缰绳柔软垂两旁。

鲁国大道真宽敞，

文姜出发在早上。

1 载：句首语气助词。薄薄：车马疾驰的声音。
2 篟茀：遮蔽车厢后窗的竹席。朱鞹：红漆兽皮制的车盖。
3 发夕：晚上出发。
4 骊：纯黑色的马。济济：整齐美好的样子。
5 辔：马的缰绳。沵沵：柔软的样子。
6 岂弟：天亮。

汶水汤汤，⁷

行人彭彭。⁸

鲁道有荡，

齐子翱翔。⁹

汶河水势真浩荡，

行人纷纷驻足望。

鲁国大道真宽敞，

文姜回齐去游晃。

汶水滔滔，

行人儦儦。¹⁰
（biāo biāo）

鲁道有荡，

齐子游敖。¹¹

汶河浩荡浪滔滔，

行人观望多如潮。

鲁国大道真宽敞，

文姜回齐去逍遥。

7 汶水：水名，流经齐鲁两国，即今天的大汶河。汤汤：水流盛大的样子。
8 彭彭：盛多的样子。
9 翱翔：游逛。
10 儦儦：众多的样子。
11 游敖：即遨游。

这也是一首讽刺文姜回齐与齐襄公私通的诗。第一、二章主要描写文姜回齐的马车。宽广的鲁国大道上尘土飞扬，四匹雄壮的黑马急速飞驰，豪华的车厢内坐着地位尊贵的文姜，她急不可待地出发，想要快点回到齐国。第三、四章主要描写围观行人。文姜的车队大摇大摆地招摇过市，路上的行人有如汶河之水，浩浩荡荡，往来不断，他们纷纷驻足观望，侧目而视。对于文姜的行为，诗中未有一言点破，只是通过描写文姜以盛装车服回齐暗示她与襄公私会的可耻行径。诗人以车马之盛与行人之多反衬了文姜的明目张胆与肆无忌惮，对比鲜明，讽刺效果强烈。

猗嗟
yǐ

猗嗟昌兮![1]   这位青年多强壮!

颀而长兮。[2]   个头长得高又高。
qí

抑若扬兮,[3]   额角丰满气轩昂,

美目扬兮。   眼神炯炯神飞扬。

巧趋跄兮,[4]   步履矫健身姿好,
qiāng

射则臧兮。[5]   弯弓射箭最擅长。

猗嗟名兮![6]   这位青年真俊朗!

美目清兮。   眉目清纯有亮光。

仪既成兮,[7]   射箭姿势已摆好,

---

1 猗嗟:叹词,表示赞叹。昌:壮盛的样子。
2 颀:身材高大。
3 抑:通"懿",美。扬:额角开阔。
4 趋跄:步伐矫健。
5 臧:好。
6 名:出众。
7 仪:射仪,射手在射箭之前的准备姿势。

终日射侯。[8]　　　　一天下来无倦样。

不出正兮，[9]　　　　箭箭射在靶中央，

展我甥兮。[10]　　　　外甥本领实在强。

猗嗟娈兮！[11]　　　　这位青年真美好！

清扬婉兮。[12]　　　　眉清目秀双眼亮。

舞则选兮，[13]　　　　动作潇洒舞姿妙，

射则贯兮。[14]　　　　箭箭穿靶力道强。

四矢反兮，[15]　　　　连射靶心技艺高，

以御乱兮。[16]　　　　抵御外敌好榜样。

8 侯：箭靶。
9 正：箭靶的中心。
10 展：确实。甥：外甥。
11 娈：美好。
12 清扬：眉目清秀。
13 选：形容舞蹈动作整齐潇洒。
14 贯：射穿。
15 反：反复，指连续射中靶心。
16 御：抵御。

这是一首赞美青年射手的诗。第一章写射手的外貌。他个头高大，身材健壮，器宇轩昂，神采飞扬，从他那矫捷的身姿可以看出，他的射技一定很高超，诗人的欣赏之情溢于言表。第二章写射手的技艺。他双眼有神，目视前方，精神抖擞，瞄准靶心，每箭一出，定无虚发，言语中尽是浓浓的赞美之情。第三章写射手的动作。他行动潇洒，动作飘逸，身姿流转，力道强劲，实在是抵御外敌的好榜样。本诗层层深入，刻画了一个英姿勃发、技艺高超、抵御外邦的射手形象。

魏
风

葛屦 (jù)

纠纠葛屦，[1]	破旧草鞋穿上脚，
可以履霜。[2]	靠它怎能御寒霜？
掺掺女手，[3] (shānshān)	女工双手细又长
可以缝裳。	怎能替人缝衣裳？
要之襋之，[4] (yāo jí)	衣带衣领忙提好，
好人服之。[5]	恭候主人试新装。
好人提提，[6]	主人一副安详貌，
宛然左辟，[7] (bì)	回转身子避左旁，
佩其象揥。[8] (tì)	象牙簪子戴头上。
维是褊心，[9] (biǎn)	我这主人心胸小，
是以为刺。[10]	作诗刺她坏心肠。

1 纠纠：绳索纠结缠绕的样子。葛屦：夏天穿的用葛草织成的鞋。
2 可以：即"何以"。可，通"何"。
3 掺掺：犹"纤纤"。形容女子的手纤细柔美。
4 要：裙子上端围在腰际的部分。此指系衣服的衣带。襋：衣领。要、襋在这里皆用作动词，即提衣带、提衣领的意思。
5 好人：美人，这里指女主人。服：穿。
6 提提：即"媞媞"，安详舒适的样子。
7 宛然：转身的样子。辟：同"避"，闪开。
8 象揥：象牙做的簪子。
9 维：因。褊心：心胸狭窄。
10 刺：讽刺。

这是一首缝衣女工因不满女主人虐待而作的讽刺诗。诗仅两章，用对比的手法叙述了两个对立阶级的不同生活：一方面描写了女工辛勤劳作、受冻受累的痛苦处境，另一方面揭示了贵族妇女锦衣华服、养尊处优的富裕生活。

汾沮洳
_{jǔ rù}

彼汾沮洳，¹　　　　在那汾水湿地上，

言采其莫。²　　　　鲜嫩酸模采摘忙。

彼其之子，　　　　　看那年轻小伙儿，

美无度。³　　　　　英俊潇洒真漂亮。

美无度，　　　　　　英俊潇洒真漂亮，

殊异乎公路。⁴　　　君王公路比不上。

彼汾一方，　　　　　在那汾水岸边上，

言采其桑。　　　　　青嫩桑叶采摘忙。

彼其之子，　　　　　看那年轻小伙儿，

1 汾：水名，在今山西省中部地区，在西南注入黄河。沮洳：低湿的地方。
2 莫：野菜名，亦称酸模，俗名野菠菜，多年生草本植物，多生于沟谷溪边湿处，嫩茎、叶可食。
3 美无度：俊美无比。
4 殊异：非常不同。公路：官名，掌管君主的路车。

美如英。⁵　　　　　　俊颜好似花一样。

美如英，　　　　　　　　俊颜好似花一样，

殊异乎公行。⁶　　　　君王公行比不上。

彼汾一曲，⁷　　　　　在那汾水弯曲旁，

言采其藚。⁸　　　　　肥嫩泽泻采摘忙。

彼其之子，　　　　　　　看那年轻小伙儿，

美如玉。　　　　　　　　仪容好似玉一样。

美如玉，　　　　　　　　仪容好似玉一样，

殊异乎公族。⁹　　　　君王公族比不上。

5 英：花。

6 公行：官名，掌管君主出行的兵车。

7 曲：河道弯曲的地方。

8 藚：即泽泻，多年生草本植物，叶子椭圆形，开白色小花，生长在沼泽中，根可以入药，嫩叶可食。

9 公族：官名，掌管君主宗族事务。

这是一首女子赞美情人的诗。全诗三章，诗意层层递进，通过对男子美貌、仪态、品行的赞美，将这位虽无正面描写的男子描绘得栩栩如生，女子对男子的爱慕与痴恋也在对比烘托中表露无遗。

笔头菜

园有桃

园有桃，
其实之殽。^{yáo}¹

心之忧矣，
我歌且谣。²

不知我者，
谓我士也骄。

彼人是哉，³
子曰何其？⁴

心之忧矣，
其谁知之？

其谁知之，
盖亦勿思！^{hé}⁵

园中桃树真繁茂，
果实可供饱饥肠。

我的心儿真忧伤，
欲解烦闷把歌唱。

有人对我不明了，
说我这人太狂妄。

那人对错难考量，
你说我呀该怎样？

我的心儿真忧伤，
又有何人能体谅？

又有何人能体谅，
我又何必思断肠！

1 之：是。殽：同"肴"，吃。
2 歌、谣：合乐曰歌，徒歌曰谣，这里泛指歌唱。
3 是：对。
4 何其：怎么办。
5 盖：通"盍"，何不。

园有棘，⁶　　　　　园中枣树真繁茂，

其实之食。　　　　　果实可供充饥肠。

心之忧矣，　　　　　我的心儿真忧伤，

聊以行国。⁷　　　　欲解烦闷国中逛。

不知我者，　　　　　有人对我不明了，

谓我士也罔极。⁸　　说我这人太无常。

彼人是哉，　　　　　那人对错难考量，

子曰何其？　　　　　你说我呀该怎样？

心之忧矣，　　　　　我的心儿真忧伤，

其谁知之？　　　　　又有何人能体谅？

其谁知之，　　　　　又有何人能体谅，

盖亦勿思！　　　　　我又何必思断肠！

6 棘：酸枣树。
7 聊：姑且。行国：游走国中。
8 罔极：没有准则，反复无常。

这是一首士人感叹怀才不遇、知己难寻的悲歌。诗人心忧国家，不满现状，但无人理解，反遭指责，认为他傲慢狂放，散漫无常。诗人内心激愤不平，忧思难解，园中桃树、枣树的果实尚可供人食用，反观自己怀才不遇、处境艰难。诗人心迹无处可表，忧闷无法解脱，唯有作诗，聊以自慰。

陟 岵^{hù}

陟彼岵兮¹，　　　　　登上青葱山冈上，

瞻望父兮。　　　　　　　把我父亲来瞻望。

父曰：　　　　　　　　　父亲声音响耳旁：

"嗟！予子行役，　　　　"唉！我儿行役在远方，

夙夜无已。　　　　　　　早晚不停事儿忙。

上慎旃哉，^{zhān}²　　　身体定要爱惜好，

犹来无止。³"　　　　归来莫要留他乡。"

陟彼屺兮，^{qǐ}⁴　　　　登上光秃山冈上，

瞻望母兮。　　　　　　　把我母亲来瞻望。

母曰：　　　　　　　　　母亲声音响耳旁：

1 陟：登。岵：多草木的山。
2 上：通"尚"，表示劝勉、命令等语气。慎：谨慎。旃：语气助词，相当于"之"或
"之焉"。
3 犹来：还是归来。无止：不要停留。
4 屺：没有草木的山。

"嗟！予季行役，[5]　　　　　"唉！小儿行役在远方，

夙夜无寐。　　　　　　　　没日没夜事儿忙。

上慎旃哉，　　　　　　　　身体定要爱惜好，

犹来无弃。"　　　　　　　　归来莫要把娘忘。"

陟彼冈兮，　　　　　　　　登上高高山冈上，

瞻望兄兮。　　　　　　　　把我兄长来瞻望。

兄曰：　　　　　　　　　　兄长声音响耳旁：

"嗟！予弟行役，　　　　　"唉！我弟行役在远方，

夙夜必偕。[6]　　　　　　　早晚要有伴相傍。

上慎旃哉，　　　　　　　　身体定要爱惜好，

犹来无死。"　　　　　　　　归来莫要死他乡。"

5 季：小儿子。
6 偕：共同，在一起。

这是一首征人思亲的诗。本诗开创了中国古代思乡诗的独特抒情模式，诗人本意是抒发自己对父母兄长的思念之情，但却从家人对自己的思念下笔，情感表达曲折细腻，独具创意，被称为千古羁旅行役诗之祖。

十亩之间

十亩之间兮，[1]	在那青绿桑林间，
桑者闲闲兮。[2]	采桑姑娘真悠闲。
行，[3]	走吧，
与子还兮。	一边回家一边看。
十亩之外兮，	在那青绿桑林外，
桑者泄泄兮。[4]	采桑姑娘笑脸开。
行，	走吧，
与子逝兮。[5]	一同嬉戏把家还。

1 十亩：这里是虚数，不是实数。
2 闲闲：悠闲的样子。
3 行：走。
4 泄泄：闲散自得的样子。
5 逝：往。

这是一首采桑女呼唤同伴一起回家的诗。日暮降临，忙碌了一天的采桑女结伴回家，此诗就是她们在回家途中所唱之歌，反映她们劳动了一天后的满足，抒发了她们愉快的心情。本篇质朴清新，民歌风味浓郁。

伐 檀

坎坎伐檀兮，[1]　　　　　砍伐檀树声音响，

置之河之干兮，[2]　　　　棵棵拖到河岸旁，

河水清且涟猗。[3]　　　　河水清澈微波荡。

不稼不穑，[4]　　　　　　不见播种收割忙，

胡取禾三百廛兮？[5]　　 为何谷物成捆藏？

不狩不猎，[6]　　　　　　不见打猎在野郊，

胡瞻尔庭有县貆兮？[7]　 为何幼貉悬院梁？

彼君子兮，　　　　　　　高贵君子操守好，

不素餐兮。[8]　　　　　　不吃白食品行良。

1 坎坎：拟声词，砍树的声音。
2 置：放。干：河岸。
3 涟：水面的波纹。猗：语气助词，相当于"兮"。
4 稼：播种。穑：收割。
5 胡：何，为什么。禾：谷类植物的统称。三百：极言其多，并非实数。廛：通"缠"，束，捆。
6 狩、猎：泛指打猎。冬猎叫狩，夜猎叫猎。
7 瞻：向上或向前看。县：同"悬"。貆：幼小的貉。
8 素餐：无功受禄，不劳而食。

檀

坎坎伐辐兮，⁹ 修造车辐声音响，

置之河之侧兮，¹⁰ 造好放到河岸旁，

河水清且直猗。¹¹ 河水清澈微波漾。

不稼不穑， 不见播种收割忙，

胡取禾三百亿兮？¹² 为何家有亿万粮？

不狩不猎， 不见打猎在野郊，

胡瞻尔庭有县特兮？¹³ 为何大兽悬院梁？

彼君子兮， 高贵君子操守好，

不素食兮。 不吃白食品行良。

9 辐：车轮上的辐条。
10 侧：旁边。
11 直：直波。
12 亿：古代十万曰亿。
13 特：三岁的兽，或曰四岁的兽，这里指大兽。

坎坎伐轮兮，[14]　　　　　修造车轮声音响，

置之河之漘兮，[15]　　　　造好放到岸边旁，

河水清且沦猗。[16]　　　　河水清澈细波荡。

不稼不穑，　　　　　　　不见播种收割忙，

胡取禾三百囷兮？[17]　　为何谷满三百仓？

不狩不猎，　　　　　　　不见打猎在野郊，

胡瞻尔庭有县鹑兮？[18]　为何鹌鹑悬院梁？

彼君子兮，　　　　　　　高贵君子操守好，

不素飧兮。　　　　　　　不吃白食品行良。

14 轮：车轮。
15 漘：水边。
16 沦：水上的波纹。
17 囷：古代一种圆形谷仓。
18 鹑：鹌鹑。

这是一首歌颂劳动的诗。伐木工人们一边劳动，一边歌唱，流转的曲调反映了他们劳动的激情。本诗最独特的地方在于，用排比式的反问来抒写工人们劳动的自豪与满足的心情。

硕 鼠

硕鼠硕鼠，[1]　　　　　大老鼠啊大老鼠，

无食我黍！[2]　　　　　不要吃我种的黍！

三岁贯女，[3]　　　　　多年辛苦侍奉你，

莫我肯顾。[4]　　　　　你却对我不照顾。

逝将去女，[5]　　　　　如今发誓要远去，

适彼乐土。　　　　　前往那片安乐土。

乐土乐土，　　　　　安乐土啊安乐土，

爰得我所！[6]　　　　　那才是我安身处！

硕鼠硕鼠，　　　　　大老鼠啊大老鼠，

无食我麦！　　　　　不要吃我种的麦！

三岁贯女，　　　　　多年辛苦侍奉你，

莫我肯德。[7]　　　　　你却对我不优待。

1 硕鼠：大老鼠。
2 黍：一年生草本植物，叶线形，子实淡黄色，去皮后称黄米，比小米稍大，煮熟后有黏性。
3 三岁：多年，并非实指。贯：侍奉。女：通"汝"。
4 莫我肯顾：不肯关照我的意思。
5 逝：通"誓"，发誓。
6 爰：于是，就。所：安身之处。
7 德：优待。

逝将去女，　　　　　如今发誓要离开，

适彼乐国。　　　　　去那乐国心畅快。

乐国乐国，　　　　　安乐国啊安乐国，

爰得我直！ ⁸　　那才是个好所在！

硕鼠硕鼠，　　　　　大老鼠啊大老鼠，

无食我苗！　　　　　不要吃我种的苗！

三岁贯女，　　　　　多年辛苦侍奉你，

莫我肯劳。 ⁹　　你却对我不慰劳。

逝将去女，　　　　　如今发誓要远逃，

适彼乐郊。　　　　　去那乐郊心欢畅。

乐郊乐郊，　　　　　安乐郊啊安乐郊，

谁之永号！ ¹⁰　　那里还有谁哀号！

8 直：通"职"，处所。一说解作价值、报酬。
9 劳：慰劳。
10 永：长。号：呼喊。

这是一首祈鼠辞。古代科学水平低，人们往往以祈求或诅咒的方式来解除农事灾害。诗人辛勤劳动，但屡遭老鼠祸害，无奈之下，只得祈求老鼠不要偷吃自己的粮食，并且发誓如果老鼠还是不肯顾念，自己就要离开这里寻找好去处，无奈之情转为愤慨之情。

唐风

蟋 蟀

蟋蟀在堂，[1]　　　　　蟋蟀进堂天气凉，

岁聿其莫。[2]　　　　　转眼之间年关降。
　yù mù

今我不乐，　　　　　享乐趁此好时光，

日月其除。[3]　　　　　岁月流金更替忙。

无已大康，[4]　　　　　过分享乐不应当，

职思其居。[5]　　　　　本职工作要思量。

好乐无荒，[6]　　　　　享受快乐事不荒，

良士瞿瞿。[7]　　　　　贤士勤谨好榜样。
　jù jù

蟋蟀在堂，　　　　　蟋蟀进堂天气凉，

岁聿其逝。　　　　　岁月流逝年关降。

今我不乐，　　　　　享乐趁此好时光，

日月其迈。[8]　　　　　岁月消逝难追上。

1 堂：堂屋。蟋蟀从野地进入堂屋，预示着天气转寒。
2 聿：语气助词。莫："暮"的古字。
3 日月：这里指光阴。除：去。
4 已：甚，过度。大康：大乐。
5 职：应当。居：处，所处的位置、担任的职责。
6 好：爱好。荒：废弛。
7 瞿瞿：勤谨的样子。
8 迈：时光流逝。

无已大康，　　　　　　　过分享乐不应当，

职思其外。[9]　　　　　分外之事要思量。

好乐无荒，　　　　　　　享受快乐事不荒，

良士蹶蹶。[10]　　　　　贤士勤勉好榜样。
jué jué

蟋蟀在堂，　　　　　　　蟋蟀进堂天气凉，

役车其休。[11]　　　　　服役马车将收藏。

今我不乐，　　　　　　　享乐趁此好时光，

日月其慆。[12]　　　　　日月更新空惆怅。
tāo

无已大康，　　　　　　　过分享乐不应当，

职思其忧。　　　　　　　居安思危记心上。

好乐无荒，　　　　　　　享受快乐事不荒，

良士休休。[13]　　　　　贤士勤劳好榜样。

9 外：本职以外的事。
10 蹶蹶：勤勉的样子。
11 役车：服役的车子。休：停息。
12 慆：消逝。
13 休休：安闲自得、乐而有节的样子。

这是一首劝人勤勉的诗。诗人从"蟋蟀在堂",想到时序更易,忽生光阴易逝、须及时行乐的感慨,但诗人并不停留于感物伤时,也不过分追求享乐,他觉得不能忘却职责,不能荒废正业,应当自我勉励,居安思危,才算得上是一位贤士。

蟋蟀

山有枢 ^{shū}

山有枢，¹	刺榆长在山坡上，
隰有榆。²	白榆要从洼地找。
子有衣裳，	你有漂亮好衣裳，
弗曳弗娄；³ ^{yì lú}	何不把它穿身上；
子有车马，	你有好车和骏马，
弗驰弗驱。⁴	何不骑乘要闲放。
宛其死矣，⁵	他日待你命一倒，
他人是愉。⁶	好处都由别人享。
山有栲，⁷ ^{kǎo}	栲树长在山坡上，
隰有杻。⁸ ^{niǔ}	檍树要从洼地找。
子有廷内，⁹	你有庭院和内堂，

1 枢：即刺榆，落叶乔木，因枝干上长有短而硬的刺，所以叫作刺榆。
2 隰：低湿的地方。榆：白榆，落叶乔木，叶子呈椭圆状卵形，翅果成熟后为白黄色。
3 弗：不。曳：扯。娄：拖，牵。曳、娄都是穿衣的动作。
4 驰、驱：车马快跑。
5 宛其：即宛然，形容枯萎倒下的样子。
6 愉：享受。
7 栲：常绿乔木，木材坚硬，可做船橹、轮轴等。树皮可制栲胶，又可制染料。
8 杻：即檍树，叶子细长，白色，皮正赤，树干多曲少直，可用来制造弓弩。
9 廷：通"庭"，庭院。内：内堂。

楰

弗洒弗扫;	何不把它打扫好;
子有钟鼓,	你的钟鼓皆成套,
弗鼓弗考。[10]	何不敲打要闲藏。
宛其死矣,	他日待你命一倒,
他人是保。[11]	别人全占空一场。
山有漆,[12]	漆树长在山坡上,
隰有栗。	栗树要从洼地找。
子有酒食,	你有美酒和佳肴,
何不日鼓瑟?	何不鼓瑟又宴飨?
且以喜乐,[13]	姑且以此寻欢畅,
且以永日。[14]	姑且用它度时光。
宛其死矣,	他日待你命一倒,
他人入室。	别人进门乐逍遥。

10 考:敲打。
11 保:占有。
12 漆:漆树,落叶乔木,汁液可做涂料。
13 且:姑且。
14 永日:指整日行乐。

这是一首嘲讽守财奴的诗。讽刺对象应为唐地的贵族统治者，他热衷于收敛财富，家中衣物、车马、庭院、内堂、钟鼓、酒食、乐器样样俱全，但悭吝成性，舍不得享用，所以人们作诗嘲讽他终是为他人作嫁衣。

榆

枢

扬之水

扬之水，¹

白石凿凿。²

素衣朱襮，^{bó}³

从子于沃。⁴

既见君子，⁵

云何不乐？⁶

扬之水，

白石皓皓。⁷

河水清清水激扬，

水底白石色鲜亮。

白衣红领穿身上，

沃城一行跟身旁。

拜见桓叔夙愿偿，

心里怎能不欢畅？

河水清清水激扬

水底白石多晶亮。

1 扬：激扬。
2 凿凿：鲜明的样子。
3 襮：绣有花纹的衣领。
4 从：尾随。沃：曲沃，在今山西省闻喜县东北。
5 君子：指桓叔。
6 云：句首语气助词。
7 皓皓：洁白的样子。

素衣朱绣,⁸   白衣绣领穿身上,

从子于鹄。⁹   鹄城一行跟身旁。

既见君子,   拜见桓叔夙愿偿,

云何其忧?   心里有何不欢畅?

扬之水,   河水清清水激扬,

白石粼粼。¹⁰   水底白石映波光。

我闻有命,¹¹   政令听后放心上,

不敢以告人。   不告于人严守好。

8 绣：衣领上绣上花纹。
9 鹄：即曲沃。
10 粼粼：清澈的样子。
11 命：政令。

据《史记·晋世家》记载，公元前745年，晋昭侯封他的叔父成师于曲沃，号为桓叔。曲沃是晋国的大邑，而桓叔又颇得民心，因此势力逐步强大。公元前738年，晋大夫潘父杀死了晋昭侯而欲纳桓叔，桓叔想入晋时，晋人发起攻击，桓叔无力抵挡，败回曲沃。这首诗的作者极有可能是这场政变的知情者，他在桓叔和潘父密谋的时候写下此诗。

椒 聊

椒聊之实，[1]	花椒结籽挂满梢，
蕃衍盈升。[2]	果实累累用升量。
彼其之子，	那位妇人身形棒，
硕大无朋。[3]	身材高大世无双。
椒聊且，[4]	花椒好呀花椒好，
远条且。[5]	芬芳香气飘远方。
椒聊之实，	花椒结籽挂满梢，
蕃衍盈匊。[6]	果实累累捧捧量。
彼其之子，	那位妇人身形棒，
硕大且笃。[7]	身材高大又肥壮。
椒聊且，	花椒好呀花椒好，
远条且。	芬芳香气飘远方。

1 椒：即花椒。果实球形，暗红色，种子黑色，可供药用或调味。聊：语气助词。
2 蕃衍：繁盛众多。盈：满。升：量器名。
3 硕：大。无朋：无比。
4 且：语气助词。
5 条：长。远条，指花椒的香气远飘。
6 匊：“掬”的古字，用两手捧。
7 笃：厚，肥厚。

这是一首以椒起兴恭贺妇女多子多孙的诗。在《诗经》所描述的时代，西北的妇女以身材高大、体态肥厚为美，因为此种体形的妇女意味着在劳动和生育方面会更有优势，所以诗中反复赞美妇女身材高大、体态健壮。古代以多子多孙为福，而花椒多子，这就是本诗以椒起兴的用意所在。

椒

chóu móu
绸 缪

绸缪束薪,[1]　　　　紧捆柴木烧得旺,

三星在天。[2]　　　　三星闪烁在东方。

今夕何夕,　　　　　今晚是啥好日子,

见此良人?[3]　　　　得见如此俏新郎?

子兮子兮,　　　　　要问你呀要问你,

如此良人何?　　　　怎样对待俏新郎?

chú
绸缪束刍,[4]　　　　紧捆柴草烧得旺,

三星在隅。[5]　　　　三星闪烁东南方。

今夕何夕,　　　　　今晚是啥好日子,

见此邂逅?[6]　　　　如此良辰巧碰上?

1 绸缪:紧密缠绕的样子。束薪:捆扎起来的柴木。
2 三星:参星。天空中明亮而接近的三星,有参宿三星、心宿三星、河鼓三星。据近人研究,本诗第一章的"三星"指参宿三星,第二章的"三星"指心宿三星,末章的"三星"指河鼓三星。
3 良人:古时夫妻互称为良人,后多用于妻子称丈夫。
4 刍:喂牲畜的草。
5 隅:角落。
6 邂逅:会合,这里指夫妻结合的良辰。

子兮子兮，　　　　要问你呀要问你，

如此邂逅何？　　　良辰怎样欢度好？

绸缪束楚，[7]　　　紧捆荆条烧得旺，

三星在户。[8]　　　三星闪烁在门上。

今夕何夕，　　　　今晚是啥好日子，

见此粲者？[9]　　　得见如此俏新娘？

子兮子兮，　　　　要问你呀要问你，

如此粲者何？　　　怎样对待俏新娘？

7 楚：荆条。

8 户：门。

9 粲者：美女，指新娘。

这是一首祝贺新婚的诗。古代黄昏娶妻，以薪火照明，"束薪"遂成为一种婚俗礼仪，常用来比喻男女成婚。这首诗语言风趣挑逗，有调侃戏谑新郎新娘之意，诗境热闹愉快，可能是闹新房时唱的歌。

杕杜
_{dì}

有杕之杜，¹　　　　路边孤立棠梨树，

其叶湑湑。²　　　　长势茂盛叶密布。
_{xǔ xǔ}

独行踽踽，³　　　　独自行走心孤苦，
_{jǔ jǔ}

岂无他人？　　　　难道没有人同路？

不如我同父。⁴　　　　不如兄弟相爱护。

嗟行之人，⁵　　　　感叹那些过路人，

胡不比焉？⁶　　　　为何不把我照顾？

人无兄弟，　　　　出门在外没兄弟，

胡不佽焉？⁷　　　　为何不给我帮助？
_{cì}

1 杕：独立生长的样子。杜：即棠梨。落叶乔木，叶长圆形或菱形，花白色，果实小，略呈球形，有褐色斑点。
2 湑湑：茂盛的样子。
3 踽踽：孤独行走的样子。
4 同父：指同胞兄弟。
5 行：道路。
6 比：亲近。
7 佽：帮助，资助。

有杕之杜，　　　　　路边孤立棠梨树，

其叶菁菁。[8]　　　　郁郁青青叶密布。

独行睘睘，[9]　　　独自行走多孤独，
qióngqióng

岂无他人？　　　　难道没有人同路？

不如我同姓。[10]　　不如同族相爱护。

嗟行之人，　　　　感叹那些过路人，

胡不比焉？　　　　为何不把我照顾？

人无兄弟，　　　　出门在外没兄弟，

胡不佽焉？　　　　为何不给我帮助？

8 菁菁：茂盛的样子。
9 睘睘：同"茕茕"，独自行走，孤独无依的样子。
10 同姓：指同族兄弟。

这是一名流浪者自我伤怀的诗。诗人由路边独立的棠梨联想到自己，忽觉同病相怜，他流浪他乡，孤苦无依，内心急需慰藉，虽然也有同行之人，但却没有人关心他、援助他，诗人倍感心寒。诗人悲叹没有手足相助、兄弟相亲，孤立无援，只得在世态炎凉的现实中作诗抒怀。

羔裘

羔裘豹祛，^{qū} [1]　　　　皮袄袖口镶豹皮，

自我人居居。[2]　　　　对着我们耍傲气。

岂无他人？　　　　　难道没人可相亲？

维子之故。[3]　　　　只是顾念旧情义。

羔裘豹褎，^{xiù} [4]　　　　皮袄袖口镶豹皮，

自我人究究。[5]　　　　对待我们真无礼。

岂无他人？　　　　　难道没人可相亲？

维子之好。　　　　　只是顾念老交情。

1 羔裘：羊皮袄。豹祛：用豹皮制成的袖口。
2 自：对待。我人：我们。居居：同"倨倨"，盛气凌人的样子。
3 故：老交情。
4 褎：同"袖"。
5 究究：傲慢无礼的样子。

这是一首朋友间怄气的诗歌。诗人应为诗中身着"羔裘豹袪"的男子的故友，可能是男子因为地位提高了变得盛气凌人起来，诗人对此非常反感，故作诗讽刺。

鸨 羽

肃肃鸨羽，¹　　　　　大雁展翅沙沙响，

集于苞栩。²　　　　　成群降落栎树上。

王事靡盬，³　　　　　终年为那征役忙，

不能蓺稷黍。⁴　　　　家中农事顾不了。

父母何怙？⁵　　　　爹娘依靠谁来养？

悠悠苍天，　　　　　自顾抬头问上苍，

曷其有所？⁶　　　　何时才能回家乡？

肃肃鸨翼，　　　　　大雁拍翅沙沙响，

集于苞棘。⁷　　　　成群降落枣树上。

王事靡盬，　　　　　终年为那征役忙，

不能蓺黍稷。　　　　家中农事顾不上。

1 肃肃：鸟扑打翅膀的声音。鸨：鸟名，比雁略大，背上有黄褐色和黑色斑纹，不善于飞，而善于走，能涉水。
2 苞：草木丛生。栩：栎树，通称"柞树"。落叶乔木，叶子长椭圆形，结球形坚果，叶可喂蚕；木材坚硬，可制家具，供建筑用，树皮可鞣皮或做染料。
3 王事：指征役。靡：没有。盬：停止。
4 蓺：种植。稷黍：泛指五谷。
5 怙：依靠。
6 曷：何时。所：居所。
7 棘：酸枣树。

父母何食？	赡养爹娘哪来粮？
悠悠苍天，	自顾抬头问上苍，
曷其有极？[8]	劳役何时才终了？
肃肃鸨行，[9]	大雁展翅排成行，
集于苞桑。	成群降落桑树上。
王事靡盬，	终年为那征役忙，
不能蓺稻粱。	家中农事管不了。
父母何尝？	拿啥来把爹娘养？
悠悠苍天，	自顾抬头问上苍，
曷其有常？[10]	生活何时能正常？

8 极：尽头。
9 行：行列。
10 常：正常。

鴇

这是一首农民反抗繁重徭役的诗。服役的农民终年在外奔波，根本没有时间从事农业生产，也就不能赡养父母妻儿，内心怎能没有怨愤。这首诗反映了晋国黑暗的政治以及人们对统治者的强烈控诉。

栩

�13羽　375

无 衣

岂曰无衣？　　　　　　　　难道说我衣服少？

七兮。[1]　　　　　　　　　六套七套供我挑。

不如子之衣，[2]　　　　　件件不如你的好，

安且吉兮。[3]　　　　　　穿上舒适又漂亮。

岂曰无衣？　　　　　　　　难道说我衣服少？

六兮。　　　　　　　　　　七套六套供我挑。

不如子之衣，　　　　　　　件件不如你的好，

安且燠兮。[4]　　　　　　穿上舒适又温暖。

1 七：虚数，指衣服之多。
2 子：指缝制衣服的人。
3 安：舒适。吉：美好。
4 燠：暖和。

这是一首感物伤怀之作。诗人衣服虽多，但没有一件比得上"子"为他缝制的，这位制衣者可能是诗人亡去的妻子，诗人由衣服想到做衣服的人，悲从中来。

有杕之杜

^{dì}

有杕之杜，¹　　　　　路边棠梨孤立长，

生于道左。²　　　　　生在道路左侧旁。

彼君子兮，　　　　　　所恋君子翩翩貌，

^{shì}
噬肯适我？³　　　　　为何不将我探望？

中心好之，⁴　　　　　心系于他牵肚肠，

曷饮食之？⁵　　　　　何不请他饮酒浆？

有杕之杜，　　　　　　路边棠梨孤立长，

生于道周。⁶　　　　　生在道路右侧旁。

彼君子兮，　　　　　　所恋君子翩翩貌，

噬肯来游？⁷　　　　　为何游玩不相邀？

中心好之，　　　　　　心系于他牵肚肠，

曷饮食之？　　　　　　何不请他饮酒浆？

1 杕：独立生长的样子。杜：即棠梨。
2 道左：道路的左边。
3 噬：句首语气助词。适：往，到。
4 中心：心中。
5 曷：何不。
6 周："右"的假借。
7 游：游乐。

这是一首情诗。诗人以路边独生的棠梨起兴，引出抒情女主人公的孤独处境。陷入爱河的女子热切希望自己爱恋的男子能够和她亲近，和她游乐，而当这种愿望没有实现的时候，内心难免会燃起忧伤之情。没能和所爱的人在一起，女子思念心切，甚至萌生了主动邀男子共饮的想法，足见其深情。

葛 生

葛生蒙楚，[1]　　　　　　葛藤攀沿荆条长，

莶蔓于野。[2]　　　　　　莶草蔓延原野上。
（liǎn）

予美亡此，[3]　　　　　　爱人葬在这地方，

谁与独处！[4]　　　　　　无人相伴守空房！

葛生蒙棘，　　　　　　　葛藤攀沿荆棘长，

莶蔓于域。[5]　　　　　　莶草蔓延墓地旁。

予美亡此，　　　　　　　爱人葬在这地方，

谁与独息！[6]　　　　　　无人相伴睡空房！

角枕粲兮，[7]　　　　　　牛角枕头色鲜耀，

锦衾烂兮。[8]　　　　　　锦缎被子闪亮光。

1 葛：多年生草本植物，茎可编篮做绳，纤维可织布，块根肥大，称葛根，可制淀粉，
亦可入药。蒙：覆盖。楚：荆条。
2 莶：多年生蔓生草本植物，叶子多而细，五月开花，七月结球形浆果，根入药。蔓：
蔓延。
3 予美：我的爱人。
4 谁与：谁和我一起。
5 域：指墓地。
6 独息：独自安寝。
7 角枕：角制的或用角装饰的枕头，用于枕尸首。粲：色彩鲜明的样子。
8 锦衾：锦缎制成的被子，殓尸所用。烂：光彩鲜明的样子。

予美亡此，　　　　　　　　爱人葬在这地方，

谁与独旦！⁹　　　　　一人独睡到天亮！

夏之日，　　　　　　　　　夏日白昼实在长，

冬之夜。　　　　　　　　　冬夜漫漫也难熬。

百岁之后，　　　　　　　　百年之后归何方？

归于其居。¹⁰　　　　与你墓穴再相傍！

冬之夜，　　　　　　　　　冬夜漫漫真难熬，

夏之日。　　　　　　　　　夏日白昼也太长。

百岁之后，　　　　　　　　百年之后归何方？

归于其室。¹¹　　　　与你墓里再相傍！

9 独旦：独睡到天明。
10 居：死者所住的地方，即坟墓。
11 室：指坟墓。

这是一首悼亡诗。诗人来到爱人所葬之地，看到藤草各有依附，一方面让他回想起和爱人相偎相依的恩爱日子，另一方面又让他倍感此时的孤独与凄苦，墓地周遭萧索凄凉的氛围，正是诗人惨淡心境的外化。本诗情感真挚，语言悱恻，令人伤痛。

采苓
líng

采苓采苓,[1]	采呀采呀采黄药,
首阳之巅。[2]	到那首阳山顶找。
人之为言,[3]	有人专爱乱造谣,
苟亦无信。[4]	不要听信那一套。
舍旃舍旃,[5] zhān	都抛掉呀都抛掉,
苟亦无然。[6]	流言实在不可靠。
人之为言,	有人专爱乱造谣,
胡得焉![7]	到头啥也捞不着!
采苦采苦,[8]	采呀采呀采苦菜,
首阳之下。	到那首阳山下找。
人之为言,	有人专爱乱造谣,

1 苓:药名。即大苦,喜阴湿,多生于河谷边、山谷阴沟。沈括《梦溪笔谈·药议》说:
"此乃黄药也。其味极苦,故谓之大苦,非甘草也。"所以大苦亦称黄药。
2 首阳:山名,在今山西省永济市蒲州镇南,又称雷首山,相传为伯夷、叔齐采薇隐居处。
3 为言:伪言,谎言。为,通"伪"。
4 苟:诚,实在。无:不要。
5 舍:舍弃。旃:文言助词,相当于"之"或"之焉"。
6 然:是。
7 胡:何。
8 苦:野菜名,茎叶嫩时均可食用,略带苦味,故而叫作苦菜。

苟亦无与。⁹　　　　　不要赞同他那套。

舍旃舍旃，　　　　　都抛掉呀都抛掉，

苟亦无然。　　　　　流言实在不可靠。

人之为言，　　　　　有人专爱乱造谣，

胡得焉！　　　　　　到头啥也捞不着！

采葑采葑，¹⁰　　　　采呀采呀采芜菁，
（fēng）

首阳之东。　　　　　到那首阳东边找。

人之为言，　　　　　有人专爱乱造谣，

苟亦无从。¹¹　　　　不要听从那一套。

舍旃舍旃，　　　　　都抛掉呀都抛掉，

苟亦无然。　　　　　流言实在不可靠。

人之为言，　　　　　有人专爱乱造谣，

胡得焉！　　　　　　到头啥也捞不着！

9 与：赞同，许可。
10 葑：野菜名，指蔓菁，也叫芜菁。
11 从：听从。

这是一首劝人不要听信谗言的诗。黄药、苦菜、芜菁都性味苦同时具有丰富的药用价值，造谣者动摇人心，谗言蛊惑人心，本诗别出心裁，特以黄药、苦菜、芜菁三种意象来劝说世人忠言逆耳，良药苦口，谗言切不可听信，其间微妙关系，实在精妙。

苓

秦
风

车 邻

有车邻邻，[1]　　　　　大车驶过声音响，

有马白颠。[2]　　　　　马有白额势昂昂。

未见君子，[3]　　　　　未见友人心念想，

寺人之令。[4]　　　　　命令侍者加快跑。

阪有漆，[5]　　　　　高大漆树山坡长，

隰有栗。[6]　　　　　低湿洼地栗树茂。

既见君子，　　　　　见到友人心欢畅，

并坐鼓瑟。[7]　　　　　同坐鼓瑟乐逍遥。

今者不乐，[8]　　　　　行乐若不趁今朝，

逝者其耋。[9]　　　　　往后年老空自伤。

1 邻邻：同"辚辚"，车行进的声音。
2 白颠：额有白毛。白颠马，也叫戴星马，是古代一种珍贵的名马，额正中有块白毛。
3 君子：指友人。
4 寺人：古代宫中的近侍小臣。
5 阪：山坡。漆：漆树。
6 隰：低湿的地方。
7 并坐：同坐。
8 今者：今朝，现在。
9 逝者：往后，与"今者"相对。耋：七八十岁的年纪，泛指年老。

阪有桑，　　　　　　　成片桑树山坡长，

隰有杨。　　　　　　　低湿洼地有垂杨。

既见君子，　　　　　　见到友人心欢畅，

并坐鼓簧。¹⁰　　　同坐鼓笙乐逍遥。

今者不乐，　　　　　　行乐若不趁今朝，

逝者其亡。¹¹　　　往后老死徒悲伤。

10 簧：乐器里用金属或其他材料制成的发声薄片，这里代指笙。
11 亡：死去。

这是一首朋友相聚互乐的诗。诗人一路快马加鞭，见友心切，碰面之后，朋友奏乐款待，二人相聚甚欢，一番互诉衷肠、尽情欢乐之后，二人又流露出光阴易逝、人生苦短的伤感。

栗

驷 驖
^{tiě}

驷驖孔阜，¹　　　　四匹黑马真肥壮，

六辔在手。²　　　　马缰六条手上扬。

公之媚子，³　　　　秦君宠儿伴身旁，

从公于狩。⁴　　　　跟随公爷到猎场。

奉时辰牡，⁵　　　　猎官轰出应时兽，

辰牡孔硕。⁶　　　　成群公兽乱奔走。

1 驷：四匹马。驖：赤黑色的马。孔：很。阜：肥壮、强盛。
2 辔：马缰绳。六辔，古代一辆车有四匹马，每匹马两条缰绳，四匹马中在两边的马的
内侧的缰绳系在车厢前面用来当扶手的横木上，驾驭马车的人手里只执其他六条缰绳。
3 公：指秦君。媚子：指秦君宠爱的人。
4 从：跟随。狩：冬猎。
5 奉：供奉。这里指猎官驱出群兽，以供秦君猎射。时：是、这个。辰：应时。牡：雄性
的鸟兽。
6 硕：肥壮。

公曰左之，⁷   秦君指挥箭向左，

舍拔则获。⁸   发弓之后猎物收。

游于北园，⁹   猎后休息在北园，

四马既闲。¹⁰   四马脚步转悠闲。

辀车鸾镳，¹¹   铃声悠扬车轻快，

载猃歇骄。¹²   猎犬休息车中间。

---

7 左之：这里指向左边射箭。

8 舍：发出。拔：箭的尾部。获：获取猎物。

9 北园：供秦君狩猎后休息的苑囿。

10 闲：悠闲。

11 辀车：古代一种轻便的车。鸾：通"銮"，古代君王车驾上的铃铛。镳：马嚼子两端露出嘴外的部分。

12 猃：长嘴狗，猎犬的一种。歇骄：即猲獢，一种短嘴的猎犬。

这是一首描写秦君带领众人冬猎的诗。这首诗语言有力，节奏紧凑，描绘了一幅场面壮观、生气虎虎的逐猎图，把秦人的尚武精神与气度风貌表现得淋漓尽致，从中也可以看出秦国的势力逐渐强大起来。本诗张弛有度，末章描写的猎后情景与前两章所渲染的紧张气氛对比鲜明而紧密结合，极富表现力。

小 戎

小戎俴收，[1]　　　　　　　　轻型战车上疆场，

五楘梁辀。[2]　　　　　　　　五条皮带缠辕上。

游环胁驱，[3]　　　　　　　　马装环扣不乱跑，

阴靷鋈续。[4]　　　　　　　　引带镶铜闪亮光。

文茵畅毂，[5]　　　　　　　　虎皮坐垫车毂长，

驾我骐馵。[6]　　　　　　　　花马驾车气昂昂。

言念君子，[7]　　　　　　　　远征丈夫念心上，

温其如玉。[8]　　　　　　　　温雅如玉品行好。

在其板屋，[9]　　　　　　　　木板搭屋做营房，

乱我心曲。[10]　　　　　　　　思来不禁乱心肠。

---

1 小戎：小兵车。俴收：古代兵车车厢底部的横木，因为比平常的车短一些，所以叫俴收。俴，浅。
2 楘：古代用皮带绑扎加固车辕而成的装饰。梁辀：古代车上用以驾马的曲辕，形状为穹隆形，像屋梁，又像船，所以叫梁辀。
3 游环：古代马车驾具的一部分。用皮革制造，滑动在四驾马车的当中两匹马的背上，中穿旁边两匹马的缰绳，其作用是防止骖马外逸。胁驱：一种驾马的器具，在马的胁部装上皮扣，连在拉车的皮带上，用来防止马乱跑。
4 阴：车轼前的横板。靷：引车前进的皮带，一端套在车上，一端套在牲口胸前。鋈续：给马车饰以白色金属的革带环。
5 文茵：车中的虎皮坐褥。畅：长。毂：车轮中心的圆木伸出轮外的部分。
6 骐：有黑青色花纹的马。馵：后左脚白色的马。
7 君子：指远征的丈夫。
8 温其如玉：即温润如玉，用以形容人的性情。
9 板屋：用木板搭建的房屋。这里代指西戎（今甘肃一带）。
10 心曲：内心深处。

四牡孔阜，[11]　　　四匹马儿真肥壮，

六辔在手。[12]　　　六条马缰手上扬。

骐^{liú}骝是中，[13]　青马红马居中央，

骅^{guā}骊是骖。[14]　黄马黑马驾两旁。

龙盾之合，[15]　　　龙纹盾牌并排放，

鋈以觼^{jué nà}軜。[16]　内绳套环闪金光。

言念君子，　　　　远征丈夫念心上，

温其在邑。[17]　　　心态平和赴边疆。

方何为期？[18]　　　何时才能归家乡？

胡然我念之？[19]　　为何如此牵我肠？

11 牡：雄性的鸟兽。孔：很。阜：肥壮、强盛。
12 辔：马缰绳。
13 骝：同"骝"，黑鬃黑尾巴的红马。中：指驾车四马中的中间两匹。
14 骅：黑嘴的黄马。骊：纯黑色的马。骖：古代驾在车前两侧的马。
15 龙盾：画有龙纹的盾牌。合：两只盾牌合放在车上。
16 觼：一种有舌的环，舌用以穿过皮带，使之固定。軜：骖马内侧的缰绳。
17 邑：这里指秦国的边邑。
18 方：将。期：归期。
19 胡然：为什么这样。

俴驷孔群，[20]	薄甲战马步协调，
qiú wù duì	
厹矛鋈镦。[21]	三棱矛柄铜环套。
蒙伐有苑，[22]	盾牌杂绘色鲜亮，
chàng	
虎韔镂膺。[23]	虎皮弓袋花纹镶。
交韔二弓，[24]	两弓交错套里放，
gǔn téng	
竹闭绲縢。[25]	弓檠紧夹绳缠绕。
言念君子，	远征丈夫念心上，
载寝载兴。[26]	忧深难以入梦乡。
yàn	
厌厌良人，[27]	夫君性情真温良，
秩秩德音。[28]	彬彬有礼名声好。

20 俴驷：披薄甲的四马。孔群：很协调。
21 厹矛：有三棱锋刃的长矛。镦：矛柄末端的平底金属套。
22 蒙：指杂色。伐：指盾牌。苑：花纹。蒙伐有苑是盾牌上画有杂色花纹的意思。
23 虎韔：虎皮制的弓袋。镂膺：镶有花纹的弓袋。
24 交韔二弓：两张弓交错放置袋中。
25 竹闭：弓檠（qíng），保护弓的竹片。绲：绳。縢：捆。
26 载寝载兴：指睡下又起来，起来又睡下，反反复复，不能安眠。
27 厌厌：安静的样子。良人：指女子的丈夫。
28 秩秩：有礼的样子。德音：好名声。

这是一首闺怨诗。守在家中的妻子万分思念远征的丈夫，在这深深的思念中，女子回忆起丈夫出征时的情景。还记得丈夫那时挥鞭驾车，气势昂扬，军队整装待发，场面壮观，至此女子浓浓的得意之情溢于言表，足见其对丈夫的仰慕与崇拜。然而，回忆带来的喜悦与幸福一闪而逝，女子思夫心切，难以入眠，想到丈夫远征的艰苦条件不禁忧伤至极。此诗虽为思妇诗，但诗中大量描写车马装置，风格慷慨，独具一格，尽显秦人风采。

蒹葭
^{jiān jiā}

蒹葭苍苍，¹　　　　岸边芦苇苍茫茫，

白露为霜。　　　　　　深秋白露凝成霜。

所谓伊人，²　　　　意中人儿在何处？

在水一方。　　　　　　就在河水那一方。

溯洄从之，³　　　　逆着水流去找她，

道阻且长。⁴　　　　道路艰难又漫长。

溯游从之，⁵　　　　顺着水流去找她，

宛在水中央。　　　　　仿佛在那水中央。

蒹葭萋萋，⁶　　　　岸边芦苇真繁茂，

白露未晞。⁷　　　　叶上露珠闪晶光。
^{xī}

所谓伊人，　　　　　　意中人儿在何处？

在水之湄。⁸　　　　就在河水那一方。
^{méi}

---

1 蒹葭：芦苇，多年生草本植物，多生于水边、沼泽之地。蒹是没有长穗的芦苇，葭是
初生的芦苇。苍苍：茂盛、众多的样子。
2 伊人：那人，即意中人。
3 溯洄：逆着河流往上走。洄，上水，逆流。从：接近。
4 阻：艰难。
5 溯游：顺着河流往下走。游，顺流，直流。
6 萋萋：茂盛的样子。
7 晞：晒干。
8 湄：河岸，水草交接的地方。

溯洄从之，　　　　　　　逆着水流去找她，

道阻且跻；⁹　　　　道路艰险难攀升；

溯游从之，　　　　　　　顺着水流去找她，

宛在水中坻。¹⁰　　　仿佛在那沙洲上。

蒹葭采采，¹¹　　　　岸边芦苇密又茂，

白露未已。¹²　　　　白露未干映朝阳。

所谓伊人，　　　　　　　意中人儿在何处？

在水之涘。¹³　　　　就在河水那一方。

溯洄从之，　　　　　　　逆着水流去找她，

道阻且右；¹⁴　　　　道路艰难又曲长；

溯游从之，　　　　　　　顺着水流去找她，

宛在水中沚。¹⁵　　　仿佛在那绿洲上。

9 跻：登，上升。
10 坻：水中的小块高地。
11 采采：茂盛的样子。
12 已：止。
13 涘：水边。
14 右：道路曲折的意思。
15 沚：水中的小块陆地。

这是一首写苦苦追求意中人而不得的诗。诗人在深秋的芦苇丛中追寻意中人的身影，但那人近在眼前而又远在天边，可望不可即。诗篇将那种镜花水月与苦闷惆怅之情描写得酣畅淋漓，道尽了男女情感之微妙。本诗意境空灵，情感粗豪，描写精妙绝伦，耐人寻味，千百年来吟诵不绝，深受人们的喜爱，不愧是《诗经》中的名篇。

终 南

终南何有？[1]   终南山上何所有？

有条有梅。[2]   高大山楸和梅树。

君子至止，   有位君子到此处，

锦衣狐裘。[3]   身着锦绣和华服。

颜如渥丹，[4]   红润好似把丹涂，
（wò）

其君也哉？   是否为我好君主？

终南何有？   终南山上何所有？

有纪有堂。[5]   高大杞树和甘棠。

君子至止，   有位君子到此方，

黻衣绣裳。[6]   黑青上衣彩绣裳。
（fú）

佩玉将将，[7]   身上环佩叮当响，

寿考不忘！[8]   万寿无疆永不忘！

---

1 终南：山名，又名太乙山、中南山、周南山，简称南山，是秦岭山脉的一段，主峰在今陕西省西安市南部。何有：有何。

2 条：树名，即楸树。梅：指梅树。

3 锦衣狐裘：当时的诸侯所穿的礼服。

4 颜：容颜。渥丹：形容脸色红润得像色泽光鲜的朱砂一样。渥，涂。丹，即朱砂。

5 纪："杞"的假借字，杞树。堂："棠"的假借字，棠梨。

6 黻衣：绣有青黑色花纹的上衣，是古代的一种礼服。绣裳：彩色下衣，也是古代官员穿的礼服。

7 将将：同"锵锵"，金玉撞击发出的声音。

8 寿考：长寿。

楸

这是一首赞美、劝诫秦君的诗。诗篇描写的是秦公刚被封为诸侯时的情景，他身着华服，所到之处环佩叮当作响，旧地遗民见到前来终南山祭祀的秦君，有喜有忧，故而有"其君也哉"的试探口吻。一方面，他们敬仰这位身穿显服、满脸威仪的新君，内心有一种由衷的赞美；另一方面，他们又不禁为自己的前途感到担忧，他们希望新君富贵长寿，但不要忘记周王的恩泽与这里的周朝遗民。这首诗感情复杂，"美中寓诫，非专颂祷"（方玉润），包含了周朝遗民对秦君的赞美、敬重、奉承以及祝福、期望和告诫。

黄 鸟

交交黄鸟，¹

黄鸟哀鸣声凄凉，

止于棘。²

酸枣树上急停靠。

谁从穆公？³

谁从穆公活殉葬？

子车奄息。⁴

子车奄息惹人伤。

维此奄息，

子车奄息名声好，

百夫之特。⁵

百人之中最贤良。

临其穴，⁶

众人哀悼墓穴旁，

惴惴其栗。⁷
zhuì zhuì

战栗不已心恐慌。

彼苍者天，

哀声成片呼上苍，

歼我良人。⁸

坑杀好人不应当。

如可赎兮，

若可代他赴死场，

人百其身。⁹

百人甘愿来抵偿。

1 交交：鸟鸣声。黄鸟：黄雀。
2 止：停落。棘：酸枣树。双关词，言"急"，有紧急之意。
3 从：从死，即殉葬。穆公：即秦穆公，春秋五霸之一。
4 子车奄息：人名。子车，复姓。下文的子车仲行、子车鍼虎，同此。
5 百夫：百人。特：杰出。
6 穴：墓穴。
7 惴惴：恐惧的样子。栗：发抖。
8 良人：好人。
9 人百其身：意思是说愿意用一百人来换取死者的复生。表示对死者极沉痛的悼念。

交交黄鸟，　　　　　　黄鸟哀鸣声凄凉，

止于桑。[10]　　　　　　桑树枝上急停靠。

谁从穆公？　　　　　　谁从穆公活殉葬？

子车仲行。　　　　　　子车仲行惹人伤。

维此仲行，　　　　　　子车仲行名声好，

百夫之防。[11]　　　　　俊才百人比不上。

临其穴，　　　　　　　众人哀悼墓穴旁，

惴惴其栗。　　　　　　战栗不已心恐慌。

彼苍者天，　　　　　　哀声成片呼上苍，

歼我良人。　　　　　　坑杀好人不应当。

如可赎兮，　　　　　　若可代他赴死场，

人百其身。　　　　　　百人甘愿来抵偿。

10 桑：桑树。双关词，言"丧"，有悲伤之意。
11 防：比。

交交黄鸟,　　　　　　　黄鸟哀鸣声凄凉,

止于楚。[12]　　　　　　荆树枝上急停靠。

谁从穆公?　　　　　　　谁从穆公活殉葬?

子车鍼虎。　　　　　　　子车鍼虎惹人伤。

维此鍼虎,　　　　　　　子车鍼虎名声好,

百夫之御。[13]　　　　　百人之中谁能挡。

临其穴,　　　　　　　　众人哀悼墓穴旁,

惴惴其栗。　　　　　　　战栗不已心恐慌。

彼苍者天,　　　　　　　哀声成片呼上苍,

歼我良人。　　　　　　　坑杀好人不应当。

如可赎兮,　　　　　　　若可代他赴死场,

人百其身。　　　　　　　百人甘愿来抵偿。

12 楚:荆树。双关词,言"痛楚"。
13 御:抵挡。

这是控诉秦穆公以人殉葬，哀悼"三良"的诗。《左传·文公六年》记载："秦伯任好（即秦穆公）卒，以子车氏之三子奄息、仲行、鍼虎为殉，皆秦之良也。国人哀之，为之赋《黄鸟》。"《史记·秦本纪》记载："缪（穆）公卒，从死者百七十七人。秦之良臣子舆（车）氏三人名曰奄息、仲行、鍼虎，亦在从死之中。秦人哀之，为作歌《黄鸟》之诗。"殉葬制是远古社会的恶习，当时的人们已经认识到这种制度的残酷，对"三良"的遭遇深感痛心，表以哀思的同时表达对殉葬制度的控诉。

黄鸟

晨 风

鴥彼晨风，¹   晨风疾飞天气凉，

郁彼北林。²   北林树丛真繁茂。

未见君子，   至今还未见情郎，

忧心钦钦。³   心中忧思难相忘。

如何如何？   怎么办来才算好？

忘我实多。   莫非将我全忘掉。

山有苞栎，⁴   山上栎树长得高，

隰有六驳。⁵   洼地梓榆真繁茂。

未见君子，   至今还未见情郎，

1 鴥：鸟疾飞的样子。晨风：鸟名，即鹯（zhān）鸟，鹞类猛禽。
2 郁：草木茂盛的样子。
3 钦钦：忧思难忘的样子。
4 苞：丛生的样子。栎：栎树。
5 隰：低湿的地方。六：表示多数，非确指。驳：驳马。树木名，即梓榆。其树皮青白驳荦，远看似驳马，故称。

農風

駁

忧心靡乐。[6]　　　　　心中忧思难欢畅。

如何如何？　　　　　　怎么办来才算好？

忘我实多。　　　　　　莫非将我全忘掉。

山有苞棣，[7]　　　　　坡上棠棣成片长，

隰有树檖。[8]　　　　　洼地山梨挺拔好。

未见君子，　　　　　　至今还未见情郎，

忧心如醉。　　　　　　心中忧思似醉倒。

如何如何？　　　　　　怎么办来才算好？

忘我实多。　　　　　　莫非将我全忘掉。

---

6 靡：没有。

7 棣：棠棣，又名郁李。

8 树：直立。檖：山梨，果实像梨而较小，味酸，可以吃。

苞
棫

这是一首女子等候与意中人重见的诗。女子痴心等候，但约期已过情郎还是没到，女子悲伤焦虑之时不禁心下猜测，情郎是否早已将自己忘掉，越想越心慌，越想越心痛，女子在无尽等待中忧思渐深，直至精神恍惚，那望穿秋水、独自徘徊的模样如在眼前。

梨

无 衣

岂曰无衣？　　　　　　　何必要说没衣裳？

与子同袍。[1]　　　　　　你我共穿一件袍。

王于兴师，[2]　　　　　　如若秦王要起兵，

修我戈矛，[3]　　　　　　休整戈矛上战场，

与子同仇。[4]　　　　　　你我杀敌在一道。

岂曰无衣？　　　　　　　何必要说没衣裳？

与子同泽。[5]　　　　　　你我共穿一件衣。

王于兴师，　　　　　　　如若秦王要起兵，

1 袍：古代男子穿的长袍，相当于今天的斗篷。
2 王：秦王。兴师：起兵。
3 修：休整。戈矛：古代的两种长柄兵器。
4 同仇：共同对敌。
5 泽：同"襗"，贴身的衣服。

修我矛戟，⁶	休整矛戟上战场，
与子偕作。⁷	你我杀敌在一起。
岂曰无衣？	何必要说没衣裳？
与子同裳。⁸	你我共穿一条裙。
王于兴师，	如若秦王要起兵，
修我甲兵，⁹	铠甲兵器休整好，
与子偕行。	你我一道去从军。

6 戟：古代一种戈、矛为一体的长柄兵器。
7 偕作：共同干。
8 裳：下衣，这里指战裙。
9 甲兵：铠甲和兵器。

这是一首秦军战歌，体现了秦人的刚毅品质与尚武精神。本诗豪情满怀、意气风发，意在鼓舞士兵协同作战、奋勇杀敌。全诗三章，重叠复沓，一气呵成，洋溢着一股勇往直前的战斗激情，使人不禁被诗句中同仇敌忾、慷慨激昂的气氛感染。

渭 阳

我送舅氏，[1]　　　　　　我送舅父归国去，

曰至渭阳。[2]　　　　　　转眼就到渭水阳。

何以赠之？　　　　　　用何礼物送给他？

路车乘黄。[3]　　　　　　大车一辆四马黄。

我送舅氏，　　　　　　我送舅父归国去，

悠悠我思。[4]　　　　　　思念悠悠想起娘。

何以赠之？　　　　　　用何礼物送给他？

琼瑰玉佩。[5]　　　　　　珠玉佩饰表衷肠。

1 舅氏：即舅父。

2 曰：句首语气助词。渭：即渭水。阳：山南水北谓之阳，这里指渭水的北面。

3 路车：古代诸侯所乘坐的车子。乘黄：驾车的四匹黄马。

4 悠悠我思：指因送舅父而思念死去的母亲。

5 琼瑰：泛指珠玉。

这是一首外甥为舅父送别的诗，是秦穆公的儿子秦康公送舅父晋公子重耳回国时所作。《毛诗序》云："《渭阳》，康公念母也。康公之母，晋献公之女。文公遭丽姬之难未返，而秦姬卒。穆公纳文公。康公时为太子，赠送文公于渭之阳，念母之不见也，我见舅氏，如母存焉。及其即位，思而作是诗也。"诗的第一章写的是外甥与舅舅之间的惜别之情，第二章由甥舅情谊转向对母亲的思念。后人以"渭阳"来称呼舅舅，就是源于此诗。

权 舆

於，我乎！[1]   唉，我呀！

夏屋渠渠，[2]   曾经大碗饭菜多么丰盛，

今也每食无余。   而今每顿吃完一点不剩。

於嗟乎！   哎呀呀！

不承权舆。[3]   当初光景只能梦里相逢。

於，我乎！   唉，我呀！

每食四簋，[4]   曾经每餐四碗生活美好，

今也每食不饱。   而今每顿吃完肚子不饱。

於嗟乎！   哎呀呀！

不承权舆。   当初光景只能梦里想想。

1 於：叹词。
2 夏屋：大的食器。渠渠：深广的样子。
3 承：继承。权舆：起始。
4 簋：古代盛食物的器具，圆口，双耳。

这是一首没落贵族悲叹生活今不如昔的诗。诗中贵族过去吃的是美味佳肴，每顿皆丰盛无比，而今却连一顿饱饭都吃不上，前后对比实在悬殊，这强烈的落差让诗人难以接受。所以，歌者一开篇便直呼"於，我乎"，诗中更是一唱三叹，悲慨不已，生动表现了没落贵族的失落、无奈以及悲观的情绪。

陈
风

宛丘

子之汤兮，¹
    你的舞姿摇曳奔放，

宛丘之上兮。²
   在那宛丘高地之上。

洵有情兮，³
    我心实在把你牵绕，

而无望兮。
     却知感情没有希望。

坎其击鼓，⁴
    敲鼓之声咚咚作响，

宛丘之下。
     在那宛丘坡下舞场。

无冬无夏，
     无论寒冬还是酷暑，

值其鹭羽。⁵
    手持鹭羽迎风高扬。

坎其击缶，⁶
    击缶之声坎坎作响，

宛丘之道。
     在那宛丘坡下道上。

无冬无夏，
     无论寒冬还是酷暑，

值其鹭翿。⁷
    竖立羽旗迎风高扬。

1 汤：形容舞姿摇曳、热情奔放的样子。
2 宛丘：陈国丘名，在陈国都城东南，即今河南省周口市淮阳区。
3 洵：确实。
4 坎其：即"坎坎"，形容击鼓发出的声音。
5 值：持。鹭羽：白鹭的羽毛，古人用以制成舞具。
6 缶：瓦盆，古代一种打击乐器。
7 翿：古代羽舞或葬礼所用的旌旗。

这是一首男子向跳舞的巫女表达爱意的诗。陈地人民有崇信巫鬼的风俗。《汉书·地理志》说："太姬（陈国第一任君主的夫人）妇人尊贵，好祭祀用巫。故俗好巫鬼，击鼓于宛丘之上，婆娑于枌树之下。有太姬歌舞遗风。"从诗中亦可以看出陈国四季巫舞不断，尚巫之风可窥见一斑。诗中女子是一个以巫为职业的舞女，无论寒冬炎暑都在街上旋舞，她舞姿绰约，热情奔放，令诗人心生爱慕，然而，男子自觉无望，只得将对女子的爱恋深藏心中，默默想念，不敢表露。

东门之枌
^{fén}

东门之枌，¹　　　　东边城门白榆挺，

宛丘之栩。²　　　　宛丘栎树绿茵茵。

子仲之子，³　　　　子仲女儿真美丽，

婆娑其下。⁴　　　　翩翩起舞身轻盈。

穀旦于差，⁵　　　　选择吉日喜前往，

南方之原。⁶　　　　同到南边高地上。

1 东门：陈国的东城门。枌：榆树。
2 栩：即栎树。
3 子仲：姓氏。子：女儿。
4 婆娑：形容盘旋舞动的样子。
5 穀旦：良辰吉日。于：语气助词。差：挑选，选择。
6 原：高平的地方。

不绩其麻，⁷　　　　　手中麻线日后纺，

市也婆娑。⁸　　　　　闹市之中舞姿荡。

穀旦于逝，⁹　　　　　良辰吉日聚欢畅，

越以鬷迈。¹⁰　　　　　手拿炊具喜前往。

视尔如荍，¹¹　　　　　看你有如葵花好，

贻我握椒。¹²　　　　　送我花椒气芬芳。

7 绩：纺织。
8 市：闹市之中。
9 逝：前往。
10 越以：句首语气助词，即"于以"。鬷：古代一种锅类炊具。迈：往，去。
11 荍：一种花草，即锦葵，叶子肾脏形，夏天开花，紫红色。
12 贻：赠送。握椒：成把的花椒。椒，应是巫女手中降神的香物。

这是一首男女相爱、聚会歌舞的民间歌谣。朱熹《诗集传》说，陈国"好乐巫觋歌舞之事"，诗中所说的良辰吉日就是祭祀狂欢日，祭社之时，男女老少都放下手中的活计前来参加，场面热闹非凡。同时，这是青年男女相会谈情的好时机，姑娘舞姿婆娑，小伙唱歌奏乐，他们相互赠答，互表爱意，那广阔的高原和秘密的树林便是他们幽会的好去处。此诗反映了陈国好祭祀尚巫鬼的古风以及男女之间奔放的情感。

衡 门

衡门之下，[1]　　　　　搭起横木做门框，

可以栖迟。[2]　　　　　房屋简陋亦无妨。

^{bì}
泌之洋洋，[3]　　　　　泌泉之水轻流淌，

可以乐饥。[4]　　　　　慰我相思解愁肠。

岂其食鱼，　　　　　难道想要吃鱼汤，

^{fáng}
必河之鲂？[5]　　　　定要鲂鱼才算香？

岂其娶妻，　　　　　难道想要娶新娘，

必齐之姜？[6]　　　　定要齐姜才算好？

岂其食鱼，　　　　　难道想要吃鱼汤，

必河之鲤？　　　　　定要鲤鱼才算香？

岂其娶妻，　　　　　难道想要娶新娘，

必宋之子？[7]　　　　定要宋子才算好？

1 衡门：横木为门，指简陋的房屋。
2 栖迟：栖息。
3 泌：原意是泉水流得轻快的样子，这里应为陈地泉水名。
4 乐饥：隐语，指爱欲得到满足。
5 鲂：与鳊鱼相似，银灰色，腹部隆起，生活在淡水中。
6 齐之姜：齐国的姜姓女子。姜，齐国的贵族姓氏。
7 宋之子：宋国的子姓女子。子，宋国的贵族姓氏。

这是一首男子在已解相思之苦后抒发爱情哲理的情歌。《诗经》中常将性欲得不到满足称为"饥",闻一多《神话与诗·高唐神女传说之分析》:"其实称男女大欲不遂为'朝饥',或简称'饥',是古代的成语。"而"鱼"在《诗经》时代则是"配偶"的隐语,"食鱼"即男女"结合"。诗中男子与女子幽会恩爱后,难忘而满足,他此刻对身边的女子爱意至深,觉得这位女子就是他最好的选择,就是他的最爱,只要两情相悦,一样可以共度美好时光,何必在乎这简陋的房屋,何必在乎所娶之妻一定要是齐姜、宋子呢?与其说男子的这番话是对身边女子所说的甜言蜜语,还不如说这是对爱情哲理最朴素的表达。

东门之池

东门之池，[1]	东门城池静流淌，
可以沤麻。[2] （ òu ）	浸泡大麻活儿忙。
彼美淑姬，[3]	美丽善良好姑娘，
可与晤歌。[4]	我来与她对歌唱。
东门之池，	东门城池静流淌，
可以沤纻。[5] （ zhù ）	浸泡苎麻活儿忙。
彼美淑姬，	美丽善良好姑娘，
可与晤语。[6]	与她相谈心欢畅。
东门之池，	东门城池静流淌，
可以沤菅。[7] （ jiān ）	浸泡菅草活儿忙。
彼美淑姬，	美丽善良好姑娘，
可与晤言。[8]	与她共叙情意长。

1 池：城池，相当于护城河。
2 沤麻：将麻茎或已剥下的麻皮浸泡在水中，使之自然发酵，达到部分脱胶的目的。
3 淑姬：善良美丽的姑娘。
4 晤歌：对歌。
5 纻：苎麻。
6 晤语：对话。
7 菅：多年生草本植物，多生于山坡草地，很坚韧，可做炊帚、刷子及造纸原料，纤维可以打绳子。
8 晤言：聊天。

这是一首男子向女子唱歌求爱的诗。青年男女们一起劳动，诗人对其中的一位女子心生爱慕，便以歌传情，表达心意。男子步步紧追，情歌即罢又伺机与女子攀谈，他火辣的情歌与热忱的爱语让原本繁重的沤麻活动变得轻松，整个场面充满了欢声笑语，令人全然忘记了劳动的艰辛。

东门之杨

东门之杨，　　　　　　东门之外有白杨，
<small>zāngzāng</small>
其叶牂牂。¹　　　　枝繁叶茂把身藏。

昏以为期，²　　　　黄昏为期约定好，

明星煌煌。³　　　　明星东升闪亮光。

东门之杨，　　　　　　东门之外有白杨，
<small>pèi pèi</small>
其叶肺肺，⁴　　　　枝叶茂密把身藏。

昏以为期，　　　　　　黄昏为期约定好，
<small>zhé zhé</small>
明星晢晢。⁵　　　　明星闪闪在东方。

1 牂牂：茂盛的样子。
2 昏：黄昏。期：约期。
3 明星：启明星天快亮时出现在东方。煌煌：明亮的样子。
4 肺肺：茂盛的样子。
5 晢晢：明亮的样子。

这是一首写男女相约黄昏见面而一方未至的诗。东门之外有茂密的白杨林，是约会的好去处，诗中男女相约黄昏在此相聚。然而，一方早已在此等候，另一方却久久不见人影，叫人怎能不心生惆怅。诗人满怀思念与期待继续痴等，一直等到东方的启明星冉冉升起发出灿烂的星光，诗人的心情也由最初的激动兴奋渐渐转为焦虑、孤寂与失落。

楊

墓 门

墓门有棘，[1]　　　　　墓门之外有酸枣，

斧以斯之。[2]　　　　　扬起斧头要砍倒。

夫也不良，[3]　　　　　那人品性很不好，

国人知之。　　　　　这个大家都知道。

知而不已，[4]　　　　　恶行昭著不改好，

谁昔然矣。[5]　　　　　很早以前就这样。

墓门有梅，[6]　　　　　墓门之外有酸枣，

有鸮萃止。[xiāo][7]　　　猫头鹰儿来停靠。

夫也不良，　　　　　那人品性很不好，

歌以讯之。[8]　　　　　唱支谏歌望知晓。

讯予不顾，[9]　　　　　告诫话儿脑后抛，

颠倒思予。[10]　　　　　大祸临头才回想。

1 墓门：墓道之门。棘：酸枣树。
2 斯：砍掉。
3 夫：指作者讽刺的对象。
4 已：停止。
5 谁昔：从前。然：这样。
6 梅：即"棘"。"梅"古文作"槑"，"槑"与"棘"形近，所以疑"棘"误作"槑"。
7 鸮：猫头鹰。萃：栖息。
8 讯：告诉，告诫。
9 讯予：即予讯。
10 颠倒：跌倒，栽了跟头。

这是一首讽刺统治者不良品性的诗。《毛诗序》曰："《墓门》，刺陈佗也。"据《左传·桓公五年》记载，陈佗在陈桓公生病的时候杀了太子免，桓公死后他又自立为君，后来蔡国为了平息陈国之乱才诛杀陈佗。陈佗弑君窃国，倒行逆施，罪行昭著，国人对其无比痛恨，遂作诗讽刺告诫，指出多行不义必自毙的道理。

防有鹊巢

防有鹊巢,[1]　　　　　　河堤之上搭鹊巢,

^{qióng} 　^{tiáo}
邛 有旨苕。[2]　　　　　　土丘旁边长苕草。

^{zhōu}
谁侜予美?[3]　　　　　　是谁欺骗我相好?

^{dǎo dǎo}
心焉忉忉。[4]　　　　　　内心忧愁又烦躁。

^{pì}
中唐有甓,[5]　　　　　　瓦片铺在庭中道,

^{yì}
邛有旨鹝。[6]　　　　　　土丘旁边长绶草。

谁侜予美?　　　　　　　是谁欺骗我相好?

心焉惕惕。[7]　　　　　　内心不安又烦恼。

1 防:堤防,河堤。
2 邛:土丘。旨:美味。苕:紫云英,一年生或二年生草本植物,茎细长,羽状复叶,
花紫色,可做绿肥,俗称草子。
3 侜:欺骗,蒙蔽。予美:我爱的人。
4 忉忉:忧愁思虑的样子。
5 中唐:大门至厅堂的路。甓:砖瓦。
6 鹝:绶草,多年生矮小草本,夏季开花,花白而带紫红色,根茎可入药,能滋阴益
气、凉血解毒,一般长在阴湿之地。
7 惕惕:不安的样子。

这是一首担心爱人受人欺骗而离开自己的诗。从诗中可以看出，有人恶意欺骗诗人所爱之人，想要离间二人感情，诗人害怕爱人听信谗言疏远自己。但诗人转念一想，自己与爱人情比金坚，是不会轻易被人离间的，就像喜鹊不会在河堤上筑巢，紫云英不会长在土丘上，瓦片不会铺在庭中路，绥草不会出现在山坡。这首短诗生动描绘了抒情主人公细腻的心理活动，将爱情中的微妙感情刻画得淋漓尽致。

月 出

月出皎兮，[1]
佼人僚兮。[2]
舒窈纠兮，[3]
劳心悄兮。[4]

月出皓兮，[5]
佼人懰兮。[6]

明月东升亮皎皎，
心中美人容颜俏。
体态婀娜又苗条，
牵我情思心烦躁。

明月东升光普照，
心中美人容颜姣。

1 皎：洁白的样子。
2 佼：美好。僚：姣美。
3 舒：舒缓娴静。窈纠：形容步履舒缓，体态优美。
4 劳心：忧心。悄：忧愁的样子。
5 皓：明亮的样子。
6 懰：美好。

舒懮受兮，^{yǒu} ⁷　　　体态优美又苗条，

劳心恼兮。^{cǎo} ⁸　　　牵我情思心烦恼。

月出照兮，⁹　　　明月东升亮光照，

佼人燎兮。¹⁰　　　心中美人容颜好。

舒夭绍兮，¹¹　　　体态轻盈又苗条，

劳心惨兮。¹²　　　牵我情思心焦躁。

7 懮受：形容步态优美。
8 恼：忧思的样子。
9 照：光明的样子。
10 燎：亮丽。
11 夭绍：轻盈多姿的样子。
12 惨：惆怅不安的样子。

这是一首睹月思人的诗。月光皎洁，普照万物，同时也照进了诗人柔软的内心，让他在月色中想起了心爱的女子，诱发了绵绵的情思。朦胧夜色中诗人仿佛看到了恋人姣美的容颜、窈窕的身姿，但这一切又终不过是诗人幻觉所致，诗人在美好的遐想中时而清醒时而迷离，惆怅之情、忧思之情在月色中泛滥。

株 林

胡为乎株林？[1]	为何要去株邑近郊？
从夏南。[2]	只为把那夏南寻找。
匪适株林，[3]	不是要到株邑近郊，
从夏南。	只为把那夏南寻找。
驾我乘马，[4]	驾起四马飞快奔跑，
_{shuì}说于株野。[5]	株邑近郊稍做停靠。
乘我乘驹，[6]	驾起四驹飞快奔跑，
朝食于株。[7]	赶到株邑早餐吃饱。

1 胡为：为什么。株：陈国地名，夏姬儿子夏南的封邑，在今河南省西华县西南。林：
郊野。
2 从：跟从，这里是找寻的意思。夏南：夏徵舒的别名。夏徵舒字子南。
3 匪：不。
4 乘马：四匹马。古代一车四马为一乘。
5 说：通"税"，停车休息。野：郊野。
6 驹：当作"骄"，马高五尺以上称"骄"。
7 朝食：吃早饭。

这是一首讽刺陈灵公与夏姬通奸的诗。据《左传·宣公九年》记载，陈大夫夏御叔的妻子夏姬是出名的美人，陈灵公及其大臣孔宁、仪行父均与之私通。第二年，三人去夏姬家中饮酒作乐，当着夏姬之子夏南的面相互戏谑说夏南长得像对方，夏南受不了这样的侮辱便将陈灵公杀死，孔宁、仪行父逃往国外。本诗正是以委婉的方式揭露陈灵公的荒淫行径，讽刺他以找夏南为借口实则与夏姬私会之事，诗中所言"朝食"，便是二人苟且的隐语。本诗语言含蓄，但笔力锋刃，具有很强的反讽效果。

泽陂
bēi

彼泽之陂，[1]

在那池塘堤岸旁，

有蒲与荷。[2]

蒲草荷花溢馨香。

有美一人，

有位青年真俊朗，

伤如之何！[3]

日夜思念牵肚肠！

寤寐无为，[4]

辗转难眠睡不好，

涕泗滂沱。[5]

眼泪直流我心伤。

彼泽之陂，

在那池塘堤岸旁，

有蒲与蕳。[6]
jiān

蒲草莲蓬溢馨香。

有美一人，

有位青年真俊朗，

1 泽：池塘。陂：岸边，岸堤。
2 蒲：多年生草本植物，生池沼中，高近两米。根茎长在泥里，可食。叶长而尖，可编席、制扇，夏天开黄色花，亦称"香蒲"。荷：即莲花。
3 伤：因思念而忧伤。如之何：拿他怎么办。
4 寤寐无为：躺下起身都不成，指因思念而寝食难安。
5 涕泗：眼泪鼻涕。滂沱：本义是雨下得很大的样子，这里指流眼泪鼻涕像下大雨一样，形容哭得很伤心。
6 蕳：此指莲蓬。

硕大且卷。[7]　　　　　　身材高大品性良。

寤寐无为，　　　　　　辗转难眠睡不好，

yuānyuān
中心悁悁。[8]　　　　　抑郁烦闷心忧伤。

彼泽之陂，　　　　　　在那池塘堤岸旁，

hàn dàn
有蒲菡萏。[9]　　　　　蒲草菡萏溢馨香。

有美一人，　　　　　　有位青年真俊朗，

硕大且俨。[10]　　　　身形高大又端庄。

寤寐无为，　　　　　　辗转难眠睡不好，

辗转伏枕。　　　　　　翻来覆去昼夜长。

7 卷：通"婘"，美好。
8 悁悁：忧愁烦闷的样子。
9 菡萏：古人称未开的荷花为菡萏，即花苞。
10 俨：端庄威严。

这是一首女子临水思人的情诗。池塘岸边，蒲草荷花争相开放，少女看到此情此景心中感触颇深，自己不就像这盛开的香蒲与芙蓉吗？花儿的美丽自有行人欣赏，自己牵挂的人却不在身旁。女子在遐想中忆起情郎强壮的身姿以及芳草般的品德，浓浓的思念中，女子日夜难眠，涕泪长流。此诗情感深切，读之能深刻体会到抒情女主人公强烈而真挚的爱。

桧
风

羔裘

羔裘逍遥，[1]
狐裘以朝。[2]
岂不尔思？
劳心忉忉。[3]

穿着皮衣去闲荡，
穿着狐皮去上朝。
怎不叫人牵肚肠，
终日操心多烦恼。

羔裘翱翔，
狐裘在堂。[4]
岂不尔思？
我心忧伤。

穿着皮衣去游荡，
穿着狐皮上朝堂。
怎不叫人牵肚肠，
思来想去心忧伤。

羔裘如膏，[5]
日出有曜。[6]
岂不尔思？
中心是悼。[7]

皮衣色泽真鲜亮，
太阳一照闪亮光。
怎不叫人牵肚肠，
心念国家空自伤。

1 羔裘：用羔皮制成的皮衣。古时为诸侯、卿、大夫的朝服。逍遥：游荡闲晃的样子。
2 狐裘：用狐皮制成的外衣。古时亦为诸侯、卿、大夫的朝服。朝：上朝。
3 劳心：忧心。忉忉：忧思的样子。
4 堂：朝堂。
5 膏：油。这里形容皮袄、狐裘光洁鲜亮的样子。
6 曜：照耀，明亮。
7 悼：哀伤。

这首诗是桧国大臣因桧国君主治国无道而被迫离去时所作。《毛诗序》曰："《羔裘》，大夫以道去其君也。国小而迫，君不用道。好洁其衣服，逍遥游燕，而不能自强于政治，故作是诗也。"桧国是周初时分封于溱水与洧水之间的一个小国，平王东迁后不久，就被郑武公所灭。根据古代礼法，狐裘厚重，国君上朝时应穿此服，而游玩时则穿轻便的羔裘，从诗句"羔裘逍遥，狐裘以朝"可看出，桧国国君蔑视礼法，不以国事为重，钟于逍遥，这让本就面积狭小的桧国处于更危险的局势，这叫桧国的大臣们怎能不感到忧心呢？而诗的第三章又写到羔裘在太阳照耀下发出油腻的光泽，这不禁让人联想到国君奢侈腐朽的生活，此番情景以桧国危险局势为背景，让人忧心之余更显愤怒。然而，诗人毕竟是桧国大臣，虽被迫离开，但对国家的牵挂与担忧是不由自主的，心烦之余又更添无奈。

素 冠

庶见素冠兮，[1]
棘人栾栾兮，[2]
luán luán
劳心慱慱兮。[3]
tuán tuán

庶见素衣兮，
我心伤悲兮，
聊与子同归兮。[4]

庶见素韠兮，[5]
bì
我心蕴结兮，[6]
聊与子如一兮。[7]

看你头戴白帽，
身心痛苦煎熬，
忧伤让我变老。

看你身穿白服，
我心悲伤苦楚，
黄泉与你共赴。

看你身穿白裙，
内心愁思淤积，
来世把你追寻。

1 庶：幸。素冠：白色的帽子。此乃死者的服饰。
2 棘人：郑玄笺："急于哀戚之人。""棘人"在此当为诗人自称。栾栾：身体消瘦的样子。
3 慱慱：忧思的样子。
4 聊：愿。子：指丈夫。同归：一同死去。
5 素韠：蔽膝，古代一种遮蔽在身前的皮制服饰，类似于今天的围裙。
6 蕴结：郁结，情绪、愿望等积聚在内心深处而不得发泄。
7 如一：结成一体。

这是一首妇女悼念亡夫的诗。看着穿戴整齐即将入殓的丈夫，抒情女主人公心里万分悲痛，眼前的丈夫不再是平日的模样，他头戴白帽，身着白衣、白裙，静静地躺在那里，这一切不仅刺痛了女子流泪的双眼，更刺痛了她凄惨愁苦的心，想到以后再也不能和丈夫一起相守，再也不能与之相见，女子恨不得和丈夫一同归去。也许是忆起了丈夫生前对自己的种种好，女子越发悲痛，她希望来世再与丈夫相遇，二人还要结为一体，做一对恩爱夫妻。

隰有苌楚

xí cháng

隰有苌楚，[1]	湿地成片长羊桃，
猗傩其枝。[2]	枝条婀娜又妖娆。
天之沃沃，[3]	叶儿柔嫩又丰茂，
乐子之无知。[4]	羡你无知没烦恼。
隰有苌楚，	湿地成片长羊桃，
猗傩其华。[5]	花儿茂盛长得俏。
天之沃沃，	叶儿柔嫩又丰茂，
乐子之无家。[6]	羡你无家没烦恼。
隰有苌楚，	湿地成片长羊桃，
猗傩其实。[7]	硕果累累挂枝条。
天之沃沃，	叶儿柔嫩又丰茂，
乐子之无室。[8]	羡你无家没烦恼。

1 隰：低湿的地方。苌楚：即羊桃，蔓生植物，开紫红色花，果实如小桃，可食用。今人或以为猕猴桃。
2 猗傩：同"婀娜"，柔美多姿的样子。
3 夭：茂盛美丽的样子。沃沃：丰茂而有光泽的样子。
4 乐：这里有羡慕的意思。子：指苌楚，羊桃。无知：没有知觉。
5 华：花。
6 无家：没有家室，这里有不用为家室所累的意思。
7 实：果实。
8 无室：义同"无家"。

这是一首有感于生活的沉重、抒发内心烦恼的诗。湿地的羊桃长势茂盛，该开花时开花，该结果时结果，没有烦恼也没有忧愁，但反观自己，有来自家庭来自社会的种种压力，对此诗人深感心不由己。人非草木，孰能无情，然而，正是因为人有情有知觉才会为责任所累，为世事所累，无知无觉的草木无牵无挂倒显得比人类更逍遥自在，不会思考也就不会受累。人生在世有太多苦闷，活一天便有一天的烦恼，此种无奈唯有面对草木诉说，诗人虽未直言到底有何痛苦，却传达了挣扎中的人们的普遍心声，直到今天，我们都能感同身受。

匪 风

匪风发兮，[1]
　　大风吹得呼呼响，

匪车偈^{jié}兮。[2]
　　车马疾驰尘土扬。

顾瞻周道，[3]
　　把那大道遥相望，

中心怛^{dá}兮。[4]
　　心中凄苦又悲伤。

匪风飘兮，[5]
　　大风吹呼天气凉，

匪车嘌^{piāo}兮。[6]
　　车马疾驰向前跑。

顾瞻周道，
　　把那大道遥相望，

中心吊兮。[7]
　　心中凄苦谁知道。

谁能亨^{pēng}鱼？[8]
　　烹制鱼儿谁最棒？

溉之釜鬵^{fǔ xín}。[9]
　　我将锅具齐备好。

谁将西归，[10]
　　谁将归来自西方，

怀之好音。[11]
　　带来消息解忧肠。

1 匪：通"彼"，那。发：即"发发"，风吹的声音。
2 偈：马车疾驰的样子。
3 顾瞻：远望。周道：大道。
4 中心：心中。怛：忧伤，悲苦。
5 飘：风吹的样子。
6 嘌：急速轻快的样子。
7 吊：悲伤。
8 亨："烹"的古字，烹鱼，有传信的意思。
9 溉：洗。釜：锅子。鬵：大锅。
10 西归：从西边归来。
11 怀：遗，送。好音：好消息。

这是一首妻子为远征丈夫送行的诗。出发之日，寒风凛冽，军队在大风中急速前进，看着渐渐远去的战车，妻子久久伫立，目送远行的丈夫，即使早已望不到他的身影，妻子还是不愿离去。风越刮越冷，军队越走越远，妻子眼神越来越迷茫，心也越来越痛，丈夫此去不知凶吉，不知何时才能相见，只愿日后常有西方归来的征人能带来丈夫安好的消息，妻子的难舍、悲痛与期望无不体现着她对丈夫的一片深情。

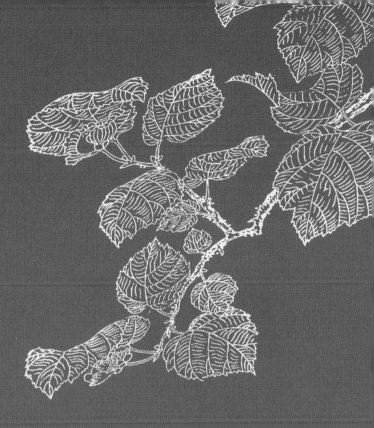

曹风

蜉 蝣
_{fú yóu}

蜉蝣之羽，¹　　　　　蜉蝣翅膀真漂亮，

衣裳楚楚。²　　　　　整洁鲜亮如衣裳。

心之忧矣，　　　　　　我的心里很忧伤，

于我归处。³　　　　　不知将要归何方。

蜉蝣之翼，　　　　　　蜉蝣羽翼真漂亮，

采采衣服。⁴　　　　　色彩鲜亮如衣裳。

心之忧矣，　　　　　　我的心里很忧伤，

于我归息。　　　　　　不知安息在何方。

蜉蝣掘阅，⁵　　　　　蜉蝣出洞来逍遥，

麻衣如雪。⁶　　　　　羽翼洁白如衣裳。

心之忧矣，　　　　　　我的心里很忧伤，

于我归说。⁷　　　　　不知归结在何方。

---

1 蜉蝣：虫名，亦作"蜉蝤"，幼虫生活在水中，成虫褐绿色，翅膀轻薄半透明，生存期极短，一般是朝生暮死。
2 楚楚：整洁鲜明的样子。
3 于我：即于何。"我""何"古音相近，所以通用。
4 采采：色彩鲜明的样子。
5 掘阅：意思是蜉蝣初生时从洞穴里钻出来。掘，穿。阅，通"穴"。
6 麻衣：指蜉蝣半透明的翅膀。
7 说：通"税"，停息。

这是一首感叹人生短暂不知身归何处的诗。蜉蝣朝生暮死，渺小脆弱，却生得一对光彩夺目的翅膀，可不管羽翼如何光鲜，也终不过是昙花一现，归于尘土，而人又何尝不是这样呢？诗人从朝生夕死的蜉蝣联想到人生的短暂以及生命的脆弱。敏感的诗人不禁对昙花一现的生命感到伤痛，对浮生若梦的年华感到怅惘，对魂归何处更是感到恐惧。诗中隐透着诗人对生命的无比眷念，对美好年华的依依不舍，全诗充满着感伤的情调，传达的应为没落贵族的消极情绪。

蜉蝣

候人

彼候人兮，[1]	接待小官事儿忙，
何戈与祋。[2]	各种武器肩上扛。
彼其之子，[3]	那些新贵气焰高，
三百赤芾。[4]	身穿官服受嘉奖。
维鹈在梁，[5]	一群鹈鹕在鱼梁，
不濡其翼。[6]	觅食未曾湿翅膀。
彼其之子，	那些新贵气焰高，
不称其服。[7]	哪配身上大夫装。

1 候人：古代掌管禁令、治安、边境出入、整治道路，或迎送宾客的小官。
2 何：通"荷"，肩负。戈、祋：都是兵器。祋，古代的一种兵器，即殳（shū），用竹木做成，有棱无刃。
3 彼：他。其：语气助词。之子：那些人，即穿赤芾的人，也就是曹共公执政之时所任命的三百个新大夫。
4 赤芾：红色皮制的蔽膝，大夫以上的官服。
5 鹈：水鸟名，即鹈鹕，体型较大，嘴长，喜群居，以捕食鱼类为生。梁：鱼坝。
6 濡：沾湿。
7 称：相称，匹配。

维鹈在梁，　　　　　　一群鹈鹕在鱼梁，

不濡其咮。[8]　　　　　大嘴未湿太反常。

彼其之子，　　　　　　那些新贵气焰高，

不遂其媾。[9]　　　　　得宠时间不会长。

荟兮蔚兮，[10]　　　　云气弥漫七彩光，

南山朝隮。[11]　　　　南山早上云雾绕。

婉兮娈兮，[12]　　　　妙龄少女容颜好，

季女斯饥。[13]　　　　忍饥挨饿真难熬。

8 咮：鸟嘴。
9 遂：长久。媾：宠爱。
10 荟：云气盛多的样子。蔚：云气多彩的样子。
11 南山：曹地南边的山。朝：早晨。隮：升。
12 婉：年轻。娈：美好。
13 季女：小女儿。饥：饿。

这是一首讽刺居高位者身着华服而德行低劣的诗。曹共公远君子而近小人，执政之时，任命三百个新大夫，其中无德者居多，这些新贵趾高气扬，深受国君恩宠，但他们大多是才德平庸之辈，根本配不上他们的官爵以及显服。诗人对此无比憎恶而忍不住加以讽刺，认为这些人得宠的时间不会太长，而对于那些候人，诗人则是同情的，他们忙里忙外，累活重活一把扛，即便这样，他们年幼的小女儿还是忍饥挨饿、成长艰难，等级社会的不公正待遇在此凸显。

鹈

鸤 鸠
<small>shī</small>

鸤鸠在桑，[1]	布谷筑巢桑树上，
其子七兮。[2]	细心喂养小幼鸟。
淑人君子，[3]	仁善君子品行良，
其仪一兮。[4]	仪容整洁又端庄。
其仪一兮，	仪容整洁又端庄，
心如结兮。[5]	心如磐石有节操。
鸤鸠在桑，	布谷筑巢桑树上，
其子在梅。[6]	幼鸟梅林欢歌唱。
淑人君子，	仁善君子品行良，
其带伊丝。[7]	腰带边上白丝镶。
其带伊丝，	腰带边上白丝镶，
其弁伊骐。[8] <small>biàn</small>	皮帽青黑色鲜亮。

1 鸤鸠：布谷鸟。
2 其子七：传说布谷鸟有七子。
3 淑人：善人。
4 仪：仪态。一：始终如一。
5 心如结：意思是用心专一，有操守。结：稳固，坚定。
6 梅：梅树。
7 带：腰带。伊：是。
8 弁：皮帽。骐：青黑色的马，这里指皮帽的颜色。

鸤鸠在桑，　　　　　　　　布谷筑巢桑树上，

其子在棘。⁹　　　　　　幼鸟枣林欢歌唱。

淑人君子，　　　　　　　　仁善君子品行良，

其仪不忒。¹⁰　　　　　　仪表德行无二样。

其仪不忒，　　　　　　　　仪表德行无二样，

正是四国。¹¹　　　　　　四方学习好榜样。

鸤鸠在桑，　　　　　　　　布谷筑巢桑树上，

其子在榛。¹²　　　　　　幼鸟榛林欢歌唱。

淑人君子，　　　　　　　　仁善君子品行良，

正是国人。¹³　　　　　　百姓学习好榜样。

正是国人，　　　　　　　　百姓学习好榜样，

胡不万年！¹⁴　　　　　　怎不祝他年寿长！

9 棘：酸枣树。

10 忒：差错。

11 正：法则。四国：四方之国。

12 榛：落叶灌木，结球形坚果，称榛子。

13 国人：全国百姓。

14 胡：何。

这是一首赞美君子美好德行的诗。传说布谷鸟养有七子，均平等对待，诗人以此起兴，赞美君子无偏无私、表里如一。诗中说到，君子应内修外美，不仅要仪表端庄、品德端正，还得心如磐石、坚定不移，这样方为四方的好榜样，百姓的好长官，这样才能平等待人、治国安邦。试想，有此贤君，百姓怎不会祝他万寿无疆呢！

下 泉

^{liè}
冽彼下泉，¹　　　　　下泉之水太寒凉，

^{láng}
浸彼苞稂。²　　　　　久泡之后童粱凋。

^{xì}
忾我寤叹，³　　　　　睁眼醒来叹息长，

念彼周京。⁴　　　　　周朝都城实难忘。

冽彼下泉，　　　　　　　下泉之水太寒凉，

浸彼苞萧。⁵　　　　　久泡之后艾蒿凋。

忾我寤叹，　　　　　　　睁眼醒来叹息长，

念彼京周。　　　　　　　周朝京都实难忘。

1 冽：寒冷。下泉：从地下涌出的泉水，又叫狄泉。
2 苞：丛生。稂：有害于禾苗的杂草，又叫童粱、宿田翁。
3 忾：叹息。寤：醒来。
4 周京：周朝的京城。下文的"京周""京师"与此同义。
5 萧：艾蒿。

冽彼下泉，　　　　　下泉之水太寒凉，

浸彼苞蓍。⁶　　久泡之后蓍草凋。

忾我寤叹，　　　　睁眼醒来叹息长，

念彼京师。　　　　周朝京师实难忘。

芃芃黍苗，⁷　　黍苗蓬勃长势旺，

阴雨膏之。⁸　　阴雨滋润助生长。

四国有王，⁹　　四方之国朝周王，

郇伯劳之。¹⁰　说来郇伯最繁忙。

6 蓍：多年生草本植物，全草可入药，茎、叶可制香料，古代用其茎占卜。
7 芃芃：茂盛的样子。
8 膏：滋润，滋养。
9 四国有王：四方之国朝聘于天子。
10 郇伯：指晋大夫荀跞。

这是一首曹人怀念周王朝并赞美晋大夫郇伯的诗。鲁昭公二十二年（前520），周景王死，王子猛继位，是为悼王，王子朝起兵作乱，想要攻杀猛。晋文公派大夫荀跞率军攻打王子朝，迎立悼王，不久悼王死，王子匄被拥立即位，是为敬王。据《春秋》记载，周敬王居于狄泉，极有可能就是本诗中的"下泉"。当时的曹地一片萧条，让人们不禁怀念周王朝当年四海朝归的繁荣景象，所以《毛诗序》说："《下泉》，思治也。曹人疾共公侵刻下民，不得其所，忧而思明王贤伯也。"

豳
风

七月

七月流火，[1]

九月授衣。[2]

一之日觱发，[3]
<small>bì bō</small>

二之日栗烈。[4]

无衣无褐，[5]
<small>hè</small>

何以卒岁？[6]

三之日于耜，[7]
<small>sì</small>

四之日举趾。[8]

同我妇子，[9]

馌彼南亩，[10]
<small>yè</small>

田畯至喜。[11]
<small>jùn</small>

七月火星向西降，

九月妇女缝衣裳。

十一月风吹呼呼响，

十二月风吹天气凉。

粗布衣服没一套，

漫长寒冬怎么熬？

一月犁具修整好，

二月下田耕地忙。

妇女孩子携同好，

晌午送饭切莫忘，

田边农官喜洋洋。

---

1 七月：农历七月。流：向下行。火：星宿名，又叫“大火”。大火六月居正南方，七月开始偏西下行。七月流火，是说在农历七月天气转凉，黄昏时候，可以看见大火星从西方落下去。
2 授衣：制备冬衣。
3 一之日：一月之日。一月指夏历十一月，周历正月，亦即农历十一月。觱发：风寒冷。
4 栗烈：凛冽，寒冷的样子。
5 褐：粗布衣服。
6 卒岁：终岁。
7 于：为，修理。耜：原始翻土农具“耒耜”的下端，最早是木制的，后用金属制，相当于今天的犁。
8 举趾：下田，开始耕地。
9 同：携同。妇子：妇女和孩子。
10 馌：给在田间耕作的人送饭。南亩：泛指农田。南坡向阳，有利于农作物生长，古人田土多向南开辟，所以称为“南亩”。
11 田畯：农官。

七月流火，	七月火星向西降，
九月授衣。	九月妇女缝衣裳。
春日载阳，[12]	三春日里暖洋洋，
有鸣仓庚。[13]	黄莺枝头欢歌唱。
女执懿筐，[14]	姑娘手上挎竹筐，
遵彼微行，[15]	沿着小路徐前往，
爰求柔桑。[16]	采摘嫩桑把蚕养。
春日迟迟，[17]	三春日里暖阳照，
采蘩祁祁。[18]	白蒿肥嫩采摘忙。
女心伤悲，	姑娘暗自把心伤，
殆及公子同归？[19]	怕那公子把人抢。

12 春日：农历三月。载：开始。阳：天气和暖。
13 仓庚：黄莺。
14 懿筐：深筐。
15 遵：沿着。微行：小路。
16 爰：于是。柔桑：柔嫩的桑叶。
17 迟迟：阳光温暖，光线充足的样子。
18 蘩：白蒿。祁祁：形容采蘩妇女众多的样子。
19 殆：害怕。公子：豳公的儿子。

倉庚

七月流火，　　　　　七月火星向西降，

八月萑苇。[20]　　　　八月芦苇采割忙。
（huán）

蚕月条桑，[21]　　　　三月桑树修整好，

取彼斧斨，[22]　　　　圆斧方斧齐上场，
（qiāng）

以伐远扬，[23]　　　　高枝长枝都砍掉，

猗彼女桑。[24]　　　　轻拉柔条采嫩桑。

七月鸣鵙，[25]　　　　七月伯劳声声唱，
（jú）

八月载绩。[26]　　　　八月将那麻布纺。

载玄载黄，[27]　　　　染成黑色染成黄，

我朱孔阳，[28]　　　　大红料子最闪耀，

为公子裳。　　　　　为那公子制衣裳。

20 萑苇：荻草和芦苇。
21 蚕月：养蚕的月份，即农历三月。条桑：修剪桑树的枝条。
22 斨：方孔的斧子。
23 远扬：过高过长的桑树枝条。将桑树的大枝砍掉后，能长出更多的新枝，新枝叶子鲜嫩，更好养蚕。
24 猗：通"掎"，拉住。女桑：柔嫩的桑树枝条。猗彼女桑，即拉住柔嫩的枝条采摘桑叶。
25 鵙：伯劳鸟。
26 绩：纺织。
27 载：是。玄：黑色。
28 朱：红色。孔：甚。阳：色彩鲜明的样子。

鵙

四月秀葽，[29]

四月远志结穗囊，

五月鸣蜩。[30]

五月蝉儿声声嚷。

八月其获，[31]

八月谷物收割忙，

十月陨萚。[32]

十月落叶纷纷降。

一之日于貉，[33]

十一月狗獾遍地跑，

取彼狐狸，

猎取狐狸把皮剥，

为公子裘。

为那公子做衣裳。

二之日其同，[34]

十二月大伙聚一堂，

载缵武功，[35]

继续打猎漫山跑，

言私其豵，[36]

小兽留给自己享，

献豜于公。[37]

大兽献到公府上。

---

29 秀：吐穗。葽：远志，多年生草本植物，茎细，叶子线形，花绿白色，果实圆形，根可入药。

30 蜩：蝉。

31 其获：开始收获各类农作物。

32 陨：落。萚：落叶。

33 于：猎取。貉：亦称"狗獾"。外形像狐，穴居河谷、山边和田野间。

34 同：聚合。

35 缵：继续。武功：指田猎之事。

36 私：个人占有。豵：小猪，亦泛指小兽。

37 豜：三岁的猪，亦泛指大兽。公：公家。

貉

狸

五月斯螽动股，[38]　　五月螽斯叫嚷嚷，

六月莎鸡振羽。[39]　　六月络纬展翅膀。

七月在野，[40]　　七月田野鸣欢唱，

八月在宇，[41]　　八月屋檐底下藏，

九月在户，[42]　　九月纷纷跳进房，

十月蟋蟀入我床下。　　十月蟋蟀床下叫。

穹窒熏鼠，[43]　　把那老鼠都熏跑，

塞向墐户。[44]　　把那窗户都封好。

嗟我妇子，　　老婆孩子齐唤上，

曰为改岁，[45]　　马上就要过年了，

入此室处。[46]　　一起住进这间房。

38 斯螽：即螽斯，褐色昆虫，身长寸许，善跳跃，吃农作物，雄虫的前翅有发声器，颤动翅膀能发声。动股：古人误认为螽斯以摩擦大腿发声。

39 莎鸡：虫名，又名络纬，俗称纺织娘、络丝娘。

40 野：田野。

41 宇：屋檐下。

42 户：屋内。

43 穹：空隙，缝隙。窒：堵塞。

44 塞向：堵塞北窗。墐户：用泥涂塞门窗孔隙，以御寒风。

45 曰：句首语气助词。改岁：换岁，即过年。

46 处：居。古时乡中之民春天开始到田野中的草庐中居住，以便生产，冬天则回到屋内。

莎
雞
二
種

六月食郁及薁，⁴⁷　　　　郁李葡萄六月尝，

七月亨葵及菽。⁴⁸　　　　七月葵豆烹调好。

八月剥枣，⁴⁹　　　　　　八月枣儿扑打忙，

十月获稻。　　　　　　　　十月谷物进粮仓。

为此春酒，⁵⁰　　　　　　春酒用那新米酿，

以介眉寿。⁵¹　　　　　　祈求老爷寿命高。

七月食瓜，　　　　　　　　七月把那葫芦尝，

八月断壶，⁵²　　　　　　八月摘下有用场，

九月叔苴。⁵³　　　　　　九月拾麻收藏好。

采荼薪樗，⁵⁴　　　　　　苦菜臭椿拾掇忙，

食我农夫。⁵⁵　　　　　　众多农夫靠它养。

47 郁：郁李，一种落叶小灌木，似李而形小，果味酸，肉少核大，仁可入药。薁：野葡萄。

48 亨："烹"的古字。葵：菜名。菽：豆子的总称。

49 剥枣：扑枣，打枣。剥，通"扑"。

50 春酒：冬酿春熟之酒。

51 介：祈求。眉寿：长寿。

52 断壶：摘葫芦。

53 叔：拾取。苴：麻子。

54 荼：苦菜。薪：薪柴。樗：臭椿树。

55 食：养活。

九月筑场圃，⁵⁶　　　　九月建好打谷场，

十月纳禾稼。⁵⁷　　　　十月谷物进粮仓。

黍稷重穋，⁵⁸　　　　黄米高粱成熟了，
　　tóng lù

禾麻菽麦。⁵⁹　　　　粟米麦麻都藏好。

嗟我农夫，　　　　种田人呀事儿忙，

我稼既同，⁶⁰　　　　庄稼都已入了仓，

上入执宫功。⁶¹　　　　宫室尚未修妥当。

昼尔于茅，⁶²　　　　白天野外割茅草，
　　tǎo

宵尔索绹。⁶³　　　　夜里搓绳没完了。

亟其乘屋，⁶⁴　　　　修葺房屋要赶早，

其始播百谷。⁶⁵　　　　开春耕种事更忙。

56 场：打谷场。圃：菜圃。
57 纳禾稼：将谷物收纳入仓。
58 黍：黄米。稷：高粱。重：通"種"，早种晚熟的谷物。穋：晚种早熟的谷物。
59 禾：粟。
60 同：收集。
61 上：通"尚"，还得。宫功：修建宫室。
62 于茅：取茅。
63 宵：晚上。索：搓。绹：绳。
64 亟：急，赶快。乘屋：覆盖屋顶。
65 其始：将要开始。

蘡

二之日凿冰冲冲，[66]

三之日纳于凌阴。[67]

四之日其蚤，[68]

献羔祭韭。[69]

九月肃霜，[70]

十月涤场。[71]

朋酒斯飨，[72]

曰杀羔羊。

跻彼公堂，[73]

称彼兕觥，[74]
sì gōng

万寿无疆！

腊月凿冰咚咚响，

正月放进冰窖藏。

二月祭祀赶大早，

献上韭菜和羊羔。

九月霜降天微凉，

十月清扫打谷场。

两壶美酒齐聚享，

宰杀羔羊也献上。

大伙欢聚在公堂，

牛角酒杯手上扬，

高声齐祝寿无疆！

66 冲冲：凿冰的声音。
67 凌阴：藏冰的地窖。
68 蚤：通"早"，早朝，古代的一种祭祀仪式。
69 韭：韭菜。
70 肃霜：霜降之后，万物收缩。
71 涤场：将打谷场清洗干净。
72 朋酒：两壶酒。斯：代酒。飨：用酒食招待客人。
73 跻：登。公堂：乡民集会场所。
74 称：举起。兕觥：古代酒器，腹椭圆形或方形，圈足或四足，盖一般呈带角兽头形。

葵

枣

韭

瓜

壺

这是一首围绕节令叙述西周农民一年农事活动的诗，乃"风诗"中最长的一篇，它勾勒了一幅自然古朴的上古社会生活图景，反映了当时农民生活的各个方面，散发着浓郁的古风气息。本诗记录了农民一年的忙碌生活，从春耕、秋收、冬藏到采桑、绩织、狩猎再到修房、建宫、宴飨，一年四季，毫无闲暇。农民所忙无非在"衣"在"食"，为此，他们一年到头无一日停歇，即便如此他们还是吃不好穿不暖，反观"田畯""公子"，他们乐悠悠地看着农民忙碌的情景，理所应当地享受着农民劳动的成果，外出劳作的年轻姑娘们还得时刻担心"公子"对她们进行人身侵略，可见当时的农民不仅是为公家进行无偿劳动，连作为人最基本的尊严都没有。"田畯""公子"只是贵族统治者的一个缩影，压在农民身上的大山何止这些。然而，身处上古社会的农民自然不会深入思考这些，他们毫无怨言井然有序地进行一年的农事活动，岁末将至，他们齐聚一堂，举杯对饮，祭祀祈福，也有一番属于自己的乐趣。抛开历史背景与阶级剖析，单从诗的艺术风格上来说，全篇语气平和，情绪轻快，采桑田猎、男耕女织的实况描述中充满了浓浓的古风情韵，倒像是在描写农家生活之乐，呈现出"乐而不淫，哀而不伤"的温柔敦厚之诗风，全篇洋洋洒洒，气象非凡，展现出极高的艺术成就，正如牛运震所云：此诗以编纪月令为章法，以蚕衣农食为节目，以预备储蓄为筋骨，以上下交相忠爱为血脉，以男女室家之情为渲染，以谷蔬虫鸣之属为点缀，平平常常，痴痴钝钝，自然充悦和厚，典则古雅。——此诗兼各种性情，一派古风，满篇春气。斯为诗圣大作手。

鸱鸮

chī xiāo

鸱鸮鸱鸮![1]	猫头鹰呀太可恶！
既取我子，[2]	抓我孩儿真残酷，
无毁我室。[3]	不要再毁我巢居。
恩斯勤斯，[4]	抚养孩儿真辛苦，
鬻子之闵斯！[5]	日夜操劳是病故！
迨天之未阴雨，[6]	趁那雨季还未到，
彻彼桑土，[7]	把那桑树根皮剥，
绸缪牖户。[8]	窗户房门都缠好。
今女下民，[9]	如今树下的人呀，
或敢侮予。[10]	还有谁敢来滋扰。

1 鸱鸮：即猫头鹰，古人认为这是一种恶鸟。
2 子：雏鸟。
3 室：鸟巢。
4 恩：爱。斯：语气助词。恩斯，即含辛茹苦的意思。
5 鬻：通"育"，养育。子：幼鸟。闵：病困。
6 迨：趁着。
7 彻：剥取。土：根。
8 绸缪：紧密缠绕。牖：窗户。户：门。
9 女：通"汝"。下民：下面的人。
10 或：有。侮：欺辱。

予手拮据，[11] 双手疲劳已发麻，

予所捋荼，[12] 还要采取茅草花，

予所蓄租。[13] 积蓄干草垫窝巢。

予口卒瘏，[14] 我的嘴巴磨起泡，

曰予未有室家。[15] 可惜窝儿未建好。

予羽谯谯，[16] 我的翅膀焦又黄，

予尾翛翛，[17] 我的尾巴成枯槁，

予室翘翘，[18] 我的巢儿悬树上，

风雨所漂摇。[19] 风吹雨打摇晃晃。

予维音哓哓。[20] 我的叫声恐而慌。

11 拮据：原指鸟衔草筑巢，这里形容鸟爪因劳累而发僵的样子。
12 所：还要。捋：摘取。荼：茅草的白花。
13 蓄：积蓄。租：通"苴"，垫窝的草。
14 卒：通"悴"，疲劳的样子。瘏：疲劳致病。
15 曰：句首语气助词。予未有室家：意思是鸟巢还没建好。
16 谯谯：羽毛枯黄疏落的样子。
17 翛翛：羽毛凋散残破的样子。
18 翘翘：高而危险的样子。
19 漂摇：即飘摇。
20 哓哓：鸟雀因恐惧而发出鸣叫声。

这是一首借母鸟辛苦筑巢来抒写自我困苦处境的诗。母鸟的巢穴遭猫头鹰洗劫，雏鸟被掠走，窝儿也不成样，母鸟悲痛交加，回想自己养育孩子是多么辛苦，它一面伤心，一面还得把鸟巢重新修好。母鸟没日没夜叼树皮，衔干草，哪怕脚爪僵麻，喙角磨泡，羽毛焦黄，尾巴干枯，它的窝还是没有修好，危悬在树枝上。母鸟心惊胆战，它怕鸟巢再次倾覆，更担心恶鸟重返，惊恐之中发出声嘶力竭的尖叫，声声啼血。诗中描绘的情景触目惊心，令人战栗，诗人正是借母鸟的不幸遭遇抒写自身同样凄惨的处境。诗人可能是遭遇灾祸，妻离子散，家庭破碎，但他还是努力重建家园，面对外界的欺凌，他希望自己能够有一个安全的栖息之所，可是天不由人，枉他再辛勤努力还是没能完成自己的心愿。诗中所喻并非诗人个体遭遇，更是当时人们的普遍处境，抒发了人不能把握自己命运的悲慨，同时又隐隐透露出一股生命的顽强与生存的勇气。

鸱鸮

东 山

我徂东山，[1]
cú

慆慆不归。[2]
tāo tāo

我来自东，

零雨其蒙。[3]

我东曰归，[4]

我心西悲。[5]

制彼裳衣，[6]

勿士行枚。[7]

蜎蜎者蠋，[8]
yuānyuān zhú

烝在桑野。[9]
zhēng

敦彼独宿，[10]

亦在车下。

自我远征到东山，

久滞不归岁月长。

今天我从东山回，

细雨蒙蒙雾迷茫。

刚刚踏上归家路，

向西而悲心感伤。

家常衣服缝一套，

不用含枚上战场。

山蚕蠕动身子缓，

栖息野外桑树上。

独睡蜷缩成一团，

兵车底下把身躺。

1 徂：往，到。东山：指诗中主人公远征之地，在今山东省曲阜市，亦称蒙山。
2 慆慆：长久。
3 零雨：慢而细的小雨。
4 曰：语气助词。
5 西悲：向西而悲。
6 裳衣：家常衣服。
7 士：通"事"。行枚：古人行军之时将木棍衔在嘴里，避免说话出声，这里指征战之事。
8 蜎蜎：昆虫蠕动爬行的样子。蠋：蝴蝶、蛾等昆虫的幼虫，这里指野蚕。
9 烝：久。
10 敦：蜷缩的样子。

蜀

我徂东山，　　　　　　　　自我远征到东山，

慆慆不归。　　　　　　　　久滞不归岁月长。

我来自东，　　　　　　　　今天我从东山回，

零雨其蒙。　　　　　　　　细雨蒙蒙雾迷茫。

果臝之实，[11]　　　　　　栝楼结果一串串，

亦施于宇。[12]　　　　　　藤蔓爬到屋檐上。

伊威在室，[13]　　　　　　屋内土虱满地爬，

蟏蛸在户。[14]　　　　　　门前挂有蜘蛛网。

町畽鹿场，[15]　　　　　　田舍空地有鹿迹，

熠燿宵行。[16]　　　　　　夜晚萤火闪亮光。

不可畏也，　　　　　　　　家园凋敝不可怕，

伊可怀也。[17]　　　　　　越是如此越念想。

11 果臝：亦称栝（guā）楼，多年生草本植物，茎上有卷须，以攀缘他物，果实卵圆形，橙黄色。

12 施：蔓延。宇：屋檐。

13 伊威：虫名，即土虱，多生于阴暗潮湿之地。

14 蟏蛸：一种蜘蛛，身体细长，脚很长，多在室内墙壁间结网，通称喜蛛，民间认为是喜庆的预兆。

15 町畽：田舍旁空地。或以为鹿迹。鹿场：野鹿活动的地方。

16 熠燿：闪亮的样子。宵行：即萤火虫。

17 伊：是。

栝
樓

我徂东山，	自我远征到东山，
慆慆不归。	久滞不归岁月长。
我来自东，	今天我从东山回，
零雨其蒙。	细雨蒙蒙雾迷茫。
鹳鸣于垤，[18]	鹳鸟丘上声声叫，
妇叹于室。[19]	妻子屋内叹息长。
洒扫穹窒，[20]	清扫屋子再烘房，
我征聿至。[21]	盼望丈夫早归乡。
有敦瓜苦，[22]	团团葫芦已摘取，
烝在栗薪。[23]	久久搁在柴堆上。
自我不见，	自我夫妻不相见，
于今三年。	算来已有三年长。

18 鹳：一种大型水鸟，羽毛灰白色或黑色，嘴长而直，形似白鹤，生活在江、湖、池沼的近旁，捕食鱼虾等。垤：小土丘。
19 妇：指征人的妻子。
20 洒扫：打扫。穹窒：堵塞缝隙。
21 聿：语气助词。
22 敦：团。瓜苦：瓠瓜，葫芦的一种。
23 栗薪：堆积木柴。

蠨
蛸

我徂东山，　　　　自我远征到东山，

慆慆不归。　　　　久滞不归岁月长。

我来自东，　　　　今天我从东山回，

零雨其蒙。　　　　细雨蒙蒙雾迷茫。

仓庚于飞，[24]　　　黄莺空中展翅翔，

熠耀其羽。　　　　羽毛熠熠闪亮光。

之子于归，[25]　　　妻子当初做新娘，

皇驳其马。[26]　　　迎亲骏马色白黄。

亲结其缡，[27]　　　娘为女儿结佩巾，

九十其仪。[28]　　　仪式繁多喜洋洋。

其新孔嘉，[29]　　　新婚夫妇真美好，

其旧如之何？[30]　　久别重逢是何样？

24 仓庚：黄莺。
25 于归：出嫁。
26 皇：毛色黄白相杂的马。驳：毛色不纯的马。
27 缡：古代妇女出嫁时所系的佩巾。古代婚俗，女子出嫁时母亲亲手为女儿将佩巾结在带子上。
28 九十：形容结婚礼节繁多。仪：仪式。
29 新：新婚。孔：甚，很。嘉：美好。
30 旧：指久别重逢。

宵行

这首诗抒写了远征士卒还乡途中悲喜交集的心情。诗中征人在外多年，如今终于有机会脱下战袍，换上那身准备已久的家常便服，多年的思乡之情此刻瞬间爆发，诗人喜极而泣。然而，一番激动之后诗人不禁燃起悲情，他一方面马不停蹄地往家赶，一方面又情怯不前，诗人不停地在心里幻想家中是何光景，亲人又过得怎样。归家途中，细雨蒙蒙，天昏地暗，诗人心忧故乡萧条凋敝，想那家中因无人打理恐也变得杂草丛生、荒凉不堪。越想诗人的心情越是沉重，但当思及家中亲人的时候，诗人又转悲为喜，终于可以和家中盼夫三年的妻子团圆，当然可乐，想当年妻子刚出嫁的时候是一番多么热闹喜庆的情景呀，如今久别重逢不知又是一番怎样的欢乐场面。诗中描绘的故园景象以及与家人团聚的情景皆为诗人所想，诗人由喜至悲，由悲至喜，生动表现了征人久别归乡的复杂心情，全诗虚实相生，情感深沉，意境浑融，具有很强的感染力。

鹳

破 斧

既破我斧，	战斧破损裂缝长，
又缺我斨。¹	大斨残缺不像样。
周公东征，	周公率军征四方，
四国是皇。²	天下诸侯皆扶匡。
哀我人斯，³	多少苦难心里熬，
亦孔之将。⁴	却也感到有荣光。
既破我斧，	战斧破损裂缝长，
又缺我锜。⁵	铁锯残缺不像样。
周公东征，	周公率军征四方，

1 斨：方孔的斧子。
2 四国：四方之国，即天下。皇：通"匡"，匡正。
3 我人：我们这些人。斯：语气助词。
4 孔：甚、很。将：大。
5 锜：古代兵器，是锯的一种。

四国是吪。⁶

天下诸侯受感教。

哀我人斯，

多少苦难心里熬，

亦孔之嘉。⁷

却也感到很自豪。

既破我斧，

战斧破损裂缝长，

又缺我锹。⁸

凿子残缺不像样。

周公东征，

周公率军征四方，

四国是遒。⁹

天下诸侯团结好。

哀我人斯，

多少苦难心里熬，

亦孔之休。¹⁰

却也感到很美好。

6 吪：教化，感化。
7 嘉：好。
8 锹：凿子。
9 遒：团结。
10 休：美好。

这是一首战士凯旋之歌。周武王伐纣胜利后，封纣王之子武庚于殷地，并将殷地一分为三，派自己的兄弟管叔、蔡叔、霍叔各接管一地，监视武庚。武王死后，其子成王继位，因其年幼，由周公辅政，后来武庚联合管、蔡、徐、奄等国反周，周公带兵东征，历时三年方平定叛乱。在这次东征中，士兵们虽然历经辛苦，但看到自己为四方统一作出了贡献，心里感到光荣而自豪，同时诗中处处流露出对周公的赞美崇敬之情。

伐 柯

伐柯如何？[1]　　　　砍取斧柄该怎样？

匪斧不克。[2]　　　　没有斧头做不到。

取妻如何？[3]　　　　要娶妻子该怎样？

匪媒不得。　　　　没有媒人办不好。

伐柯伐柯，　　　　砍斧柄呀砍斧柄，

其则不远。[4]　　　手握法则不走样。

我觏之子，[5]
gòu　　　　遇见我的好姑娘，

笾豆有践。[6]
biān　　　　办好宴席喜洋洋。

1 柯：斧柄。
2 克：能够。
3 取：通"娶"。
4 则：法则、准则。
5 觏：遇见。之子：指和诗中男子成婚的姑娘。
6 笾豆：古代祭祀及宴会时常用的两种礼器。笾，竹制，盛果品。豆，木制，盛肉食，形状像高脚盘。践：陈列整齐的样子。

这是一首答谢媒人的诗。诗以砍取斧柄作比喻，意在说明男子想要找到一位合适的妻子，就好像砍取斧柄一定要用斧头一样，必须通过媒人，懂得了其中的方法程式，才能娶到好妻子，才能热热闹闹地办好婚礼。从诗中可以看出，媒人在男女结合中起着至关重要的作用，诗中男子能够找到合适的姑娘并顺利成婚，当然得感谢奔走中间的媒人，后来把媒人称为"伐柯""作伐"，也是从此诗而来。

九罭 ^{yù}

九罭之鱼，¹　　　　撒下密网去捕捞，

鳟鲂。²（zūn fáng）　　不想捕到大鳟鲂。

我觏之子，³（gòu）　　遇上我的心上人，

衮衣绣裳。⁴（gǔn）　　锦绣礼服彩下裳。

鸿飞遵渚，⁵　　　　大雁沿沙洲飞翔，

公归无所，　　　　　怕您归去住不好，

于女信处。⁶（rǔ）　　再住两晚怎么样。

1 九罭：捕捞小鱼的密网。九，虚数，指网眼多。
2 鳟：鱼类的一种，体型较大，侧扁，形略似鲑鱼，全身有显著的黑点。鲂：与鳊鱼相似，银灰色，腹部隆起，也是体型较大的一种鱼。
3 觏：遇见。
4 衮衣：古代帝王及上公穿的绘有卷龙的礼服。绣裳：彩色下衣，古代官员的礼服。
5 鸿：大雁。遵：沿着。渚：水中的小块陆地。
6 女：通"汝"。信：住两晚称信。处：住宿。

鸿飞遵陆，[7]　　　　　大雁沿水陆飞翔，

公归不复，　　　　　　怕您一去不回了，

于女信宿。[8]　　　　　再住两晚好不好。

是以有衮衣兮，[9]　　　藏起您的锦绣裳，

无以我公归兮，[10]　　不要让您去他方，

无使我心悲兮。　　　　不要使我徒悲伤。

7 陆：高出水面的陆地。
8 信宿：相当于"信处"，再住两夜。
9 是以：因此。有：持有，藏。
10 无以：不让。

这是一首姑娘想要留住意中人的诗。诗中称"公"的人身穿锦绣礼服，应该是很有地位的贵族。在《诗经》中撒网捕鱼往往象征求偶，此诗中留公再宿的应为对其倾心的姑娘，而且从"九罭之鱼，鳟鲂"可以看出，姑娘与公的地位相差悬殊。心上人四处游走，姑娘担心他没有住处，很想留下他，同时姑娘又想到，在此一别，可能再也没有相见之日，只愿与之共眠，哪怕只是短暂温存也好。姑娘留人心切，情急中竟藏起了心上人的衣服，以防他匆匆走掉，留下自己徒自伤悲。女子热情而大胆的举动反映了她对游历青年贵族用情甚深、难以忘怀，同时也可以从中看出她个性率真，敢于追求爱情。此诗比喻精巧，诗意层层递进，生动刻画了恋爱中女子的心理活动，感情真挚，令人动容。

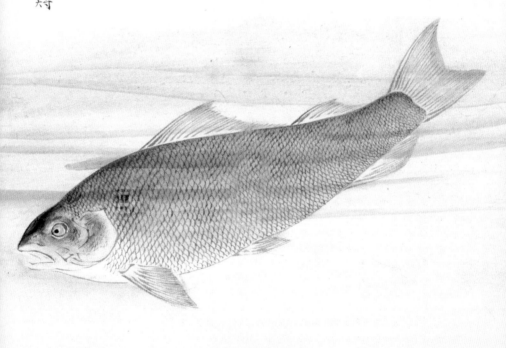

狼 跋 ^{bá}

狼跋其胡，¹　　　　　狼踩颈肉前行缓，

载疐其尾。^{zhì 2}　　　　后退又被尾巴绊。

公孙硕肤，³　　　　　王孙公子腹便便，

赤舄几几。^{xì 4}　　　　脚上红鞋弯又尖。

狼疐其尾，　　　　　　老狼后退被尾绊，

载跋其胡。　　　　　　脚踩颈肉缓行前。

公孙硕肤，　　　　　　王孙公子腹便便，

德音不瑕。⁵　　　　　德行倒也不招厌。

1 跋：踩。胡：颈下的垂肉。
2 载：又。疐：绊倒。
3 公孙：对贵族官僚子孙的尊称。硕肤：大腹便便的样子。
4 赤舄：红色的鞋子。几几：鞋尖高高翘起的样子。
5 德音：声誉。瑕：瑕疵，过失。

这是一首讽刺公孙贵族的诗。诗中老狼脖颈下的垂肉严重阻碍了前行，由于行动不利索，后退又被自己的尾巴绊倒，倍显迟缓之态，那位公孙贵族大腹便便，脚上却踩着又弯又翘的大红鞋子，走路一摇一摆，十分可笑，像极了老狼。诗以老狼的进退窘态为喻，揶揄公孙贵族的臃肿体态，令人忍俊不禁，具有强烈的讽刺效果。而诗的结尾写道，这体态不雅的公孙贵族名声倒也不差，可见诗人只是单纯取笑其滑稽的形体，并无过多意指。

狼